JN151490

藤井貞和［著］

食わず女房から源氏物語へ語りをたどる

三弥井書店

凡例

一　本文の引用について

『万葉集』歌は『日本古典文学大系』『新 日本古典文学大系』の本文を利用する。礎稿の性格により章ごとに異なる読み下し文が見られる。

『源氏物語』は新岩波文庫に拠り、巻数、ページ数を書き加える。ルビは適宜省略する。

『古事記』『日本書紀』は大系に、勅撰集類は多く新大系に従う。可能な限りで本文批判を経てある。

一　現代語訳

厳密な直訳の上に立って、すこし噛み砕いた自由な訳案とし、ところどころ舞文や遊びを許容する。

一　読み下し文などの上代かな遣い

甲類　ひらがな

乙類　カタカナ

甲乙の区別がない、不明、および印字上の識別困難な場合は「ひらがな」とする。

一　人名への敬称は省略する。礎稿の性格によってはその限りでない。

●目次●

食わず女房から源氏物語へ語りをたどる

一章　昔話始まる（上）——五紀の表

「昔、昔……」と、なつかしい声の語りがして、悠久の昔から囲炉裏端(いろりばた)などで、昔話は演唱され続けてきた。「昔語り」と呼ぶのがよく、慣例により昔話とする。いつのころより世にあらわれたか、〈神話紀（＝新石器紀）、昔話紀（＝民話紀）、フルコト紀、物語紀〉といった、一貫する編年を提案したい。昔話はおよそ弥生時代から広く行われた。農耕、とくに稲作慣行が昔話を二種に分けているさまに想い到って（後述）、文化の発展からの分析を考えてみようと思う。

先史時代からの口承文学の視覚芸術化や、その生態（アニメ文化である）にも思いを馳せながら。

一　クロード・レヴィ＝ストロース（一九〇八〜二〇〇九）

半世紀の以前、勤めていた共立女子大学短大部で、〈クロード・レヴィ＝ストロース論〉という、半期の講義を試みたことがある。

過激な時代の終わった直後の一九七〇年代のことだ。そのためか、「何をやってもよい」と勧められて始めたものの、無謀な試みであり、和歌や物語などの優雅な文学鑑賞を期待していたはずの学生諸君は、よく知らない人類学者の名前を押しつけられて、面食らったことだろう。

クロード・レヴィ＝ストロースは一九〇八年の生まれ。第二次世界大戦下にアメリカへのがれ、ブラジルの奥地に原始的な村落の構造を調べるなどの人類学を経て、いわゆる構造主義の思考をわれわれにもたらすことになる。

私などに大きな思考を強いてきた、かず少ない現代の巨人（社会人類学者あるいは民族学者）というべきか。二十一世紀の声を聴きつつ、二〇〇九年に一〇〇歳を越えて亡くなった。

私にとって始まりの一つである。

当時はレヴィ＝ストロースを研究するブームというのか、氏にかかわる翻訳書や解説書がいろいろ出ていた。しかし、『神話論理』（Mythologiques　一九六四〜一九七一）全四冊は、[1]原書や英訳がだいたい手にはいるものの、私などには邦訳が出てこないとお手上げで、待ち続けることとなる。

ともあれ、著書をつぎつぎに紹介するという程度の講義だった。『構造人類学』（一九五八）や『野生の思考』（一九六二）には邦訳があり、本永清論文「三分観の一考察」[2]に利用されていて、その本永論文が私のそののちを決定する沖縄学の起点になる。

本永はそれらの書を利用して、宮古島の狩俣集落の神話的コスモロジーを論じたのである。

新さくら丸で私が沖縄に行ったのは一九七四年三〜四月のこと、本永に宮古島でお会いし、大神島にもわたることができた。

レヴィ＝ストロースの主著『親族の基本構造』（一九四九）は、好まれる結婚形態と避けられる結婚形態とを論じわけるなど、婚姻のタブーや、いとこ婚などの実態を『古事記』や『源氏物語』に探る上で、これも私の重要な基礎となって、一生ものというか、だいじな出会いになった。[3]

二　『神話論理』を紐解く

『親族の基本構造』に次いで取り組みたいのが、おのずから『神話論理』ということになる。共立女子短大では勤め始めた一九七二年度から、演習で昔話を岩波文庫『日本の昔ばなし』Ⅰ〜Ⅲ（関敬吾編、一九五六〜一九五七）によって読むなどしていた。

当初、昔話を扱うとは、物語文学の周辺を洗うつもりの軽いきもちからだった。しかし、始めると、たちまち〝逆転〟する。物語類の根底を昔話などの口承文学が支えているのではないかという、容易ならない〝壁〟にぶつかる。

そこへレヴィ＝ストロースの『神話論理』が覆い被さってくるのだから、なかなかたいへんなことになった。『神話論理』には、事例として取り上げられる「神話」のたぐいが、ヴァージョンを含めて一千種はかぞえられる。拾い読みしてゆくと、それらは「昔話」のモチーフに連なるのではないか、いやいや、そこで言う「神話」をただちに岩波文庫などでの昔話にかさねてよいのか、齧（かじ）っても齧ってもよくわからない。

表紙やイラストを見せながら、「こんなことが書かれているのかな?」ぐらいの講義で、さいごには「ごめん、翻訳が出たらば、ちゃんとした講義をしますからね」とか何とか、謝って終わりにするという情けなさ。それが何と三十五年待たされて、二十一世紀にはいり、邦訳五冊、三千ページにおよぶ本となって出版されるのだから、概嘆する。

第四巻『裸の人』（一九七一）の序によれば、旧アジア大陸から南北アメリカ大陸へ、ひとびとがベーリング海峡を（といっても地面が続くから）陸続きにわたって居住してきたのは、研究者によれば三万五千〜四万年前とか、二万年前の居住の証拠を発見したとか、はるかな時間である。紀元前一万三千年から前五千年にわたり、居住が連続して見いだされ、それらは歴史時代に結びついてゆく。レヴィ＝ストロースが対象としたのは以下に述べるネイティヴ・カナディアンやネイティヴ・アメリカンの神話や文化であった。

『神話論理』について、じつにさまざまな〈評価〉があるにしろ、私の概観としては、人類の最古に近い思考形態をそこに見いだすということがあると思う。レヴィ＝ストロースの考え出したのに過ぎない、という批判はありうるだろうが、私の感想としては氏の頭脳を利用して、人類最古の〝構造〟がやってきたというか、それより先史の記述は現在のところ、望みえないわけだから、われわれの拠るべき最古の神話とはこれかとする仮説を共有してゆきたい。

三　旧アジア大陸から新大陸へ

とりわけ、旧アジア大陸から陸伝いに続いたとすると、日本列島で見るならば、時代はまさに旧石器文化から縄文時代にかけてである。『神話論理』の一千余の神話が、アジア全域、そしてアジアの行き止まりの日本列島の神話と、内容は別個に発展するにしても、その思考において重要な参照項目にはならないか。

アジアの虎や猿や狐や鳥たちは、ジャガーやコヨーテやコンゴウインコや新大陸のアビ（平家鳥）に取って代われながら、たとい数パーセントなりとも、タイプやモチーフの切れそうで切れないつながりを持たないかどうか。

つまり、火の起源、蜂蜜などの採取、動物たちとの共存、天体の神話など、具体的に共通しているかどうかという点では、レヴィ＝ストロースとしても、類似ということに力点を置くわけでなく、慎重にアルカイックという語を避けて、基本的、あるいは構造的というような語を駆使し、類似や相違でなく、二項対立を繰り返しながら、なぜ、どのように類似するのか、対立するのか、相違点をあきらかにしようとする。

それはあくまで新大陸内部での神話どうしの類似や対立ということであるにしろ、知られざる旧アジア大陸での神話を新大陸での神話群に類推する上では、氏の方法的アプローチはだいじな参照項目であり、構造主義と言われる、そのような方法的普遍性が真価を問われることになったと考えたい。

私の関心はその後、語りや語り手のほうへ重心を移してゆき、物語の語りがどのように産み出されたかという、語法や文法を相手とするようになる。そのことは、昔話を始めとする口承文学についても、語法や文法について、おなじような関心を向けることになり、〈昔話から物語へ〉という課題は語りの方法をめぐって私なりに考え続けることとなる。

四　文学編年史の反省点

突然、大きな転機が二〇〇〇年十一月にやってくる。いわゆる考古学上の一大スキャンダルにほかならない。旧石器文化捏造といういまわしい事件がそれで、それまで文化史や文学史の始まりを考古学や歴史学に漠然と依拠してきたのが、がらがらと崩壊する。[4]

そのころ、私は、頼まれて書いたある文学史の叙述に、文学の起点を十数万年か、さらにさかのぼれるのではないかと、いくつかの「遺跡」の発掘状況を引用しながら、述べていた。おなじくそれらの「遺跡」発掘を引用する著述が、日本学者ネリー・ナウマン（Nelly Naumann）にもあって、[5]しかも彼女はその「遺跡」偽造ということが判明する直前に亡くなられたので、論述の致命的欠陥がそのまま残ることになる。（彼女の責任ではないと強調したい。）

それらの「遺跡」はすべてでっち上げだった。私はできあがってきたその文学史を文字通り引き裂き、考古学に乗っかった自分を呪うことになる。考古学のほうは改訂版を出すなどして、すぐに立ち直ろうとするかのようだった。私のほうは数年間、立ち直れなかったと思う。

こちらの反省点としては、これまで考古学に安易に接ぎ木して、古代以前の文化史や文学史を眺めていたのを、〈文化史や文学史による編年〉へと、始まりを一元化すればよいとようやく思い至って、五紀の表に仕立ててみた。[6]

五　〈五紀の表〉にしてみる

文化史や文学史による編年へと、始まりを一元化しよう。以下のような五紀とし、〈五紀の表〉と称することにする。

a　新石器時代〜縄文時代　↓神話紀

〈紀〉というのは、地質学などで言う紀（period）に真似るというべきか、最初は他の紀の十倍の長さは続くであろう文化史の起点を推定して、神話紀とする。縄文土器の文様などはたんなる飾りとちがう。蛙にしろ、蛇にしろ、土器は女神たちの身体そのものだから、かれらの「神話」をかたどるだろう。火炎土器は宇宙樹とちがうのだろうか。

縄文時代と弥生時代とのあいだには激しい抗争や交替があったとしても、文化史や文学史としては何らかの変化と連続とを構想しようというのである。

b　弥生時代　↓昔話紀

縄文／弥生の交点を文化史や文学史によって構想する。考古学に依拠するのでなく（結果的にはそうだとしても）、昔話やそれの具体化である「語り」のたぐいを根拠にして、編年史を案出できないものか。稲作が行われ、弥生土器を見ることになる劃期（かっき）を文化史・文学史的に昔話紀としよう。いわゆる「昔話」が成長し活発に行われるさまをこの紀に見ようと思う。

続く古墳時代は、

c　古墳時代　↓フルコト紀

とする。風土記類をも生む、数百年にわたるフルコト紀を認めることが古代を明るくしてくれる。フルコトは「古事（ふるコト）、古語（ふるコト）、旧辞（ふるコト）」という、『古事記』や『古語拾遺』の書名のうえ、あるいは序文のなかに語を残している。

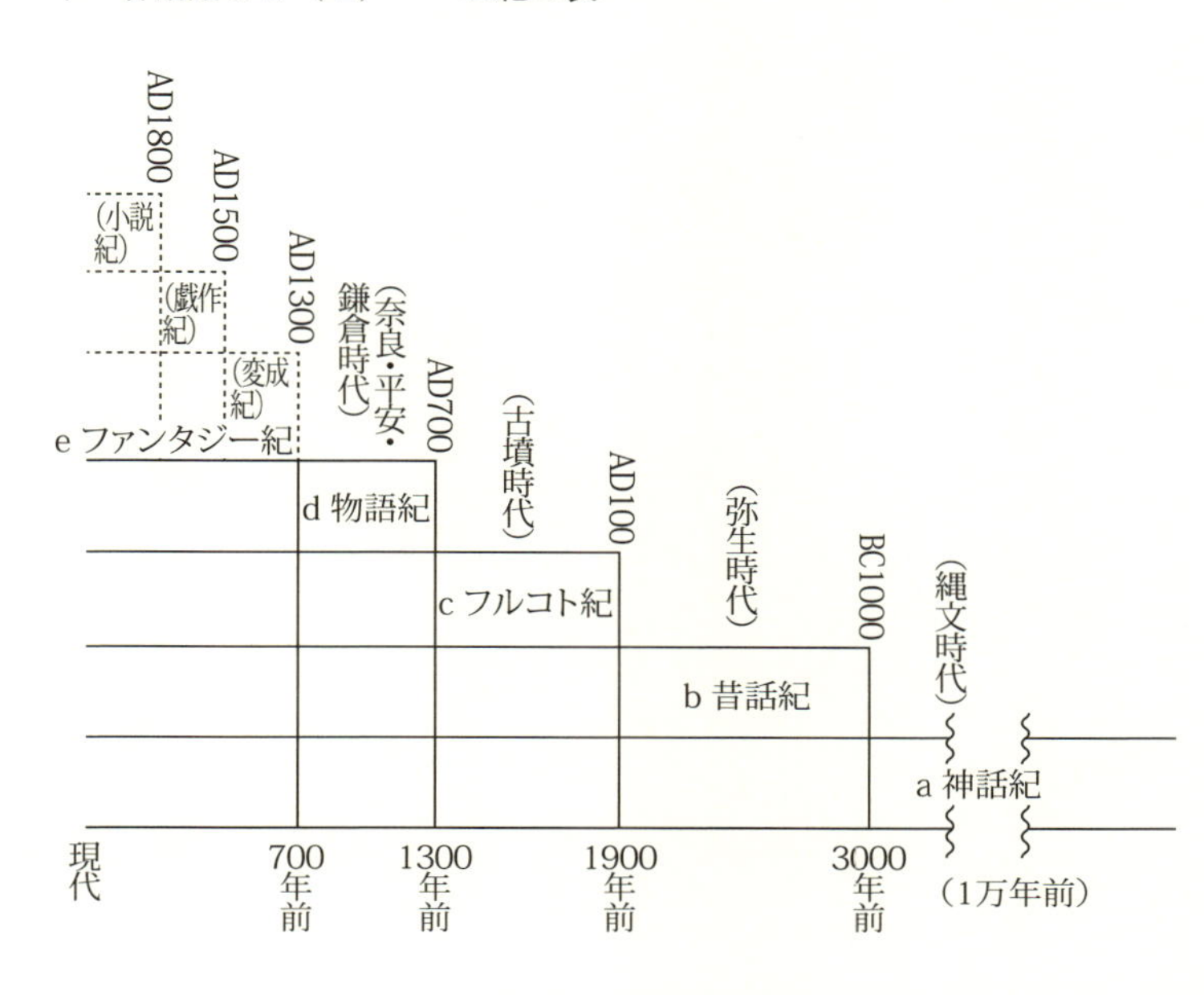

初期国家にかかわる〈神話〉群はフルコト神話と見ようという提案である。

d　物語紀

七、八世紀代からは、

を構想する。数百年、十三、十四世紀まで続く『万葉集』『源氏物語』の時代をひとまとめにしたい。

二〇一二年七月の日本昔話学会[7]で、「昔話と物語」を発表した機会に、〈新石器紀、昔話紀（＝民話紀）、フルコト紀、物語紀〉という一貫する編年を提案してみた。

〈物語紀〉のあとは、中世神話、寺社縁起類、室町時代物語という、無慮数百の短編類を「小説」とするのがすなおな流れで、私案では現代までを見通すことになるからファンタジー紀として一括することにしたい。

e　ファンタジー紀

この紀はさらに分けて、中世神話の時代＝変成（へんじょう）紀、草双紙や読本類の戯作（げさく）紀、そして小説紀というようにするのもよい。

以上のような五紀を文化史や文学史から構想して、それぞれの〈紀〉は前代を引き継ぎながら、うえに新しくかさなる感じの、五紀の表にしてみた。〈新石器紀〉は〈神話紀〉と改めることにする。

考古学は依然として最大の友人であり続ける。その力を借りることはいうまでもない。しかし、いわば主体性としての文学史を堅持しようと思い、考古学から始まる文学史を採らないことにした。

六　昔話の始まりは——田、稲、米

昔話にもどり、岩波文庫『日本の昔ばなし』全三冊を、私はいまだに使い続けている。気づくこととして、

ア　田、稲、米の出てくる昔話群

がある一方に、

イ　田、稲、米の出てこない昔話群

があって、半々ぐらいであることが気になる。「イ」の、「田、稲、米」が出てこない昔話には、他の生産物や生業のたぐいや動物が多く出てくることになる。いっぽう、「ア」の、「田、稲、米」が出てくる昔話は、しつこいほどにそれらが言及される。「餅」などの分類しがたいものもある。陸稲はあるものの、「田」をここで水田かと推定しよう。

岩波文庫でそうだということであって、イに分類してみた「瓜姫」が、他の昔話本、たとえば『笛吹き聟』（野村純一、一九六八）の「瓜子織姫」では米を擦って糊を作ったり、「田から帰って」と注記があって、アにはいる。

出てこないからといって「田、稲、米」と無関係だとは、けっして言えることでない。

しかし、「田、稲、米」が、偶然に出てきたり出てこなかったりするのでなく、しつこく出てきて、昔話が「田、稲、米」の文化を前提に持って、稲作慣行とそれ以前とを分ける境目あたりに出てくることを明かしているのではないかと、そんな感想をつよく持たされる。

『日本の昔ばなし』Iを見ると、「一　瓜姫」は、文字通り胡瓜（きうり）で、ところ芋をたべながら機織りをする。瓜姫のからだは「長いふくべ」に変わる。稲作以前の農作物をあらわしているだろう、イである。

続く「二　たにし長者」は水神さまに祈願して、田の草を取りに行った帰り、たにしが生まれる。長者さんに年貢米をとどけて、娘を嫁御にもらう。嫁御は薬師さまにお詣りして、田の畦で待っていた、たにしの夫がいなくなり、見つけることができず、深みに飛び込もうとしたところ、人間のすがたになった夫に再会する。典型的なアと見よう。

「三　手なし娘」は継母の言いなりになった父が、娘を祭り見物に誘い出して、山を越え、昼飯にするといって二人で〈握り飯〉を食べ、眠たくなった娘の右うで、左うでを木割りで切り落とす。縄文土偶に長い手をしたのがあり、するすると伸びて赤ちゃんを抱きとめている像かもしれない。ともあれ、古い神話紀の説話から来て、握り飯が出てくるところはアに分類できる。昔話に握り飯は印象深く出てくる。

ついでに言うと、手なし娘とは何か、ということだが、犠牲となる予定のひとをあらかじめ傷つける習俗があったかもしれない。それが一転して華道の発生というか、生け贄（にえ）としての花へ転化する。そういう転化はありうると思われる。竹姫（かぐや姫）が竹、瓜子姫が瓜であるように、手なし娘には花の印象が感じられてならない。手なし娘を生け花と見よう。

「六　猿の婿どの、八　天降り乙女、九　謎婿、一〇　かぶ焼き甚四郎」と、一〇話まで見ると、六種がアで、イは「二　瓜姫」に続き、「四　魚女房、五　鶴女房、七　母の目玉」と、ア・イ、ほぼ等量になる。

　この等量という計算は、「一二」以下もずっと続き、ⅡでもⅢでも、「田や飯や米」が印象深く出てくるかと思うと、まったく出てこない昔話がならぶ、アとイという二大分類が続く。

「瓜子姫」について言うと、「田、稲、米」が出てきたり、出てこなかったりという、そういうヴァージョンによる相違が見られるところに、神話紀から昔話紀にかけて昔話が生まれるという事情を見せているかもしれない。一つの昔話のなかにそのような矛盾が見られるさまは、端的にそのような事情を垣間見せているのではないか。

　思い出してよいのは、坪井洋文の論じる「餅なし正月」（イモ正月）という民俗について、縄文から弥生への劃期に生じたのではないか（『イモと日本人』、『稲を選んだ日本人』[8]）。昔話についてもそれが言えそうで、昔話紀がいかにも「田、稲、米」を特徴とし、前代の畑作文化をもかかえるというさまに類推できそうではないか。

七　食わず女房

「食わず女房」はあとにも繰り返すものの、あらすじを岩波文庫「飯食わぬ女」（1　三二）から覗いてみる。友達に「物を食わない嫁があったら、世話してくれ」と頼むと、ある夕方、きれいな女が「旅の者ですが」とやってくる。「ものを食わん女です」と言って、同居するに至る。友達が、「まだ気がつかんのか、お前の女房は人間じゃないよ」と。そこで天井から見ていると、女は米をとぎ、火をどんどん焚いて、握り飯を三十三、こしらえて、鯖を三匹、火にあぶり、髪の毛をばらばらほどいて、頭のまんなかの口に、握り飯やらあぶった鯖やら、どんどん投げ込んで食ってしまう。男は友達のところへ逃げる。男が、知らん顔をして家に帰ると、女はねこなで声で、頭が痛く、きもちが悪くて寝とる、と。いまにも飛びつきそうである。友達をつれてくる。「三升飯のたたりだあ、鯖三匹のたたりだあ」、と友達が言うと、「うーん、お前たち、見ていたのう」と、女房は友達を頭から、がしがし食う。男を子猫のようにぶらさげ、野をこえ山をこえ、うさぎのようにかけてゆく。ようやく、男は木の枝にぶらさがり、飯食わぬ女の鬼はすぐに気づかない。鬼女がもどってきて、「よもぎとしょうぶぐらい、からだに毒はない」と言って、これがなければお前もとって食うのにと言う。それらの草を投げると、毒にかかって死ぬ。

何も食べないという女房が、じつは頭のてっぺんにあいた口から、かけ声をかけてご飯をほおりこむ。食べないはずがよく食べるとか、ご飯を炊いて握り飯にするとか、縄文文化と弥生文化との接点で矛盾点を克服するような、印象深い説話だと言える。

女房は（能で言えば後ジテの）鬼、山姥（やまんば）になる。蜘蛛とも、蛙ともある。前代へもどるという感じがする。そして、頭部に大きな口があるとは縄文土器ではなかろうか。蛙の文様があるのは、たんなる飾りでなく、土器そのものが蛙という神さまの身体であり、体内に握り飯をほおりこむのである。

同様に、「鉢かづき」の「鉢」は土器をかずいているのだろう。

注

（1）　邦訳の題で言うと、Ⅰ『生のものと火を通したもの』（一九六四、早水洋太郎訳、二〇〇六、みすず書房）、Ⅱ『蜜から灰へ』（一

九六六、同、二〇〇七、同)、Ⅲ『食卓作法の起源』(一九六八、渡辺公三他訳、二〇〇七、同)、Ⅳ『裸の人』(一九七一、吉田禎吾他訳、Ⅳ-1 二〇〇八、Ⅳ-2 二〇一〇、同)。

(2) 本永清『琉大史学』4、一九七三・六。

(3) 藤井貞和「タブーと結婚」『国語と国文学』一九七八・一〇、『タブーと結婚——「源氏物語と阿闍世王コンプレックス論」のほうへ』笠間書院、二〇〇七。

(4) 毎日新聞二〇〇〇年十一月五日(朝刊)のスクープ。東北地方を中心とする「旧石器遺跡」が捏造だったというもの。

(5) ネリー・ナウマン『生の緒』二〇〇〇、邦訳・言叢社、二〇〇五。

(6) 藤井貞和『物語史の起動』青土社、二〇二二。

(7) 於、立正大学、二〇一二・七・七。

(8) 坪井洋文『イモと日本人』一九七九、『稲を選んだ日本人』一九八二。昔話紀がいかにも「田、稲、米」を特徴とし、前代の畑作文化をもかかえるというさまに、類推できそうではないか。

二章　昔話始まる（下）——文字を消す

一　『吹谷松兵衛昔話集』版「食わず女房」

ここ、二、三年、『吹谷松兵衛昔話集』（旧版および増補改訂版）を大学院などでテクストにしたので、[1]ここでも取り上げることにする。『吹谷松兵衛昔話集』には三話、「食わず女房」を見ることができる。ここに出てくる女性は、やってきて住むことにより〈家族化された〉のであり、文字通り「女房」であって、イエの成立という、人類の基本的な欲望を原理にするところに始まる。

竪穴式住居だろう、囲炉裏を占拠したことで主婦化した女（あるいは嫁）が、自分の口を、あたまのところ、髪の毛のなかに移動させ、何かを呼ぶようなかけ声とともに、握り飯をほおりこむ。蛇体みたいだ、と柳田國男は言っているが（「かしこ淵」）、蛇と別に、蛙が口をあける格好とか、もしかしたらカッパのお皿を思い浮かべてもよいかもしれない。

人面把手付き深鉢は料理などに使う土器で（酒造りという説もある）、吉田敦彦『昔話の考古学』（中公新書、一九九二)が「食わず女房」との関係を指摘しており、その土器は女性神の身体を象っていると注意する。とすると、モチーフは縄文時代からやってくることになり、私には吉田説が興味深い。

『吹谷松兵衛昔話集』には、蜘蛛の化け物だという語りのほかに、自分は池の蛙(ギャク)で、頭に穴の開いた説明として、あるひとが「いくじっこう」(堅い土、「21 蛙女房」)を放ったら、それが頭にぶつかったからだ、というのがある。その話では桶も鬼も、表向き、出て来ない。夫婦はそのあと、一緒に暮らしたとも、追い出したともあり、「追い出した」とあるところに、山姥モチーフとのかすかな連絡が窺える。蛙は縄文土器にしばしば文様として登場し、有孔鍔(つば)付き深鉢土器にぴたっとはりついたのもあり、東京都国立市南養寺遺跡のそれは人面に蛙がついている。

土器の頭にひらく口へ、かけ声をかけて、米を入れて料理をするのだと思う。稲作以前の縄文土器と、握り飯との結びつきとは基本的矛盾だとか、あるいは煮炊きしてそれを握って握り飯を造るのに、土器に握り飯をほおりこむのでは順序が逆だとか、批判があるだろうか。私にはそういう、矛盾や順序の逆にこそ、昔話が、時代から時代への推移において大量に発生する理由だと思われる。

繰り返して言うと、「食わず女房」の頭部に隠された大口こそは縄文土器の上部にぽっかりひらく取り出し口ではなかろうか。

二　前代への退行

レヴィ＝ストロースは「クラインの壺」として説明する原理を思い浮かべる。前代と、その前代を滅ぼしてやってくるつぎの時代とが、この昔話のなかで非連続的に接続する。そういう推移が画かれている、と。握り飯（焼き飯など）というのは、餅と対立する、日常的なうるちだろう。稲作儀礼の開始というショックがここに表現されていると見られる。時代がスクロールして、前景が変わってゆく。

柳田の論じ方によると、「食わず女房」について、これが蛇だと言うことを忘れてしまい、山姥の化けたのだというふうに語るのはのちの時代の変更だろう、として、蜘蛛女房ではあたまの口を言わないが、麦飯をいっぱい食うというところがあり、このほうが一つ以前のかたちかもしれないと言っている。

柳田は例によって、水辺の神々（稲作儀礼の神）が田螺（たにし）を使わしめとする、古風な、もともとの信仰があり、それが零落して、忌むべく恐るべきものと解せられるに至る、と考える。でも、それだけでは女房が昔話のなかで鬼になってゆく理由がうまく摑めない。つまり、髪の下の大口こそはこの昔話の主要なモチーフなのである。『吹谷松兵衛昔話集』「18 食わず女房」では、桶をもらって、立てなくなり（演技である）、婿さんが手をひっぱって起こしてやろうとしたら、その手をぐうっとひっぱって、くるっと桶のなかへ入れてしまう。男は桶作りだった。食わず女房を〈土器〉とすると、〈桶〉と、この昔話ではペアになっている。

ここでの興味は桶作りに向けられるのであり、そこにも時代のスクロールがあることになる。くるっとひっくり返して桶のなかへはいらせるあたりは、そのスクロール感だろう。夫である男を単にいたぶるとか、殺すとかでなく、その男の作る桶を利用するというところに、興味は桶に向けられているとわかる。鬼になるのはそこからであって、時代がスクロールすると、その女は鬼ということになる、変身させられ、山の方へ走る。山姥になるというより、山姥との合体だ。新しい時代がやってくるとき、前代へと退行するとは鬼になることだ。よもぎやしょうぶによる魔除けの由来譚として語られる語り方も古いと思われる。（本章の終わりにスクロール感をアニ

メーションにして掲出しよう。↓28―29ページ)

三　皮の上衣

鬼とだけあって、山姥とは見えない。しかしまあ、一般には山姥が若い嫁に化けたと考えてよいので、もともと、よく知られるように山の女性神で、若くもなり、年配の神体にもなる。皮をかぶると変身するから、「姥皮(うばかわ)」なんかを思いあわせる。

「姥皮」は『吹谷松兵衛昔話集』に二話、どちらも蛙の皮で、冒頭に「蛙報恩」「蛇婿入り」型のモチーフを持つのが「7　姥皮」、継子虐め型が「8　姥皮」で、「8」は蛙報恩になっていなくても、さいごに姥皮は蛙の皮だったとなってまとまる。

「鉢かづき」とともに、中世小説になっている話だ。「鉢かづき」は『吹谷松兵衛昔話集』になくて、「相馬地方昔話集」(『伝承文芸』二、一九六四)というのを見ていたら、「鉢かつぎ」があり(高橋りきの語り)、なかみは「姥皮」の話、つまり鉢がとれなくなった上に、姥皮を身につけて、さいごは結婚したら鉢がとれるという、二つのモチーフのかさなるのがあった。

さらには「手なし娘」のモチーフもはいりこみ、「鬼の息子」もはいってくる。風呂の火を焚く婆になり、掃除もする。『吹谷松兵衛昔話集』では、掃除やぞうきんがけをする場合と、飯炊き婆になっている場合とがあり、いずれも夜は姥皮を脱いで本を読んだり学問したりと、元の姿にもどっている。

これが熊の皮とか、『源氏物語』の末摘花の姫君のように、黒テンの皮とか、そういう革ジャンならわかる。

蛙は脱皮して皮を残すわけでなし、ここでも南養寺遺跡の、人面に蛙がついた有孔鍔付き深鉢土器を思い浮かべることになる。その土器をひっくり返してかぶせると、そのまま「鉢かつぎ」になるだろう。

蛙の皮というのは、そんなにふしぎなことでない。グリムの「カエルの王さま」ではないけれども、お池の神さまが動物たちそれぞれの皮を着て、この世にあらわれる。折口の最晩年の「民族史観における他界観念」（一九五三）では、他界で人間のかたちをして、この世に来るときにワニなどの姿をしてやってくると、トーテムの発生を説いている。

蛇が嫁さんを貰いに来るとき、若い男になってやってくるとか、「蛙婿入」という昔話では、頭を斧で割ったら蛙の皮がとれて若い男になったとか、そういうことだろう。

『焼きもち焼きの土器づくり』に、ヒダッツア・インディアンの話として〈バワーズ〈一九六五〉に拠る〉、土器作りの女は薄暗い密室で、「蛇」になぞらえられ、かたちをなした壺に、焼き上げるまえに、粘土をひきしめるために濡らした獣皮をかぶせるのだという。

思い合わせたいのが神奈川県林王子遺跡の有孔鍔付き深鉢土器だ。壺の下部に蛙文様の女神が貼りついていて、壺ぜんたいが女神の身体なのである。その壺の口の周りに、二十ばかりもの孔が施されている。そしてなぜ、その並んでいる孔のすぐ下に、ぐるりと「つば」があるのか。「つば」と言っても、刀の鍔に似ているから、考古学者がそう名づけただけで、その出っ張りを利用して、獣皮でふたをしてしばり、孔を利用して締めたのではないか。

それはそのまま太鼓にほかならない。壺に皮をあてて、紐でとめて太鼓として用いる、とレヴィ＝ストロースは注意している。その祭りの名を「壺しばり」と言う。蛙との関係が、その記事から見つからないなと思っていたら、『食卓作法の起源』（『神話論理』Ⅲ、81ページ）に、蛙の役割として、皮を張って、夏の日照りに、雨を呼び寄せるときの太鼓にして用いる、とあって、雨乞いの儀式ならなるほど蛙にふさわしいか。尤も、雨蛙は日本だけの蛙かもしれない。

昔話の個々の原型の成立を、なかに出てくる穀物や果実などが、稲作時か、それ以前かで分けて行くと、縄文から弥生にかけての激動期が浮かびあがってくる。

単純に分けようということではない。生産される五穀の種類や、瓜や木の実などの在り方によって、稲作以後と以前とを分けようということでも必ずしもない。生産体系や経済体制の激変期にあり、以前の安定した状態が大きく破壊され、言語も文化もすっかり変わりはてようとする、その危機的な数百年こそは、われわれにとっての、語ること、話すこと、あるいはうたうことの、今日へ至る大量発生の時期であったのではないか、という推測をしたい。

四　囲炉裏端で〝視る〟昔話

昔話は「耳の文芸」「耳から口への伝承」と言われるように、言語をあやつって語り聴かせる。そのような享受のあり方の基本に疑念を向けようがないにしても、言語が脳内で視覚機能にも連絡しているとすると、眼の文芸とは言わずとも、口承文学は聴覚とともに視覚を全開させての、高度の言語機能がつかさどる伝承なのではなかろうか。

映像なき昔話をわれわれは想像できるだろうか。情景を眼前に浮かべながら、昔話は聴かれるのだと思われる。一大スペクタクルズが昔話では繰り広げられてきたから、開発された能力によって、現代に劇画タッチもアニメーションもわれわれは受け入れているのであって、視覚機能の本性として、おそらく三千年まえから、動画も、そしてたぶん〝映画〟もわかっていて、現実にまだ見たことがなかったに過ぎない。絵本を買い求めて子供に与え、挿絵を用意し、またテレビが漫画のそれらを放映するのは、結果としてあるので原因ではない。

数千年の経験を蓄積しているからこそ、われわれは映画の時代がやって来た時に、容易に受容できる。村内の祭礼では芝居や芸能が演じられて、子供たちの脳内で描くキャラクターたちの図像や、夢のうちに出てくるそれらの共通性を作り出したことも、想定の範囲内である。

「夢が個人の意識を補償する機能をもつように、昔話は……文化や規範を補償する機能をもつ」と、心理学の河合隼雄は述べたという。これを引いて、視る機能としての夢を、『昔話世界の成立』[2]の武田正が思い合わせているのは正確だろう。「非日常的世界としての「異郷譚」」の一節で、氏の言う「異郷譚」、異郷をめぐる本格昔話は視る夢によって与えられる、とこれを称して過言ではない。

武田はまた、この認識によって、昔話と「神話、伝説」とのちがいもおのずから明らかになる、と指摘する。「神話、伝説」は常に、現実との諸関係において語られる、と。視覚機能からの自立という段階が、たぶん、創世神話や伝説のたぐいにはある、ということだろう。それに対して、氏によると、〈昔話は夢同様に、「今は昔」「昔あったそうな」という意味で、現実とはかかわりを持たない叙述、「語り」であった〉（同）とする。

ぜんぜんむずかしい議論ではないはずだが、長い歳月にわたる昔話の、とくに享受のしかたが、近年になり失われたなどと、安易に論じられるようでは民俗学の現代的敗北である。子供たちが謹直に、あるいは愉しげに見聞きする囲炉裏端は、われわれの〝すぐそこ〟にあり続けるし、もぐりこんで想像界に飛翔しつつ眠りに就く祖母の布団もまた、ついかたわらに敷かれて子供たちを待っている。昭和、平成から令和へ、不断に進化する現代であるとしても、語りという民俗を変わらざる部位がしっかり支えることに、やはり何の疑念も湧きようがない。

五　昔話紀の悲しみの感情

神話紀と昔話紀とのあいだは〝危機〟期として、口承文学の大量発生があるという見通しだ。稲作以前から稲作へ、という移行には民族間闘争が伴ったとすると、征服型のそれは男を皆殺しにして女を確保することがあるかもしれない（出産要員として家族化される）。その場合、前代の、記憶や遺存させるべき伝承が、母から子（女子、男子）へ、大量の説話となって伝わる。村落や民族起源にかかわる新しい伝承は、祭祀や儀礼（男子成年儀礼など）によって保存されようが、母たちは幼い子に亡滅させられた前代を語り伝えることだろう。

昔話に矛盾のいっぱい書き込まれるのが、何よりの証拠だと思う。一族の男（父や男きょうだい）を殺された女は悲しみに暮れるだろうか。前代の殺し（瓜子姫もあまのじゃくも殺される）が昔話となって語られるためには、悲しくもなければ残酷でもないそれらのなかに、何らかの感情（惻隠というか）もまた発生するのでなければ、そもそも昔話が〝こちらがわ〟へやってくる正当な理由がないことになる。

昔話「食わず女房」について言うと、女房という呼称の通り、囲炉裏を共有する家族化された女（蛙神や蜘蛛女）であり、縄文土器を想わせる頭の開口部へと、握り飯（餅ならぬ、うるち米でつくった糧食＝稲作以後）をかけ声（戦士の攻撃のように聞こえる）かけてほおりこむ。稲作以後とは弥生時代にほかならない。以前と以後とがぶつかりあう矛盾にこそ昔話が生き出す。そのあと、彼女は前代へと去る、つまり鬼形の山姥になって彼女自身の矛盾を〝解決〟する。昔話紀が始まり、ここから長々と続く。

六　文字を消そう　動画およびナレーションのために

昔話は「耳の文芸」などといわれるものの、実際には視覚が全開で、しかもうごき続けることを探り明かしたい。われわれは映像なき昔話など考えられるだろうか。眼の文芸とは言わずとも、口承文学は聴覚とともに視覚を駆使しての、高度の言語機能がつかさどる伝承なのではなかろうか。

情景を眼前に浮かべながら、昔話は聴かれるのだろう。四節に引いたように、武田正は『昔話世界の成立』で、視る機能としての夢を思い合わせる。私も昔話の実際からそのことを考察してみよう。『吹谷松兵衛昔話集』から、「18 喰わず女房」をプリントにコピーして貼り付けたものの、不要な部分がある。何が不要かというと、翻刻した野村純一にはわるいが、文字が邪魔なのである。

文字をいまは要らないので消すことにしよう。印字やコピーの文字を消す消しゴムで、ごしごし文字を削ることにする。すると、二つのことが浮かび上がる。

一つは、何が浮かび上がるかというと、アニメ、動画にほかならない。聴き手は語りを聴きながら、眼前にひたすら視覚的動態が繰り広げられるのを受け取る。なぜ、われわれはアニメがだいすきなのか。大昔から動画と親しんできたからである。漫画にしろ、劇画にしろ、われわれはページをもどかしく繰り、動画にして享受してきた。

これは絵巻物という、横に横にとひろがる動態や、挿絵のたぐいの躍動感にもおなじことがいえる。合戦絵巻の馬の姿態ひとつをとっても、うごきそのものの活写である。説話絵巻はいうまでもなく、物語絵巻だってうごき出す人物たちの瞬間、瞬間を描いてやまない。読本や草双紙になぜ挿絵があふれるのか、動態にほかならないからだ。

まだ映画館がなかったから、映画を見なかっただけのこと。われわれの動画を作る技術がなかったから、実際のアニメを手にとることがなかったに過ぎない。一大スペクタクルズは夢のなかでも、また祭礼のいっとき、猿楽の徒のような演技者が繰り広げて見せてくれるでもよし、視覚的なうごきとともにあった。

もう一つ、文字に代わって浮かび上がるのがナレーションである。これも一刻、一刻の展開であり、けっして静止することがない。『吹谷松兵衛昔話集』で見ると、若い女の人がきて、「おれを、ここの嫁さんしてくんなさい」と言う。何も食べないから、聟さんは山へ行くふりをして、屋根裏から見ていると、女は大きなお釜でご飯をいっぱい炊いて、おにぎりにすると、髪をばらして頭のなかの大きな穴に、「ほら喰い、そら喰い」と、ポンポコ投げ込むんだってや。

嫁、「あ、あ、そうですか。おれが悪かった。じゃあ、実家いるすけえ、おれに桶ひとつ、くいてくれ」って。そいで、桶を、こう、ぶって、聟どんが、手を引っ張って起こしてやろうとしたんだってや。そしたら、その手をグウーッと、桶ん中へクルンと、その聟さんを入れてしまったんだってや。

ナレーションはここで、女が前ジテ（嫁さん）から後ジテ（鬼）へと変貌したことを語る。

七　神から鬼へ

『今昔物語集』などの説話集や物語文学のたぐいと、現代に残る昔話とのあいだをつなぐ接点に〈鬼〉がいる。説話集には鬼が満載である。数千年まえには〈神＝鬼〉だったかもしれない。およそ三千年のかなたか、「鬼やらい」が成立して、神と鬼との分離、とりもなおさず神の誕生というよりは神々が後退しはじめるということだろう。神の役割がしだいに神らしくなるというか、限定をほどこされて、住む所、出現する季節や時間、容姿などが決まってくる。鬼は鬼で、やはりどこかに在所を持ち、出てくる時間や季節は神々と分け合うものの、本来はかさなるから、のちのちもたいして区別はなかったかもしれない。

夜の時間を与えられるのはよいが、いうまでもなく真の暗闇である。おそらく本来は姿もかたちも持たない、ただ観念のうちにのみ実存したのだろうが（鬼も）、ほのかな光で容姿を見たいと思うわれわれのためには、姿やかたちを持たなくてはならず、声を出したり、特定の芸能者による所作が生じて、呪師や猿楽の徒の出番となる。

人食い鬼は昔話紀だけでなく、フルコト紀にも、物語紀にも出てくる。『源氏物語』には何と二十例もの鬼的存在が出てきたり、話題になったりする。(3)

鬼か、神か、狐か、木霊（こたま）か。（「手習」巻、九、180ページ）

いで、あなさがなの木霊の鬼や。まさに隠れなんや。（同）

昔ありけむ目も鼻もなかりける女鬼(めおに)にやあらんとむくつけきを、（同）
鬼にも神にもりやうぜられ、（同、182ページ）
さやうの人の玉しひを、鬼の取りもて来たるにやと思ふにも、（同、194ページ）
をこがましうて人に見つけられむよりは鬼も何も食ひ失へと言ひつゝ、（同、206ページ）
鬼の取りもて来けん程は、物のおぼえざりければ、中〳〵心やすし。（同、272ページ）

ほかに「鬼神(おにがみ)」という数例や、「鬼しう」（形容詞「鬼し」）（「夕霧」巻）も見える。志怪小説好きな紫式部らしく、けっして少なくない鬼の出番だ。

これらに見る鬼は、被害者を取り込んで、どこか住みかなどへ連れて行って食うという性格を基本とする。鬼になるのが多く死者であることもわかる。

八　人肉の臭いがするぞ

プリントでは九十度、回転させ、劇的な二部構成であることを示してみた。クルンと、聟さんを桶のなかへほおりこむと、鬼になってドンドコ、ドンドコ、山へ走ってゆく。

このクルンというスクロールも、アニメだから画像がほしく思い、葛飾北斎の冨嶽三十六景から桶職人の一図を借用することにした。桶のかなたに富士山が見え、おあつらえの水田までが描かれている。これで「クルン」のつもり。九十度折れまがると、鬼になるのだ。

鬼については、最初にふれた日本学者、ネリー・ナウマンに敬意を表して、人食い鬼をここに引用することにしたい。山姥の本性が人食い鬼だときちんと論じたのは彼女の『哭きいさちる神――スサノオ』[4]という著書だった。

「人肉の臭いがするぞ、臭いがするぞ」を決まり文句とする悪魔や子供を食べてしまう魔女――ヨーロッパの昔話でよく知られているこの両者は、日本の昔話でも無縁ではありません。なるほど（日本の悪魔である）鬼の観念には共通点も多いのですが、わたしたち〔ヨーロッパ〕の昔話の悪魔観とぴったり重なり合うわけではありません。また、昔話で人喰いの魔女を演じる鬼婆や山姥もわたしたちの魔女観とすべて重なるとはかぎりません。けれども、こうした者たちが例外なく人喰いであるところに唯一共通点があります。

「むさぼる死と人喰い――日本の昔話における神話像の変遷に」

昔話に出てくるかれらとおなじ性格をだいたい有しているとすれば、「瓜姫」に見るあまのじゃくは怪鳥のようで、鬼と習合する異類もあったかもしれない。また中国文学の影響下にある〈鬼〉がいることを妨げない。人を食うという通りで、神々はかつて人身犠牲を要求し、その姿には鬼とも区別のつかない何千年もの時間があって、民俗儀礼のいまにも色濃く〈神＝鬼〉を観察できる。「言うことを聴かない子は取って食うぞ」とおどかす。昔話の人食い鬼には〈神＝鬼〉のような淵源に向かうことができそうである。

地域差ということも興味深い話題で、「妹は鬼」（「鬼と妹」「鬼と姉」とも）のモチーフは九州から沖縄にかけて見られる。あたかも著名なアニメである『鬼滅の刃』の作者、吾峠呼世晴が福岡出身らしいことと符合する。

18　喰わず女房

あったってや。

あるとこに、働き者の一人もんがあったってや。そんで、毎日毎日、一所懸命で働いていたって。そしたら、ある時、若い女の人が来て、

「おれを、ここの嫁さんにしてくんなさい」

って。そいでもって、そこの嫁さんにして、そいで、なかなか一所懸命で、まあ、家ん中のことしたりして、御飯したりしてやっていたって。そいでもって、御飯をいっこう（まったく）食べないんだってや。ほいで、その聟さんは働き者で、身上作りでけちんぼうだんだんが、御飯をいっこう喰わねんだんが、

「こんげんいいことねい」

と、喜んでいたってや。ほいで、ある時

「だけども、こげん、いっこう喰わねいなんて、そんげいのことしては、生きていられないが」

って。そしたら、隣の婆さが夜来たんだってや。そして

「あの嫁、何だか知らんども、頭を振り乱して、ほいでもって、大きなおにぎり、頭の中いボンボン投げ込んだや」

って。隣の婆さ、たまげたって。そいでその男に聞きかけるんだろない。そいから、まあ、いく日か経って、

「今日はひとつ、俺が覗いてみよう」

って、そいで、山い行ぐ真似して

「行って来るど」

と、出て行ったってや。そいでもって、家い屋根裏へ上って見ていたってや。そしたら、大きなお釜で御飯いっぱい炊いて、そいで、それみいんなおにぎりに、むっん（結ん）じゃったってや。そして、こんど、頭を、髪をふぐして、じゃんばらしたら、頭の真中に大きな穴が、ぽっかり開いたんだってや。ほして、その穴の中に、おにぎりを

〽ほら喰い　そら喰い。ほら喰い　そら喰い。

と、いって、ボンボコ、ボンボコ投げ込んだってや。

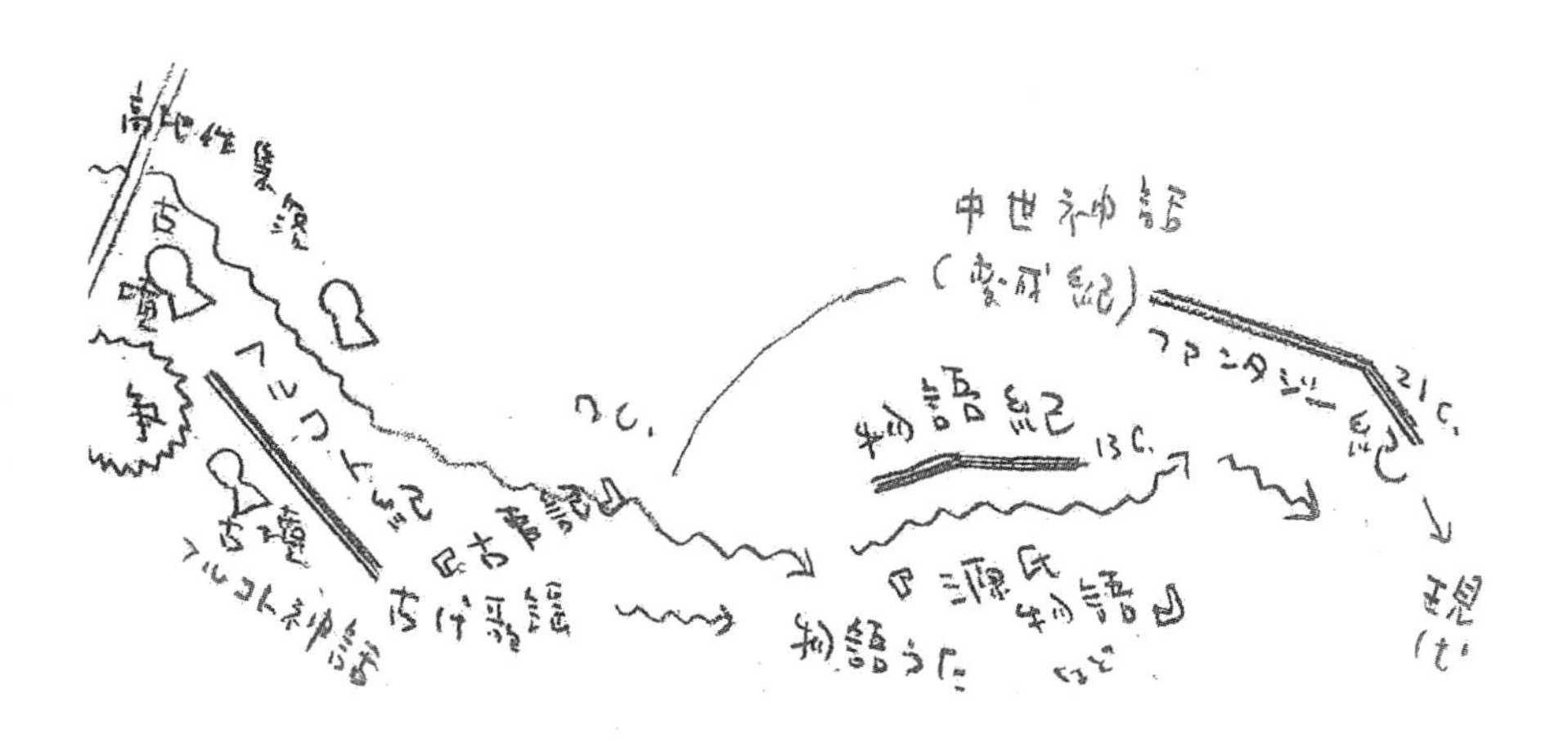

（中略）

「あ、あ、そうですか。おれが悪かった。じゃあ、実家い帰るすけい、おれに桶ひとつくいてくれ」

そいで

「あ、あ、そいじゃあ、桶、うな好きなが（もの）を持って行け」

って。そいで、丈夫そうな桶の。そいでその桶ひとつ貰って、

「そいじゃあ、これひとつ貰って出て行くすけい」

そいで、桶を、こう、ぶって、立とうとしたども立てないってや。そしたら、その聟どんが、こう、手を引っ張って起こしてやろうとしたんだってや。そしたら、その手を、グウーッと、あれして、あの、桶ん中へクルンと、その聟さんを入れてしまったんだってや。

そしてこんだ、立てられないんでなくて、立たないんだんだんが、そいで、その聟さんを桶ん中に入れて、こんだ、ドンドコ、ドンドコ、歩き始めたんだってや。鬼になってしまったんだってや。そうしたら、桶の中い入っていて、もう、怖くて怖くてしようがないんだってや。ほいで、ドンドコ、ドンドコ、山の方い走って行ったってや。ほいで、どうかして逃げ出さないきゃ、しようがないが、と、思って、聟さんが、こう、考えていたんだってや。そいで、逃げて行く道に大きな木が枝ぶり良くて、その枝が、ずーっと、こう、下い垂れ下がっているんだってや。ほして、聟さんが、その、あれだってや。ちょうどその枝のとこい、疲れちゃって、嫁さんが休んだんだってや。そいで、その間に、聟さんが、そーっと、その枝につかまってしまったんだってや。そしたら、嫁さんが、また、ツウーッッツウッーと、歩いて行ったども、いやに軽いこんだ、と。休んだらこんげに楽んなった、と、思って、

「ありがたいこんだ」

って、そんで、ひょっと見たら、いないんだってや。ほいで、いないからまた後戻りして、

「どこい逃げやがった」

ってんで、ドンドコ、ドンドコと、その鬼が戻って来たんだってや。ほいで、戻って来て、

「早く捜して喰ってやろう」

って。そしたら、そこの木の枝に乗っかっているんだって。

「こん畜生！もう、俺が早く行って、あの木から引きずり下ろしてこよう」

って、その木に登ろうとしるんだって。そしたら、その木の根っこに蓬と菖蒲が、いっぱい生いていたってや。だんだんが、その菖蒲が滑って、木に登れないんだってや。だんだんが、魔除けに、五月の節供に蓬と菖蒲を家のまわりに刺すんだってや。魔除けだって。

いっちご・さっかい。鍋ん下、ガイガイガイ。

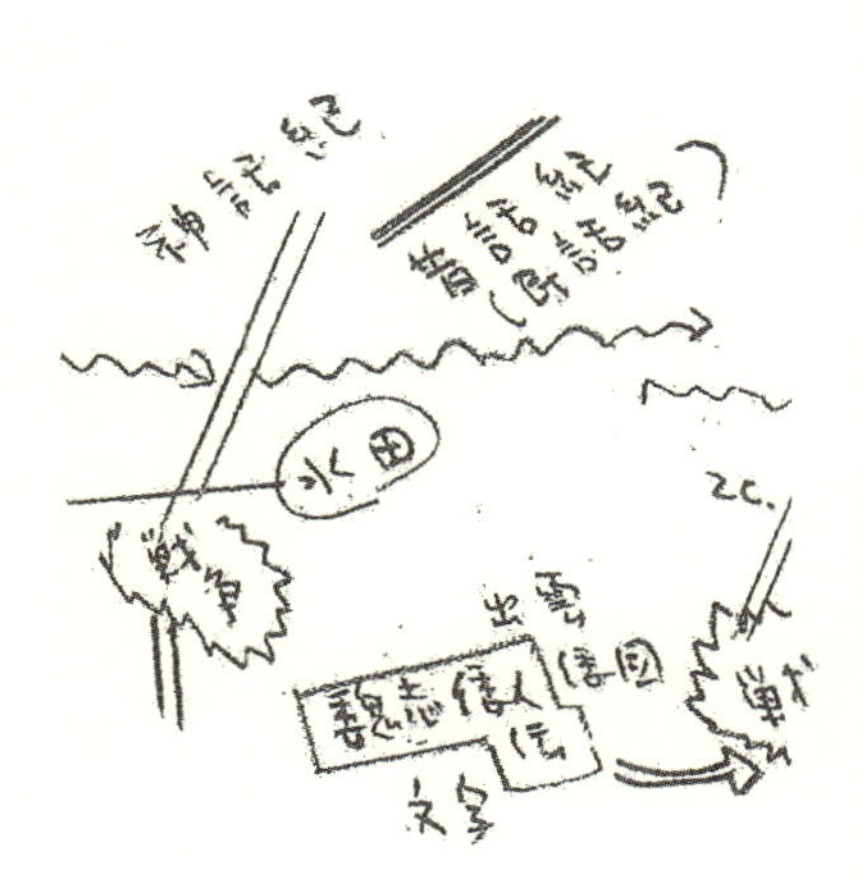

注

（1）野村純一編、一九七五（臼田甚五郎序、一九六七）。

（2）三弥井書店、一九七九。「夢が人類の普遍的意識であるとすれば、昔話というものの伝承及び伝播の基本的条件……は満たされている」と。ここで言う夢は生理的なそれのことで、夢想や希望の意味の「夢」は近代的な用法。

（3）藤井貞和『物語史の起動』青土社、二〇二二。

（4）言叢社、一九八九。

三章　過去の語り、今は昔、現在での語り

昔話から物語文学への、時間の在り方について、一章を設けたい。昔話は神話や伝承という、遠く今ここからかけはなれた説話を、語る現在、たとえば囲炉裏端へ持ってくる。伝承のそのような装置が文末に一々付けられる「ったってや」や「たずもな」ということになる。

一方、物語文学は、話題の大枠こそ過去の語りや伝承の在り方であるものの、いったん語りの内側にはいってしまえば、非過去をつらぬく。〝現在〟と言ってよいものの、厳密に〈非過去〉とこれを称したい。過去と仮面との関係、欧米語の過去時制など諸問題についても、本章で取り扱うことにする。

一　昔話の時間

昔話は、こんな言い方をしてよければ、徹底して「けり」「けり」「けり」……と、文末、文中にしつこく「けり」を見いだす。といっても、地域ごとの、そして現代語だから、以下に見るように、「ったってや」「ったってや」や、「てんて」「てんて」のしつこい繰り返しとして語られる。これがまさに古文に見る「けり、けり、

けり……」にほかならないと見抜きたい。


あったってや。

あるところに、働き者の一人もんがあったってや。そんで、毎日毎日、一所懸命で働いていたって。そしたら、ある時、若い女の人が来て、

「おれを、ここの嫁さんにしてくんなさい」

って。……

（「18 喰わず女房」、野村純一編『（増補改訂）吹谷松兵衛昔話集』）[1]

ある山の中にな、時鳥（ほととぎす）の兄弟がな、住んでてんて。へたあな、兄は体が弱いさかいな、いつでも弟（おとと）がな、兄の食べ物（もん）もな、一緒に運んで来てな、兄に食べさして上げててんて。……

（「5 時鳥と兄弟」、『山城和束の昔話』）[2]

のように、「ったってや」「ったって」「ててんて」「ててんて」の繰り返しに終始する。

これらの文末や文中の言い回しは再話によって消えるから、昔話に話型などの興味で近づく人には理解されにくいことかもしれない。「ったってや」「ったってや」あるいは「ててんて」「ててんて」は、伝承の語り手が、たとい荒唐無稽な、まさに神話的な話題であろうと、おとぎ話であろうと、ストーリーの中身に対して関与しない、責任をとらない、ただ語り伝えるだけだ、という表明としてある。伝承とはそのことにほかならない。

昔話の研究で私に欲しいのは、

むがし。兄（あん）ちゃど弟（おど）ちゃど二人の兄弟あっ〈たずもな〉。薬も何もねえ時分だから、弟ちゃは唐の国さ行って、漢方のごど勉強して来〈たど〉。その薬が売れで売れで、金持ちになっ〈たずもな〉。兄ちゃは焼餅やいで、

「兄弟だがら教せだら良がんべ」て言うし、弟は、

「苦労して覚べで来たんだがら、教せられねえ」て大喧嘩なって、弟ば殺してしまっ〈たずもな〉。そうして何という草がわがんねども、弟が売っでだ草取って、いい薬草だって売って、金儲げし〈たげど〉。……

（下略）　（「弟切草」、佐々木徳夫『遠野の昔話』桜楓社、一九八五）[3]

というような、語り口を伝える聞き書きだ。

遠野つながりで、『昔話を語る女性たち』[4]から、語り手の正部家ミヤの語りもすこし引くと（口演の記録である）、

むがーし、あっ〈たずもな〉。ある所に、なにもかにも、けちくせ、ほーんとに、口のあるものば要らねず男い〈だったど〉。この男ぁ、独り者だがら、みんなあだりの人〈だづ〉、

「なんたら、お前、いづまでも独りっこいねで、嫁御もらったらなんた（どうだ）」

ってすっつども（言うけれども）、その男ぁ、

「おれ、口のあるものば要らねます。もの食う嬶なんどば、もらわねがら」

って、聞かねがっ〈たずもな〉。

そうしていだっ〈たずが〉、ある時、そごさ立派な女訪ねて来たっ〈たど〉。……


と、「人さもの食せたくねえ男」の昔話に、「たずもな」や「たど」がさいごまで繰り返される。昔話が伝承であることを、みぎのような事例の文末で確認できる。つまり、だれかから聞いた伝承であると、しつこく話者は繰り返す。

これに相当する文体を、古文に親しむ人たちは馴染みのはずではないか。説話文学や歌物語、また物語文学の

冒頭部その他の、「…けり、…けり、…けり」（「…ける、…けれ」を含む〈以下おなじ〉）と続く展開が、伝承文学に負うとは最初の確認としてある。文中の「けり」を統一して考察する必要がある。

二　今に近い昔

じつを言うと「今は昔」という言い回しじたいは昔話に見ない、ということがある。物語文学や説話文学において見られる、著名な言い回しとして知られる「今は昔」は、〈昔と言えば昔、まあ今に近い昔〉というような、近い過去をさす言い回しかと思う。

説話文学は、

今は昔、道命阿闍梨とて、傅殿の子に、色ふけりたる僧ありけり。和泉式部に通ひけり。経を目出たく読みけり。それが和泉式部がり行きて、臥したりけるに、めざめて、経を心をすまして読みけるほどに、八巻読みはてゝ、暁にまどろまんとする程に、人のけはひのしければ、「あれはたれぞ」と問ひければ、「おのれは五条西洞院の辺に候ふ翁に候」と答へければ、……

（『宇治拾遺物語』一ノ一）

というように「今は昔」から始まる。『今昔物語集』の「今昔」も「今は昔」の意。

ここには「けり」があふれる。「……僧ありけり。……に通ひけり。……読みけり」以下、文中でも「……たりけるに、……読みけるほどに、……けはひのしければ、……問ひければ、……答へければ」と、過去の出来事を現在での語りへ持ってくるアピールとして、しつこく繰り出される。〈過去から現在へ〉という伝承の時間であって、けっして過去そのものでなく、「〜た（過去）ということだ（現在）、〜た（過去）ということだ（現在）」

と繰り返す。

「今は昔」とあるように、〈昔と言えば昔、まあ今に近い昔〉というような、近い過去をさす言い回しで、物語文学でも冒頭に見るところ。

今は昔、竹取の翁といふものあり〈けり〉。野山にまじりて竹を取りつつ、よろづのことに使ひ〈けり〉。名をば、さぬきのみやつことなむ言ひ〈ける〉。その竹のなかに、もと光る竹なむ一すぢあり〈ける〉。あやしがりて……

（『竹取物語』「かぐや姫の生い立ち」）

とあるように、「…けり、…けり、…ける、…けり」はまさに口承文学の文体を利用する。つまり、歌物語や物語文学の冒頭は「けり、ける」文体をなす。

むかし、男あり〈けり〉。奈良の京ははなれ、この京は人の家まだ定まらざり〈ける〉時に、西の京に女あり〈けり〉。その女、世人にはまされり〈けり〉。その人、かたちよりは心なむまさりたり〈ける〉。ひとりのみもあらざり〈けらし〉。それをかのまめ男、うち物語らひて、かへりきて、いかが思ひけむ、時は三月(やよひ)のついたち、雨そほふるにやり〈ける〉。……

（『伊勢物語』二段）

帝、おりゐたまひて、またの年の秋、御ぐしおろしたまひて、ところどころ山ぶみしたまひて行ひたまひ〈けり〉。備前掾にて橘の良利と言ひ〈ける〉人、内におはしまし〈ける〉時、殿上にさぶらひ〈ける〉、御ぐしおろしたまひ〈けれ〉ば、やがて御ともに、かしらおろして〈けり〉。人にも知られ給はでありきたまう〈ける〉御ともに、これなむおくれたてまつらでさぶらひ〈ける〉。……

（『大和物語』二）

むかし、藤原の君ときこゆる一世の源氏おはしまし〈けり〉。

（『うつほ』「藤はらの君」巻）

いづれの御時にか、女御、更衣、あまたさぶらひ給ひ〈ける〉なかに、いとやんごとなき際にはあらぬが、すぐれてときめき給ふ有り〈けり〉。

（「桐壺」巻、一、14ページ）

とあり、説話文学とおなじく伝承の文体をとる。この「けり」は何かということだが、口承文学―昔話―の文体とおなじで、過去から現在への伝来をあらわす。ずっと昔から語り伝えられて現在に至るということをしつこく繰り返して示す。

三　「き」と「けり」

物語文学のなかには「けり」でなく、露骨に「き」という、過去のことと明示するのもあって、

いまはむかし、中納言なる人の、むすめあまた持たまへるおはし（き）。

（『落窪物語』第一、岩波文庫、9ページ）

というようにある。この物語冒頭の一文は「……おはしき」と、「き」（過去）を露骨に明示するから、目立つ「き」というほかない。「き」は次章「フルコトは語る」に見るように過去を特定する。

『落窪物語』は『源氏物語』のすこしまえに成立した継子譚の長編で、愛読されたためか現代に全編が伝わる。正式には『落窪』と称され、全四巻からなり、笑いと涙とで読者を引きつけてやまない。物語文学だから「けり」はあふれるようにあって、

又、とき〴〵通ひ給ひ（ける）、わかうどほり腹の君とて、母もなき御むすめおはす。

（同）

のように、物語の場面があるとすると、それよりまえに起こったりあったりする時間をさす。中納言が通い所としてきた王家筋の、いまは亡き女性に産ませた、そのむすめ（＝落窪の女君）を本宅に引き取っている。つまり、

物語が始まる時点でそれ以前の通い所で、生まれた子が現在、引き取られてあるというのだから、〈ける〉であらわす。

女君を幼少時から落窪の間に住まわせてきたという、物語の叙述のいまをさかのぼる、以前の時間から述べ出す際に出てくる。過去から現在へという時間の流れをこれで示せる。

……おちくぼなる所の二間なるになん住ませ給ひ〈ける〉。（同）

本来の使用法とは、「き」（過去）プラス「あり」（現在）と見られ、「けり keri」を分解してみると、「き ki」（過去）プラス「あり ari」（現在）で、ki＋ari→k(i＋a)ri→keri となる。過去から現在への伝来をあらわし、その特徴は（伝来を示す助動辞）だったろう。[5]

まさにこの物語の冒頭部において外枠を明示し、それは過去で、あとは物語叙述のなかへはいってしまえば、第二文の末尾は「……かしづきそしたまふ」（非過去）、第三文の末尾も「母もなき御むすめおはす」（非過去）と続く。

大君、中の君には婿取りして、西の対、ひんがしの対に、はな〲として住ませたてまつり給ふに、三、四の君、裳着せたてまつり給はんとて、かしづきそしたまふ（非過去）。……母もなき御むすめおはす（非過去）。……名をつけんとすれば、さすがに、おとゞのおぼす心あるべしとつゝみ給ひて、「おちくぼの君と言へ。」との給へば、人〲もさ言ふ（非過去）。（同）

物語文学の語りはこのように（非過去）を基本とする。一大特徴と言ってよいだろう。

四　物語文学の〈非過去〉

物語文学は叙述のなかにはいると、いよいよ基本としての〈非過去〉語りとなる。『源氏物語』に見ると、

……むつかしげなる大路のさまを（光源氏ガ）見わたし給へるに（ゴ覧ニナッテオルト＝非過去）、このいへのかたはらに、檜垣といふもの新しうして、……をかしきひたひつきの透影、あまた見えてのぞく（非過去）。（女性タチノ）立ちさまよふらむ下つ方（足元ヲ）思ひやるに、あながちに丈高き心地ぞ（光源氏ハ）する（非過去）。いかなる者の集へるならむと、様変はりておぼさる（非過去）。（『源氏物語』「夕顔」巻、一、234ページ）

というように〈現在〉を語る。いま、男主人公（光源氏）は五条大路にいる。かたわらに檜垣のいえがあり、すだれの向こうの女性たちの透き影が眼に飛び込んでくる。彼女たちはこちらを見ようとウロウロして、えらく背が高いのは背伸びをするかららしい。なんでそんなに私のことを見ようとするのか、興味をいだかされる。

時々刻々と時間が進むとは、つぎの瞬間に何が起きるか、どんな行動を起こすか、当該の場面で言うと、光源氏はもっとよく見ようと、物見の窓に貌を近づける。つまり、そとから貌を見られてしまうことになる。

『源氏物語』はたしかに〈昔〉のことを語る。「夕顔」巻は、

六条わたりの御忍びありきのころ、内よりまかで給ふ中宿り（なかやど）に、大弐（だいに）の乳母（めのと）のいたくわづらひて尼になり〈にける〉とぶらはむとて、五条なるいへ尋ねておはし〈たり〉。（234ページ）

と始まる。光源氏がこの世を去ったあとのこととして書き出されているとみてよい。しかし、物語のなかにはいってみれば、現在、現在、現在……と、非過去であり続ける。つまり、日本語の古来は自由時制（基本として

の非過去〉で語られる（現在というのも可ながら、厳密に〝非過去〟としておこう）。

みぎの〈にける〉は乳母がここで語られる時間以前に尼になってしまってあることをさし、いま病床にある。文末の〈たり〉が、光源氏について、いまここにいらっしゃり、五条なる家の前に立つというシチュエイションを、一言であらわす。大弐の乳母が、病気のあげくに、尼になり病床に臥せっているので、見舞いに来ているという光源氏を、画面は映す。映画やＴＶドラマの画面じたいが「過去」であることはできない、「過去」という時間を映す技術はまだ発明されていない。

物語の時間が非過去であることを、「たり」や「らむ」あるいは「のぞく、おぼさる」という非過去であらわす。「たり」はいまに至る状態が存続するので、けっして時制ではない。

時々刻々と時間が進むとは、つぎの瞬間に何が起きるか、どんな行動を起こすか、何が起きるかわからない。映画館などで観る映画や、ディスプレイ上の動画におなじだ。日本社会がだいすきな漫画や劇画でもおなじことで、齣から齣へ、ページからページへ、つねに〈現在〉が続く。

膠着語の日本語には動詞などに活用があるから、「き」（過去）や「けむ」（過去推量）を活用語のお尻にくっつけたり、「けり」（過去から現在へ）を利用してさかのぼる時間を示したりして、非過去を基調としながら、でこぼこでこぼこ（現在―過去―現在―過去……）と時間を進めることができる。繰り返して確認すると、物語（そして説話）の外枠は〈けり〉（過去を現在へ伝承として持ってくる機能）であるとしても、物語内の叙述は〈非過去〉になる。

当該の場面で言うと、光源氏はもっとよく見ようと、物見の窓に貌を近づける。それは、そとから貌を見られてしまうことになる。「あれはたしかに光の君だわ」と彼女たちが言ったかどうか、こうして事件は始まる。

引用部分だけでも、「給へる」「のぞく」「立ちさまよふらむ」「心地ぞする」「集へる」「おぼさる」と、物語文学は非過去で語る。つぎの瞬間には何が起きるか、わからない。

『源氏物語』の全体はたしかに昔のことを語る。しかし、物語のなかにはいってみれば、現在、現在、現在……と、非過去であり続ける。つまり、日本語の古来は自由時制（基本としての非過去）だということではあるまいか。

五　仮面が過去からやってくる――「おも、おもふ」考

過去に触れて、回り道ではないにしろ、やや話題を飛躍させたい。視覚、あるいは夢にあらわれる昔話のキャラクターたちはどんな姿をしているだろうか。もし仮面をつけているならば、過去からやってきたことをあらわしていないだろうか。仮面（神楽、祭祀芸能でのそれら、能楽のシテ方）の被り物とは何だろうか。民間祭祀や古能のたぐいに、これまでずいぶん多く行き遇ってきた。かれらに遇うたびごとにいだく、自分の感想を述べると、〝仮面は過去から出現する〟。

現代演劇（現代を舞台とする劇）には、仮面が（原則として）要らない。とは、仮面であることによって、現世のさなかの、遠世からの訪れであったり、異界を過去に属すると見なしたり、ということらしい。過去と現代とを切断するためには仮面が要る。

昔話についても、それが「昔あったそうな」という世界だとすると、幻視の舞台に繰り広げられるドラマは、仮面劇ということになりそうではないか。昔話が映像を伴っているとすると、主人公たち（鬼たちも含めて）は

仮面劇のいでたちをしている。

一つの舞台を直面（ひためん）のワキ方と能面のシテ方とが共有するのは、複式時間の劇、つまり過去と現在とが出会っているというつもりだろう。黒い翁も延命冠者も、昔いたという証明のために仮面を被らされる。たとい一枚の布きれでも仮面である。ついでに言うと、物語文学の主人公たちは直面を特徴とするかと思う。

もうすこし、付け加えて考察しておきたい。

仮面を能楽などでは「おもて」という。顔を隠すのが仮面だとすると、どうして〝おもて〟（＝表面）なのだろうか。『源氏物語』に「命婦、面（おもて）赤みて見たてまつる」（「末摘花」巻、一、566ページ）、「中将の君（源氏）、面（おもて）の色変はる心ちして」（「紅葉賀」巻、二、46ページ）、「神楽（かぐら）おもてども」（「若菜」下巻、五、420ページ）、「青鈍（あをにび）の表（おもて）をりて」（同、五、422ページ）、「屏風の面（おもて）」（「須磨」巻、二、452ページ）など、表情、顔色や、ものの表面をさす。庭の面、水の面など、「おも」と呼ぶ場合も表面を意味する。なのに、なぜ、演者の表情を隠すような仮面が「おもて」なのだろうか。

これと関連づけられるか、大きな国語辞書や古語辞典には、「おもふ」（思ふ、思う）を引くと、何番目かの用法に、「顔つきをする」「顔色にあらわす」「表情をする」という意味が掲げられる。[6]一般に、「思う」というと、心のなかで心配する、考える、表情に出さないという用法かとされるのに、「顔つきをする」とは正反対ではないか。「心の内に思ふことも隠しあへず」（「帚木」巻、一、80ページ）とあるのが通用で、胸の内に仕舞って表情に出さない。それでよいと考えられる一方で、『源氏物語』のなかに少数の用例が、「顔色にあらわす」としか受け取れない用例にぶつかる。

なにがしの院に光源氏は女（夕顔の君）を連れ出す。女が「ものおそろしうすごげに〈思ひ〉たれば」（「夕顔」巻、

一、280ページ）というのは、女が恐怖をおもてに出して、それを源氏は見てとって、あの夕顔の宿り（の賑やかさ）に慣れっこになっているせいだ、とおもしろくお感じになる。あとにも、夕顔が「奥の方は暗う物むつかし、と女は思ひたれば」（286ページ）などあるのは、恐怖を顔色にあらわしているのだろう。

源氏が幼い紫上を抱きあげて、目を覚まさせると、寝ぼけたのか、「父宮が迎えにいらっしゃったのか」と〈おぼしたり〉（お思いになる）というのは（「若紫」巻）、紫上の表情から男君がそう受け取った。

六　笑話のなかの被差別

以下に書く談義はまったくの見当外れかもしれず、もしそうならば謝罪する。

欧米諸語（英語など）の物語は過去時制で語る。日本物語に出てくる「けり」は〈過去から現在へ〉という、伝承の時間であって、けっして過去そのものではない。日本物語が、なかにはいってしまえば非過去で語る、これに対して、欧米の物語は過去の時制で語る。

日本語の古典の物語が非過去で語るということを、英語ネイティヴの研究者はなかなか承認してくれない。さきほどから述べてきたことを繰り返すと、日本の物語文学の基本は非過去で語り、説話文学でも非過去で進む。なるほど、物語の外郭というか、全体は過去の話だが、なかにはいってみると、刻々進む場面場面は非過去となる。このことは、欧米で説明すると、大きな壁にぶつかる。日本語ネイティヴの読者でも、近、現代小説が過去で語られる（文庫本の小説など、だいたい「た」があふれている）ことに慣れて、古典の物語が非過去で進むことを忘れる。

説明を試みようとすると、「非過去で書いてあっても、ほんとうは過去なんだ」とか、「いわゆる歴史的現在というやつでしょ」とか、言い返してくる。非過去で書いているのに「ほんとうは過去なんだ」とは、反論しようがない。過去を前提にして、欧米文学などで歴史的現在はあるのだから、それと同一視できない。

日本語の古典の物語を、英訳その他、欧米語に翻訳することはいくつも試みられる。それらは過去時制に直して翻訳される。繰り返して言うと、日本物語の根幹は非過去なのに、欧米諸語では過去という時制に変えて翻訳される。それでよいのだろうか。

あくまで実験として、私は原語（日本古典語）に忠実な翻訳の試み、つまりすこしでよいから、現在という時制でやってみてほしいと、英語ネイティヴに頼んだことがある。私は、日本語での現代語訳として、『源氏物語』を時制や助動辞の一つ一つに至るまで、過不足なく訳出するという試みを提案していたところなので、その一環だった。頼まれた人は、「わかりました、やってみます」と。でも、名前を出さないでほしい、と私は言われた。

匿名ならば引き受けてもよいとは容易ならないことであり、私の実験はそこで終わりになったが、なぜ、日本の古典文学を英訳するのに、ネイティヴは時制を変えなければならないのだろうか。言い換えると、現在時制で翻訳することがなぜ、そんなに忌避されるのだろうか。

一九九〇年代初頭のニューヨークで、一年間、客員教授を私は務めた。専門が物語や和歌だったから、そのころ興味をいだいていた語り口や語り手の問題を、私は日本文学専攻の大学院生と議論して、自分なりに収穫がいっぱいという感じだったが、ぶつかった問題の一つがそれ（＝時制）である。英語社会ではタブーにふれることらしいから、『源氏物語』「夕顔」巻の叙述などが、非過去であることについて、いちおう問題提起したものの、翻訳問題に深入りできなかった。

あとになって、日本文化に詳しい大学院生が、ためらいながら、英語社会にも〈差別／被差別〉問題があると説明してくれた。『アンクル・トムズ・キャビン』（一八五二）にはトムおじさんの語ったという原話があって、非過去だと知られているのだという。アメリカ社会でひそかに語られている「理由」つまりジョークとして、奴隷船に詰め込まれて故郷のアフリカを離れたとき、かれらは過去を捨てた、だから過去で語らないのだと、差別的な笑いで収める落ちがつく。

たしかめようがないことで、それきりになったが、大学院生が〈差別／被差別〉の問題だと説明してくれたことはよくわかったし、匿名でならば『源氏物語』を非過去で英訳してもよい、と言ってくれたひとの誠意にも納得できる。トムおじさんの語りが非過去で、「その理由は云々」というこの〈説話〉について、〈事実〉を問うことはいま違反だろうから、物語研究の立場から一言だけ推測を加えるとすれば（説話だから推測の延長コードは許されるだろう）、故郷のアフリカ社会での原話が自由時制、つまり非過去の語りだったろうというに尽きる。

七　「最初に語る」とは

『吹谷松兵衛昔話集』へと急ぎもどりたい。野村純一に論考のある、そして『吹谷松兵衛昔話集』を特色づける、「最初に語るむかし」についてだ。三人の語り手による、「最初に語るむかし」を見ることができる。「1 ちい」を見ると、爺さがにわ（土間）を掃き、穂を一本、拾う。婆さはうちを掃いて、小豆（「2 フサ」では一粒）を拾う。「ぼたにしようか、かいにしようか」とあるので、穂は餅米と分かる。さきの、食わず女房のうるちと対比してみると、非日常性を感じさせる。土間、うち、そして座敷という配置にも、意味を感じさせられる。座敷で作り始めようとすると、蜂が飛んでくる。

　爺さのほっぺ刺そうか、……

蜂がブーン、チクッと刺してくるので、餅をペターンと投げつける。またもう一匹、餅を投げつけると、蜂は死んでしまう。

　一本や一粒であることがだいじだ。一本や一粒から、何だかいっぱいにお餅ができるというところに、神聖な原初の稲の穂、最初の小豆の莢(さや)であることが暗示されている。「豆こ話」のように唱えごとをしてふやすというモチーフが隠されていよう。神話的昔話といってよい、特別な始まりだ。ぼた餅は祭りなどでのだいじなそなえ物だ。そこへ、なぜか蜂が飛んでくる。蜂は昔話にとってだいじな存在なのに、ここは援助するふうでなく、ただ刺してまわる。じいさんばあさんを怒らせる役割か、もしかしたら餅をだいなしにしてしまうかもしれない、という心配が残る。

「3 よし」では、蜂が、おじいさんの「ちょんぼ」を、おばあさんの「まんじょ」を刺すぞと言ってあらわれ、じっさいに刺してまわり、餅をぶつけられる。より笑いを求めた結果か、それとももともとに近いのか、「1 ちい」と「2 フサ」との語りが上品に語り変えているのではないか、など議論の余地のあるところだ。

　野村によれば、大きな動作が語り手にはいってくるし、聴き手も蜂を避けたり、お餅を投げたり、という、やはり動作や気分で盛り上がるから、前半のお餅つきから、後半の蜂による騒動へと、展開の激しさがあり、笑いの原因はそこにも籠もるとされる。「1 ちい」「2 フサ」と「3 よし」とは、上品、下品の問題でなく、語りのヴァリエーションだ。それにしても、なぜ蜂なのだろうか。

　私のしばしば利用させていただく昔話集に『石川郡のざっと昔』（ざっと昔を聴く会、野村典彦責任編集、一九八九）

があり、「1 便所の屋根葺き」は、隣の家の便所屋の屋根がぬけたのを、直してやっているうちに、茅のなかから豆粒が二つ。味噌にするほどはないし、豆腐は昔のことだからまだないし、というわけで、炒るまでもないと、囲炉裏に置いて、黄な粉にしておならでふっとばした、終わり、という話。桃太郎と結びついたり、花咲爺と結びついたり、『日本昔話事典』では稲穂を三本とか、婆が便所に落とされたりとか、なかなか賑やかでたのしい話だが、「最初に語るむかし」の一つだという了解のようだ。

「最初に語るむかし」について、福田晃は、『日本昔話事典』の「河童火やろう」の項目で、こういう話は、くつろいだ雰囲気を作るためと、一般には説明されるが、その始原としては、男性女性の交わりの物語を語って、穀物の豊饒を期待した「祭の庭」の語りごとに求められると、たいへん重要な指摘をする。性的交わりと蜂との関係、しかも最初に語られる話というと、ただちに思い出されるのが、『日本霊異記』の上巻一縁の「雷を捉ふる縁（ことのもと）」ではなかろうか。

雄略天皇が、后と、大安殿で、くながい（婚合）をしているときに、小子部栖軽（すがる）が知らないではいってきたので、天皇は恥じて、行為をやめる。ときに空に雷鳴あり、栖軽に命じて、雷を捉えに行かせる。捉えたところを雷の岡と言う。また、栖軽の墓に雷が落ちてきて嵌ったので、「生きても死んでも雷を捉えた栖軽の墓」と碑文にあると。

「すがる」はジガバチのことと言われ、「トびかケる、すがるノゴトき」（『万葉集』三七九一歌）と詠まれる。小子部という氏の名は、小さ子伝承を思わせる。かいこのことを「こ」と言うから、まちがえて栖軽は人間の嬰児をたくさん集めてしまい、託児所みたいな施設を経営させられるはめに陥る。

蜂ではないが、『宇治拾遺物語』の最初に語る話は、道命阿闍梨が、和泉式部のもとに行って寝たあと、めざめてお経を読んでから、まどろもうとすると、人のけはいがして、だれかと訊くと五条の道祖神で、いつもは梵天、帝釈が聴聞に来ていて、自分などは近づけなかったが、きょうは行水をせずにお読みになったから、近づいて聴くことができたと、なんだか汚い。

付　世間話

にがい差別的な笑話を出したので、過去語りではないが、世間話を一つ。現役の中学生には知られている話のようだが、それを私が聴いたのは、一九七〇年代。横浜市立大学に非常勤で出向くことになり、そのころ、私は鎌倉市に居住していたので、金沢八景までの峠越えを、バスで小一時間、揺られて通うという、のんびりした毎週だった。帰路にいつも乗り合わせる、女子中学生の二人連れが愉しかった。最後部に二人は陣取り、ハナシの出し合いをして、終点まで尽きることがなかった。彼女たちの一人が出した話題を、細部までよく覚えているのが一つだけあるのは諒とされよ。

「東北のいなかから、集団就職で出てきた男性と女性とがね、都会の街角でばったり会ったんだって。」「ふうん、それで?」「ふたりはね、すぐに、上がセで始まり、下がスで終わる、六文字のことを始めたんだって。」

バスの乗客たちはみんな聴きながら、上がセで、終わりがスで終わる、六文字というのだから何だろう、と答えを待ち構える。むろん、相手の女子中学生もおなじで、「ええっ、わからないよ、何。」と仕向ける。「教えてあげようか。セケンバナス。」

二人の会話はみごとで（深夜放送あたりから仕入れたらしい）、乗客たちも感心したと思う。ハナシの内容が軽い艶笑譚であることを、二人とも気づいていないらしいことは愉快だった。集団就職、東北方言にひっかけて、世間話とは何ぞやという、口承文学の本丸にいきなり飛び込むような傑作である。専門筋では知られるハナシだとしても、その後、まだ出会ったことがない。スマホのない時代に、乗客たちを巻き込んで、ハナシが生きているという実感だった。

注

（1）野村純一編『（増補改訂）吹谷松兵衛昔話集』刊行会、一九七五。
（2）京都府立総合資料館編『山城和束の昔話』、一九八二。
（3）佐々木徳夫『遠野の昔話』桜楓社、一九八五。「弟切草」は高木史人「オトギリソウの話」（『学生研究会による昔話研究の50年』、二〇〇五）にも引かれるところ。「たずもな、〜たど、ずもな、たげど……」と文末が続く。
（4）石井正己編、三弥井書店、二〇〇八。『正部家ミヤ昔話集』、小澤昔ばなし研究所、古今社、二〇〇二。
（5）『物語文学成立史』では、国語学者春日政治による「来（＝キ）アリ」説を採りあげて、「けり」はテンス的過去を基調とし、継続態の要素を持つ、とした。『物語理論講義』ではフランス語の半過去とよく似るとも述べるところがある（東京大学出版会、二〇〇四〈『物語論』講談社学術文庫、二〇二二〉）。
（6）辞書の説明（岩波古語辞典）に、「思ひ」は「胸のうちに、心配……などを抱いて、おもてにださ」ない、という原義から、「転義として心の中の感情が顔つきに表われる意を示すことがある」と説明されるのは、逆ではなかろうか、「おもへり」という古語もある通りで、「おも」（顔）―「おもふ」（思う）はそのまま名詞と動詞との関係であるのが本来と見るべきである。

四章　フルコトは語る――『古事記』成立

昔話紀と物語文学の時代とのあいだにはさまるフルコト紀は、古墳時代に相当して、国家創成の神話や古代歌謡をめぐる説話その他にいろどられる。関心の高まるのが、フルコト（＝「古事（ふるコト）」）をわれわれにもたらしてくれる『古事記』の成立についてで、それについては『日本書紀』天武十年三月十七日の記事に「上古の諸事」とあるのがフルコト（ふる＝上古の、コト＝諸事）にほかならない。つまり『古事記』が編纂され始めたことを『日本書紀』が明かしている。『古事記』序と読み合わせることになる。

一　フルコト紀の叙述

縄文という時代が推移し、稲作がもたらされるころになると（弥生時代である）、いま見るような昔話がさかんに語られるようになる。囲炉裏端で、またお祖母さまの寝床で聴かれる。ついで、国家のような在り方が一国の神話的起源を求めたり、歴史語りを成長させたりするようになると、〈古事、古語、旧辞〉などと書かれるフルコトが、六世紀代には文献化され出して、八世紀初頭に『古事記』を誕生させる。

フルコト紀は『古事記』を支える文学史上の第三期にあたる。

第一期の神話紀が、述べたようにほぼ縄文時代に相当し、第二期の昔話紀がほぼ弥生時代に相当して、その上に三世紀~五世紀という時間が古伝承として積もってゆく。神話時代から五世紀までのそれが次代(六世紀代)になって集成され出すと、『古事記』の初期が起動する。

私としては、大和朝廷、具体的には三輪山の麓、いわゆる邪馬台国の纒向(まきむく)遺跡の、崇神、垂仁、景行というところ、さらに橿原遺跡あたりの、それこそ神武天皇伝説とも結びつくかもしれない、非常に古い文化勢力や、大和平野のまんなかに水田遺構を持つ唐古遺跡とか、ああいうのが大和朝廷に結びついてゆくのだろう。いくつかの豪族の連合体として、ぶつかりあいもするし、トップの支配があればそいつを中心に権力構造ができてゆく。トップが入れ替わることもあるから、橿原から三輪山の麓へ交替していったのだろうと思える。

フルコト時代は景行、成務から、応神、仁徳へと、最盛期が河内王朝へ交替してゆく。私の考える『古事記』のフルコトの中心は四世紀から五世紀代。強い豪族があると支配・被支配の関係になる。そこに古代歌謡が行われて、五世紀代にはいると雄略ではそういう歌謡が豊富だ。それをフルコト紀としてとらえたいと思う。王朝の交替を繰り返しているのだろうと言い換えてもよい。

『古事記(ふるコト)』『古語拾遺(ふるコト)』あるいは『古事記』序のなかに「旧辞(ふるコト)」と読まれる、フルコトのたぐいが成長する。一方で、人々は歴史語りから離れて自由に物語に興じるようにもなり、しだいに物語文学とでも称すべき作品へと押したかめていった。フルコト紀のさきには物語紀が始まるだろう。

フルコトの時代や物語紀のそれらはどのような語られ方をしたろうか。ついで、『竹取物語』の語り方や『源氏物語』の語り方はどんなだったろうか。

概観をさきに与えてしまうと、

口承文学の語り（昔話）——伝承の語り（過去から現在へ）

歴史語り（『古事記』など）——過去形式の語り

物語叙述（『源氏物語』など）——非過去（＝現在）の語り（物語の外枠は伝承の語り）

というような流れではなかったか。

叙事文学の語りというと、われわれの現代文学に慣れきった感覚では、ほぼ過去時制の文学として思い込まれる。翻訳される物語や小説類もまただいたいは過去という時制のものとしてあり、文庫本はそれであふれている本屋さんだ。

しかし、物語や小説が過去時制を優勢とするようになったのは、せいぜい百数十年か、二百年か、そんなところだ。えっ、と思われるかもしれないが、物語や小説は以前からずっと〈非過去の文学〉だったと、そのことについて前章に論じてみた。

二　フルコトの叙述の時制

それに対して、『古事記』のフルコトは「き」（過去）を基調として語られた。

過去という時制の語りとしてフルコトはある。たいした相違だ。

なぜそれが分かるのか。ありがたいことに、たまたま八ヶ所だけ、文末の語られ方を残した箇所が見つかる。

それは「たまたま」だから、『古事記』ぜんたいに引き及ぼしてかまわないだろう。原文でその八ヶ所を書き出してみる。

『古事記』の原文は漢文を基調とする。日本語文がばらまかれているものの、それらフルコト文が具体的にどんな文法（＝たとえば時制）を持つか、なかなかわからない。ところが、以下の八ヶ所は文末がいわば投げ出されているため、時制などの細微な文体が明らかとなる。

1　故、各、随二依賜〔之〕命一、〔所〕知看〔之〕中、速須佐之男命、〔不〕治〔所〕命〔之〕国〔而〕、八拳須、至レ于二心前一、啼（なき）伊佐知伎也。

（上、須佐之男命の涕泣）

……八拳須（やつかひげ）、心前（こころさき）に至るまで、啼きいさちき。（「き」過去）

2　於是、八百万神共議而、於二速須佐之男命一負二千位置戸一亦切レ髪及手足爪〔令〕レ抜而、神夜良比夜良比岐。

（上、天の石屋戸）

髪及び手足の爪を抜かしメて、神（かむ）やらひやらひき。（「き」過去）

3　故、其八上比売者、如二先期一美刀阿多波志都〔此七字以レ音。〕。

（上、根国訪問）

先に期（ちぎ）りし如く、みとあたはしつ。（非過去）

4　畳畳〔音引〕志夜胡志夜。此者伊能碁布曾〔此五字以レ音。〕。

（中、神武天皇・東征）

畳畳（ああ）しやごしや。此は「いノゴふソ」。（非過去）

5　自二其地一幸行、到二忍坂大室一之時、生レ尾土雲〈訓云二具毛一〉八十建、在二其室一、待伊那流〈此三字以レ音。〉。（中、同右）

其の室に在りて待ちいなる。（非過去）

6　故、美和之大物主神見感而、其美人為二大便一之時、化二丹塗矢一自下其為二大便一之溝上流下、突二其美人之富登一〈此二字以レ音。下効レ此。〉。爾其美人驚而、立走伊須須岐伎〈此五字以レ音。〉。（中、同・皇后選定）

爾に其ノ美人驚きて、立ち走りいすすきき。（「き」過去）

7　然、是御子、八拳髪至レ于二心前一、真事登波受〈此三字以レ音。〉。（中、垂仁天皇・本牟智和気王）

真事（まコト）トはず。（非過去）

8　故、能見二志米岐其老所在〈志米岐三字以レ音。〉。故、其地謂二志米須一也。（下、顕宗天皇・置目老媪）

故、能く老ノ在る所を見しメき。（「き」過去）

みぎはその八ヶ所を『古事記』から原文のまま取り出して、書き下し文を添えた。1で言うと、「啼きいさちき」という文末が原文の漢字表記に埋もれているのが見つかる。このような書き方のために、文末がどのようだったかを知ることができる。〈啼きいさちき、神やらひやらひき、みとあたはしつ、いノゴふソ、待ちいなる、立ち走りいすすきき、真事トはず、見しメき〉のうち、半数が「き」文末であることを知る。この半数という数値は『古事記』全体に引き及ぼしてかまわないだろう。『古事記』のもととなったフルコトは、じつに「き」（過去）を基調とする文末で〝語られていた〟とわかる。

「き」（過去）がどこからやってきたか、むろん機能語として日本語の原始段階から悠然と育てられてきたのだろうし、語部（かたりべ）などの歴史伝承の担い手がそこに関与して、大きく成長させたと考えてよい。フルコトの文体を考えることはそのような原始日本語に沈潜している思考を尋ねることにも通じる。

三　フルコトとして読む『古事記』神話

天地初発之時、於二高天原一成神名、天之御中主神。〔訓二高下天一云二阿麻一、下倣レ此。〕次高御産巣日神。次神産巣日神。此三柱神者、並独神成坐而、隠レ身也。

『古事記』の書き出しの一文を掲げた。漢文で書かれており、それをフルコトで訓ませようとして、「訓二高下天一云二阿麻一、下倣レ此。」などと注したり、敬語を指示する「坐」字を利用したりする。それでもたとえば最初の「天地初発之時」がどんな語りであったのか、厳密には知られない。

そこを類推や補読などの研究成果によって、われわれに親しく訓める状態にしてきた。日本古典文学大系で言うと、

天地（あメつち）初メて発（ひら）ケし時、高天（たかま）ノ原に成れる神ノ名は、天之御中主神（あメノみなかぬしノ）神。……此ノ三柱（みはしら）ノ神は、並独神（みなひトりがみ）と成り坐（ま）して、身を隠（かく）したまひき。（上代かな遣いは乙類をカタカナにする）

とする。こうして文末を始めとして、われわれは概観ながらフルコトの訓みを手にいれることになる。

三、四世紀には、国家的な説話伝承がととのおり、それらは『古事記』神話などとしばしば称される。『古事記』の冒頭は神々に続いて、イザナキ、イザナミ神がおのごろ嶋で、からだの成りあまる処を成り合わざる処にさし塞いで、国土を産みましょう、という話から始まる。ひるこが生まれ、ついで淡島さまが生まれるという失敗の原因を、天の神さまに伺いに参上する。アドバイスを貰い、やり直して、淡路島以下の神々を生めるようになる。創成神話から始まるからには、始祖神の交わりは当然と言え、苦心したり、失敗したりという語り口は、奄美大島や沖永良部島のシャーマンの語りを思い出させる。

『源氏物語』の最初に語る話もまた、桐壺帝と桐壺更衣との関係からなる。物語は主人公の親たちから語り始めるという決まりがある、と『源氏物語』研究者玉上琢彌が書いていたのを思い出す。そう言われれば、『竹取物語』もそうだし、『源氏物語』は光源氏の起源を語るところから始まる、というのがルールに沿う書き方なのだ、と気づかされる。

フルコト紀の上に物語紀が広がる、という見晴らしを手に入れるところになった。

四　伝承、神話の三層構造

一九七〇年代の初頭に『神話論理』の完成が伝えられ、内容がすこしずつ紹介されてわかってくると、私などの関心は、そういう、何百もの神話〈火の起源や、たばこの起源や、蜂蜜採り、動物たちとの共存、天体の神話、……〉、それら、〈新石器紀〉の神話というか、じつに豊富な人類の神話が、日本での神話に比較できないかということをぱっと思いつく（だれもがそうだろう）。北沢方邦がいち早くそれを考えて、たとえば天体（星座、天文学）について著していた（『天と海からの使信』朝日出版社、一九八二）。

天体には私も眼が離せなくて、北沢の仕事をおもしろく評価するけれども、しかしレヴィ＝ストロースの考える「神話」は、『古事記』（の元をなす「ふるコト」〈＝古事、古語、旧辞〉）と、そのままだと大きくすれちがうところもある。『神話論理』ではうまくゆかない『古事記』神話、というそこに何かだいじな課題があるように思われる。

このことは、昔話と神話との関係にもかかわるはずだ。『古事記』のなかには、印象として言えば、神話類型と言うか、大小の神話要素がたくさん詰まっている。それらはどこから来たのだろうか。〈古事、古語、旧辞〉つまり、『古事記』に再編成されるまえから、話型で言えば蛇婿入りのような神話を持つことはよく知られる。アンドロメダ型の龍退治がなかにあることも知られる。それらはのちの昔話と共通しており、それらがある以上、昔話のモチーフの発生がごく古いことは言うまでもない。

では、蛇婿入り、龍退治のほかにどれぐらいあるかというと、〈龍宮訪問、嫁盗み、呪的な逃げ、見るなのタブー（蛇女房型）、鼠の浄土〉などのモチーフがあり、『古事記』以前の古いところから、吸い上げられてきたにちがいない。

そして、そのほかにも『古事記』には神話がいっぱい詰まっていて、あめわかみことか、因幡の素うさぎとか、たぢまもりとか、さるたびことか、白鳥とか、神々や動物を中心に、天体系説話もあり、それらもまた原型が『古事記』以前からあったにちがいない。そして、『古事記』のなかで神話として知られているにせよ、なかには必ずしも昔話としてあとに保存されるというふうでないのが、『古事記』のなかで独立した印象深い神話として収まっている。

『日本昔話事典』に見ると、『古事記』がたくさん引用されている。しかし、それらはあくまで「神話」としての扱いで、事典の説明としては『古事記』と昔話との交渉がいま一つ見えない点を遺憾とする。そのことは『古事記』の神話を〈フルコト紀〉のそれとして独立させて考える契機となっている。そして、昔話の原型となる説話から直接吸い上げたか、それよりももっと古い基盤になるような、分厚い神話の広がりのなかから吸い上げたか、その古い層はレヴィ＝ストロースに見る『神話論理』の世界、つまり〈新石器紀〉（神話紀）ということになろう。

こういうことだろう、

フルコト神話　（国家や民族の成立その他）

昔話など口承伝承の語り　（フルコト神話の古層に）

原始的な神話類型　（昔話の古層に）

という三層構造をなして、フルコト神話が成立する。アジア諸民族ならば雄大に語り伝えるそれぞれの民族伝承があるし（それはロマンスから戦争まで）、育ってきた語部的な歴史家による苦心も参加して、祭祀の発達と相まって『古事記』という世界は花開く。それらは基層のうえに根をはり、われわれの財産になっていった。

五　料理姫の神話を伝えるスサノヲ

〈新石器紀〉（神話紀）から〈フルコト紀〉への過渡において、稲作儀礼の重大な関与があると推定する。『古事記』で見ると、五穀の起源として登録されるのは、大げつひめという、まさに「殺される女神」で、もともと鼻や口や尻から材料を出して、あるいはおいしいお料理を作り、差しあげていた。それをスサノヲが、穢れだと判定して殺してしまう。これは新文化と旧文化との激突であり、〈新石器紀〉の敗北としてある。ともに、殺された身体から、五穀その他を提供するというかたちで、前代はけなげにあとの時代へと奉仕する。まずは頭から、おかいこさま、つぎは二つの目から稲だね、両の耳から粟、鼻に小豆、ほとに麦、お尻から大豆（まめ、だいず）。養蚕を別格とし、穀物のトップに稲だねという、新時代の生産体制だ。

なぜ、天の石屋戸、スサノヲの追放のあと、出雲神話が始まる直前に、エピソードのようにしてこの五穀の起源の話が挟まれているのか。けっしてエピソードではないのだ。だいじ過ぎて、『古事記』がふと書き漏らした一言は、「おかいこさま、および五穀を、スサノヲが持ち携えて地上へ降りてきた」ということだ。「人類のために、稲だねを初めとして、それらを天上界から持ってきたのはスサノヲですよ」と。スサノヲが地上へ降りてくる直前に、『古事記』の編者が、大げつひめのことを書いた理由は、そのことにある。だから農業の感謝祭はスサノヲに対してなされなければならない。それが「にいなめ」であり、ひいては大嘗祭である。

折口信夫は大嘗祭の神を、天孫降臨で降りてきた天皇の祖先神だ、としている。ここは折口を攻撃しなければならない。まったく証拠のない、困ったと言ってよい学説で、天孫として降りてきた赤ちゃんのくるまれていた真床覆衾（まどこおうふすま）を、大嘗宮に用意されているおふとんのことだと、折口は強引に結びつけた。それはちがう、大嘗祭と真床覆衾とは無関係であり、大嘗宮に作られるベッドは、スサノヲに旅の疲れを癒すため、ぐっすり寝ていただくための用意である。まれびと論者の折口が、なぜそのように論じないのか。スサノヲこそは最大のまれびとであるのに。

天孫降臨のときに稲だねがもたらされた、と折口は言いたいのだろう。どこにそんなことが書かれているか、『古事記』には書かれていない。『日本書紀』に探してみよう。本文に書かれていない。異文の第一には？　ない、第二の異文には？　ない。いくつめかの「一書」に、ようやく見つかる。あと、忌部の『古語拾遺』にはそう書いてある。『日向国風土記』なんかは、いまの高千穂町にニニギが降りて来て、あたりはまっくら。地上の土蜘蛛が教えて、稲を「ちほ」(千穂)、ひっこぬいてばらまくと明るくなったというから、ニニギは降りてくるまで稲を知らず、地上にあるのを教えられた。

スサノヲの勝ちさびにしろ、くしなだひめにしろ、『古事記』上巻の根幹には、始まろうとする稲作時代をどう儀礼化するか、という意図がつらぬき通っている。中巻の神武以後には、とくに稲作記事を見ない。もう稲作時代にはいったからであって、黒田というような地名を孝安か孝霊に見るのと、稲城に火をつける沙本毘古、沙本毘売説話とがある。水田の広がるなかでの戦闘だろう。

『古事記』上巻のフルコト神話には、稲作儀礼の開始という、重要な時代の劃期が神話化されていると見てきた。そのことは昔話世界においてもまた、稲作以前をモチーフとするのもあれば、米や稲の出てくるのもあって、その交代期のショックが昔話を支えていることと、まさに一致することではないかと思われる。そこであらたに〈昔話紀〉を積極的に(模式的に)置くという次第だ。

〈新石器紀〉の想定される神話が、破壊されながら、ばらばらに〈昔話紀〉のなかへ浮上してくる。『古事記』のフルコトはその特殊な形態であり、昔話のなかでも、変容に変容を遂げながら、『古事記』のような書承のそとで、口承として生き続ける。口承だということは、文献の上に出てこない、ということでもある。出てくるとしたら、氷山の一角で、神仙思想にからめ取られた浦島太郎が『万葉集』『日本書紀』や風土記に見える。

『日本霊異記』（八世紀末ないし九世紀初め）に、昔話をモチーフとする説話がいくつか見られることは、関敬吾が早く指摘していた。〈狐女房、鷲の育て子、唄い骸骨、蟹報恩（蟹蝦報恩）〉などが知られる。唱導、説教の台本に民間説話が利用されたために、われわれに知らされたということだろう。そして『竹取物語』（九世紀末か十世紀初め）のように、創作物語へモチーフが提供されることは（「竹姫」や「小さ子の誕生」）、じつに貴重なことといわざるをえない。

六 『古事記』序——帝紀

『古事記』序を「怪しい、九世紀始めの成立に付け加えられたか」と論じる三浦佑之にしても、『古事記』本文じたいはかえって古い成立であると認めるようで、かな遣いにモの甲類乙類を残していること、その他の理由から、私としても七世紀にさかのぼって記事として決定されている箇所があり、出発は七世紀初めの「旧辞」にあった、と睨む。

「旧辞」そのものがフルコトと訓めるのだから、六世紀のそれがまとめられ、百年かけて成長して『古事記』になった。〈フルコト紀〉はつまり歴史が『日本書紀』のなかで生き生きするように、三世紀から六世紀にかけてである。

『古事記』序をこと改めて引用するまでもなかろうが、

焉に、旧辞の誤り忤（たが）へるを惜しみ、先紀の謬り錯れるを正さむとして、和銅四年（七一一）九月十八日を以ちて、臣安万侶に詔りして、稗田阿礼の誦む所の勅語の旧辞を選録して献上せしむといへれば、謹みて詔旨の随に、子細に採り摭ひぬ。

とあるように、稗田阿礼が誦習した「勅語の旧辞」を選録して献上させた。さきに阿礼に勅語して誦習したのは帝皇日継および先代旧辞であって、帝皇日継は「帝紀」のこと、先代旧辞は「旧辞」そのものであるから、阿礼は和銅四年九月十八日、帝紀（帝皇日継）を排除して誦んだことになる。

こういう細かいところまでわかるように書いてある序なのに、通説が『古事記』を帝紀ならびに旧辞から編纂されていると理解するなど、これまでの研究は杜撰と言われるべきだろう。

〈紀〉という区分を立てる理由は、前代の〈紀〉をゆたかな源泉としながら、しかし大きく前代を破壊し変形させるので、〈紀〉と〈紀〉との〃あいだ〃や、〈紀〉から〈紀〉へ、激しい干渉や争奪という破壊があった。前代から単に吸い上げるだけなら、神話の温存だろう。そうでなく、前代の否定や反措定がそこには十分に行われていると見るべきだ。そして、〈新石器紀〉以前にも、火の使用や、人類と水（海など）との戯れ、動植物、家族の形成、そして人身犠牲やさまざまな性的関係など、長い歳月の蓄積があって、それを奪取し、意味の付与を繰り返しながら、ある種の劃期とともに、火の起源、きょうだい相姦の禁止（家族内性関係のタブー）、動物と人間との交渉などの、まさにレヴィ＝ストロースの『神話論理』を成り立たせる神話が生産される。

〈フルコト紀〉は、〈新石器紀〉や、〈紀〉と〈紀〉との〃あいだ〃をゆたかな源泉とし、それら前代をなき者にしながら、新たな環境のなかで、神話らしい構造と表現とを兼ね備える、記紀神話というべき在り方を見せる。眼前にいま見られる『古事記』としてのそれらは、同時に前代的な神話を隠し持つ、二重底としてある。それが昔話に通じるモチーフを持つ理由だと考えられる。

七　天武十年二月と三月

『日本書紀』天武十年（六八一）条に、よく知られた次のような記事がある。このあたりの理解も、これまでの研究は杜撰と言えば杜撰。すこし資料を追いかけよう。

〔資料a〕は、『日本書紀』天武十年三月十七日の記事で、

〔資料a〕

天皇、大極殿に御しまして、川嶋皇子・忍壁皇子・広瀬王……（以下、九名略）に詔りして、帝紀及び上古の諸事を記し定めしめたまふ。大嶋・子首、親ら筆を執りて以ちて録す。

とある。

〔資料a〕の記事は、天皇が、大極殿において、川嶋皇子・忍壁皇子・広瀬王ら九名の皇子たちに命じて、帝紀と上古の諸事を記定させる。その時、中臣大嶋と平群子首が筆記係となって記録したとある。

この「上古の諸事」というのは、ふる（＝上古の）コト（＝諸事）と受けとれる通り、フルコト説話にほかならない。『古事記』に相当する記事は『日本書紀』になかば含まれる。つまり『日本書紀』の半分は『古事記』のフルコト部分にかさなる。あと半分は、六世紀以後の歴史であり、それが延々と綴られる。「上古の諸事」は『古事記』の叙述部分に相当する。つまり〔資料a〕は端的に言ってフルコトの記述という、『古事記』の始まりを告げる貴重な記事にほかならない。

対して、〔資料b〕は、前月の『日本書紀』天武十年二月二十五日の記事だ。

〈資料b〉

天皇・皇后、ともに大極殿に居(おは)して、親王・諸王と諸臣を喚して、詔して曰はく、「朕(われ)、今よりまた律令を定め、法式を改めむと欲ふ。かれ、ともにこの事を修めよ。しかれども、頓にこの務を就さば、公事欠くこと有らむ。人を分けて行ふべし」と。

資料の、天武十年三月と二月との記事について、aとbがセットになっているという、それはその通りだ。対して、bの律令制定会議については、それこそ私が『物語文学成立史』（東京大学出版会、一九八七）で力を尽くして論じたことに属する。資料bの、二月の方は、「朕、今よりまた律令を定め、法式を改めむと欲ふ」（朕、今更欲下定二律令、改中法式上」と、これから律令を決定しますよ、という。だからまだやっていない。そして「この事を修めよ」、これから律令を始めなさい、と。

aの方はもうすでにいろいろ行われてきたことについて、裁決するというか、決定するという。bの方のまだないものをこれから作るというのと、漢文の読みとして、文体の面でまったくちがうのではないか、ということを私は論じてきた。『日本書紀』の記事はこの前後、氏姓を賜うという内容が延々と続く。

フルコト、旧辞として書かれた在り方は、それがどんどん拡散するというか、氏族ごとに都合よく勝手に引用してくるから、いろんな旧辞ができてしまった。それを天皇が、「あんたの家の先祖は誰々で」と、この会議で定めた、というふうに私は取る。

このことは若き日の私が調べ上げた要諦である。

繰り返すと、aとbとが一ヶ月ちがいでペアであることはもちろんまちがいない。その文体がまったくちがう。ａの方は、「帝紀及び上古の諸事を記し定めしめたまふ」〔令レ記二定帝紀及上古諸事一〕と言って、「しめたまふ」というのは、原文に「令」の字がついている通り、天武がかれらに命じて記し定めさせる。「記し定める」という言葉については、平田俊春『日本古典の成立の研究』（日本書院、一九五九）を始め注意されている通り、そこで記録を決定させる。記して定めることをする。

つぎに「上古」について、「上古」に相当するのは、五世紀代までを目指している、つまりフルコトを目指しているのは『古事記』だろう。『日本書紀』でも上古から始まって、ちょうど半分ぐらいまでが五世紀の記事だ。それらはフルコトでよい。あと半分は六世紀代、七世紀代へと、どんどん詳細になってゆく。天智と天武とはなんか複雑な関係になって、そこだけでも何十ページある。『日本書紀』はさらにそのあと持統まではいる。これらをまさか上古とは言えないというのが要点だ。『日本書紀』はまさに前半がフルコトで、後半はかれらの考える歴史時代だ。

それから序のなかに、「帝紀及び上古の諸事」およびそれに類する言い方が数カ所にわたって出てくる。私は、この序について中身はそんなに疑っていない。「帝紀及び上古の諸事」という、ペアで帝紀と上古の物語というか、説話があってという、この関係を、五ヶ所か、序は並べてゆく。天武と文武とのあいだには二十数年があって、その二十数年間に書き方が変わってくる。天武期を中心に、順序は帝紀が先で上古の諸事はあとになっている。

ところが二十数年経って、文武天皇の時代になると、それが逆転する。その逆転したのが序に出てくる元明天皇のところで、「旧辞が誤り違っているのを惜しみ、先紀が誤り乱れているのを正そうとして」と、旧辞・先紀（＝帝紀）という順序に、天武時代から見て逆転する。つまり、帝紀（＝先紀）があとになる。しかもその次に、

「勅語の旧辞を選録して」とあって、帝紀が消されてしまう。『古事記』の序文に見る限り、旧辞にしぼっている。旧辞に焦点をあてて帝紀を消すという、この流れがみごとに『古事記』の成立を語っているのではないか。『古事記』序は安易に偽書説があるものの、根拠が薄弱で、とうてい従うことができない。

付　神話をまとめる

神話という語については混乱が現代に起きているかもしれない。五紀はそれぞれ前代の上に発展するので、前代もまた執拗に生き延びる。始まりの「神話」は縄文土器のうえや土偶のかたちをした女神像としてたしかに生き生きと続いていた。それらは次代の昔話紀のなかに生き続け、さらにフルコト紀にも続くことだろう。

『古事記』などのそれを〝神話〟の代表のように受け取るのはよいが、それには前代もあれば、前々代もある。『古事記』などの神話はフルコト紀に相当すると見たい。フルコトは『古事記』の「古事」、『古語拾遺』の「古語」、あるいは「旧辞」など、すべてフルコトをさす。前代を引き継いで、初期ヤマト王権のかかえる国家神話なら国家神話のありようとして、「神話」というと日本社会ではすぐに『古事記』や『日本書紀』のそれらを思い起こしてしまう。

「神話」批判ということも言われる、今日の哲学的課題にもなろうか。折口のように「神話」という語の使用に慎重である場合はありえよう。

五章　『遠野物語』と〝今は昔〟

柳田國男『遠野物語』（一九一〇〈明治四三〉）にまとめられた伝承を、一概に「伝説」というようには言い切れない。口承文学と名づけようとしても、語り手の原話がそこに見つかるわけでなくて、柳田による文語文の表現のみを見る。一話から一一九話へという、一つ一つの話題について、「あれ、こんな話の展開だったかしら」「こんな内容が書き込まれていたとは」というような、毎回私なりの〝発見〟があって、あまり蓄積せずに印象が推移する。『今昔物語集』の作者に聴かせてやりたいなどと、柳田は前文のなかで意気軒昂で、なるほど新『今昔』を誇りたい気分はよくわかる。

一　民俗学的起点

民俗学者、柳田國男が、岩手県遠野地方の神話、伝承、昔話、古老の言い伝えなどを、佐々木喜善（一八八六―一九三三）から聴き取った。柳田の文体に包まれてのみ読むのだから、口承文学じたいにふれたいと思う読者にはやや不満が溜まるかもしれない。口承文学の起動を窺いたいのか、柳田の何を知りたいということか。（『遠野物語』の引用は集英社文庫に拠る。）

言い伝えというのか、伝承というのか、これらの話が、
「伝説」　前文、一二話、二四話、五四話、六七話、七六話
「物語」　一二話、二九話
「（この）話」　二八話、四四話、七一話、九四話、一一八話
「昔」　五〇話、五三話、六九話、一一二話、一一三話
「昔時」　七六話
「昔々（御伽話とも）」　一一五話、一一六話、一一七話
「言い伝え（伝え言う、言い伝う）」　一話、六〇話、六五話、六八話、八九話、一〇二話、一一三話
「世間話」　八七話

と、さまざまな柳田の言い方に綯い交ぜられる。なかには神話と言いたい説話を含むものもあって（二話）、『遠野物語』の冒頭近くに置かれる。

これらをまとめるような言い方があるわけでなく、複雑な広がりにこそ柳田学の始まりというか、初期の民俗学的起点を見いだすことになる。一般ならば、妖怪学や奇譚ふうの趣味にさまざまおもむくところかもしれない。しかし、柳田はこの時点で遙かな着地点を予感しながら、けっして何かに特化することをしなかった。

喜善ならば土地の人として、これらの話が世間に出ることに戸惑いやためらいがあろうし（推測である）、かれ自身としてはいわゆる昔話に特化したい思いがつよくあったろう。対して、柳田は『遠野物語』のなかに昔話をいくつか含ませながら、あくまでそれら昔話を民間伝承の一部とする。喜善にはそこにもやや不満が残ったかも

しれない。

二　「今は昔」と昔話

柳田の民間伝承への接し方を見ているうちに、「今は昔」という、かの謎めく句に込められた古代からの息吹にふと触れることができそうに思われてきた。「今は昔」とは何か。決まり文句として知られている、物語文学および説話文学の冠辞として見ることができる。物語文学および説話文学を考察したい学徒や愛好者に対して、この句はいつまでも呪縛する。

柳田の言うところは十分に尊重しなければならない。「わが九百年前の先輩『今昔物語』のごときはその当時にありて既に今は昔の話なりしに反し」、これ（＝『遠野物語』）はこれ、「目前の出来事なり」「要するにこの書は現在の事実なり」（前文）とある。つまり言い伝えのかずかずを含め、「今は昔」になる直前の、なまなましい今の「出来事」「事実」の集積だということではあるまいか。

ここで「今は昔」について、追いかけておこう。『竹取物語』は「今は昔」を冠して語られ出すし、われわれの継子物語、『落窪物語』もここから話の幕が切って落とされる。『今昔物語集』の一千話を超える説話は「今ハ昔」……と開始され、書名の由来をなすことは言うまでもない。

よく知られる、解決済みの語のように見えて、どう取ればよいか、じつは迷うことが多い。〈いまとなっては昔のことだが〉と取るのが旧説と言われる。しかし、あくまでテクストは「今は昔」で固定する。言い換えたようなパラフレーズを古典上に見たことがない。

新説として〈この話は昔のことなのです〉と取るのも、わかりやすく言い換えようとする結果に過ぎない。馬淵和夫の説だといわれる。

〈いまから見ると昔のこと〉なのか、〈（物語のなかの）現在は昔のことだ〉というのか、二つの意見はなかなか嚙み合わない。そこで第三の説という、語りの現場で語り手と聴き手との向き合っているのが「いま」で、「昔」は次元を異にした別の時間の世界のことだというようなのも出てくる（野口元大説）。

これらの諸説を紹介しつつ、山口佳紀はやはり旧説に復すべきだと結論づける（「国語史から見た説話文献」『説話の講座』一、一九九一）。で、もどってみると依然として〈今は昔〉という謎めく固定的な句が眼前に置かれている。

いわゆる昔話には出てこない句だということがヒントになるだろう。三千年まえ、弥生時代ころに大量発生した昔話がその時代を席捲する。藤井『物語史の起動』（青土社、二〇二二）に説いたように、その時代を昔話紀として位置づけたい。今日に本格昔話を始めとして知られるそれらの昔話はただひたすら「昔……、昔々……、ざっと昔」などと語り出されるものの、「今は昔」と語り出される場合を見たことがない。

「今は昔」には、昔話とちがい、遠い昔ではない、というニュアンスが感じられる。「近い昔」という言い方は現代にもある。今ではないが大昔というほどでもない、昔と今との中間にひろがる説話の世界を漠然と指しているると受け取れそうではないか。

『遠野物語』にはたしかにさりげなくいくつかのいわゆる昔話を見ることができる。五一話はオット鳥で、「昔ある長者の娘あり」……、夫をさがして鳥になり、オットーン、オットーンとあわれに啼くという。

五二話はおなじく馬追鳥となった奉公人がアーホー、アーホーと啼く。年により、この鳥が里に出て啼くときは飢饉の前兆となる。

五三話は「郭公(かっこう)と時鳥とは昔ありし姉妹(あねいもと)」で、姉が殺されて鳥になり、ガンコ、ガンコと啼いて去ったというのは、焼き芋の柔らかいのを妹に食わせたのに、姉の食う分を旨いと思って姉を殺す。鳥になった姉の、啼き声をガンコ（堅い所）と聴いて妹は悔恨に耐えず、自分も鳥になる。余談ながら妹が「さてはよき所をのみおのれにくれしなりけり」と『遠野物語』に三回しか出てこない助動辞「けり」がここに使われている。

六九話はオシラサマの起源説話で、「昔ある処に」……と昔話をなす。

一一六話は「昔々ある所にトトとガガとあり」という昔話、一一七話にも「昔々これもあるところにトトとガガと」とある。昔話はかず多くあるので巻末にすこし載せたという感じ。喜善にゆずったのかもしれない。

これらを除くと、ほかには昔話を見ない。そうすると、昔話以外の多くはどういう説話かということだが、柳田に言わせると「今は昔」になるまえの、なまなましい「今」の出来事の叙述ということになるのではないか。

三　『遠野物語』の「今」とは

約百話あまりの『遠野物語』の配列のしかたはまったくわからない。百物語の雰囲気に似通うという意見を聞いたことがあるのは、そうかもしれない。

一　遠野郷は今の陸中上閉伊郡の西の半分、山々にて取り囲まれたる平地なり。
二　遠野の町は南北の川の落合にあり。……四方の山々の中に最も秀でたるを早池峰という。
三　山々の奥には山人住めり。

四　山口村の吉兵衛という家の主人、根子立という山に入り、笹を苅りて……

五　遠野郷より海岸の田ノ浜、吉利吉里などへ越ゆるには、

六　遠野郷にては豪農のことを今でも長者という。

七　上郷村の民家の娘、栗を拾いに山に入りたるまま帰り来たらず。

八　黄昏に女や子供の家の外に出ている者はよく神隠しにあうことは他の国々と同じ。

九　菊池弥之助という老人は若きころ駄賃を業とせり。

一〇　この男ある奥山に入り、茸を採るとて小屋を掛け宿りてありしに、

一一　この女というは母一人子一人の家なりしに、

一二　土淵村山口に新田乙蔵という老人あり。

一三　この老人は数十年の間、山の中に独りにて住みし人なり。

一四　部落には必ず一戸の旧家ありて、オクナイサマという神を祀る。

一五　オクナイサマを祭れば幸多し。

一六　コンセサマを祭れる家も少なからず。

一七　旧家にはザシキワラシという神の住みたもう家少なからず。

一八　ザシキワラシまた女の児なることあり。

一九　孫左衛門が家にては、ある日梨の木のめぐりに見馴れぬ茸のあまた生えたるを、

二〇　この兇変の前には色々の前兆ありき。

……

いくつか、たどってみよう、一話には「伝え言う、遠野郷の地、大昔はすべて一円の湖水なりしに、その水、猿ヶ石川となりて人界に流れ出でしより」云々と、地勢に関する基本的な伝承を書きとどめる。

二話には早池峰山ほかの神々の伝承を見る。「大昔に女神あり、三人の娘を伴いてこの高原に来たり、今の来内村の伊豆権現の社ある処に宿りし夜、……」姉姫の胸のうえに霊華が降ったのを、末の娘が眼覚めてこれを取ったので、最も美しい早池峰の山を得、姉たちは六甲牛と石神とを得たという。山々におのおの女神たちは住むゆえに、遠野の女性たちはその妬みを畏れて「今」もこの山に遊ばずと、あたかも古風土記のような展開で終わる。

三話になるともう神話らしからぬ山人の説話になるものの、二話から三話へ、別種の説話になるわけではない。栃内村和野の佐々木嘉兵衛という人は「今」も七十余で生存している。若かりしころ山女を撃って長い黒髪をいささか切り取り、懐に入れていたところ、睡眠をもよおして夢と現との境のような時に、山男が近寄ってきてその黒髪を取り返し立ち去ったという。夢幻譚として二話と三話とは連絡し、早池峰の女神と三話の山の男女とも連続する。

四話は山口村の吉兵衛という家の主人で、やはり長い黒髪の、幼児を背負うたあでやかな、紐は藤の蔓、着物の裾が破れているのを木の葉で綴った女で、男の前を通り、どこかへと過ぎていった。それだけのことながら、恐ろしさから病になった。何が恐ろしかったのか、着ているものから見ると樹々の化身か何かのようである。

五話も山男山女の話。

六話は長者の娘が物に取り隠されて、年久しくなった。おなじ村の猟師がその女に遭う。問うと、女はある物に取られて「今」はその妻となっている。生まれた子はすべて夫が食い尽くした、と。この人食いの本性は、古来、鬼と言えば人を食う存在として描かれるので、山男とは言われてないがその正体は鬼だろう。七話でも女は「恐ろしき人」にさらわれ、生まれた子供をやはり食うらしいから、鬼と言われてなくとも古来の形象としてはそういうことになる。二十年も以前のことかとされる。

八話は神隠しにあった女が三十年も過ぎて、人々に逢いたかったので、ある日帰って来た。「さらばまた行かん」とて、ふたたび跡をとどめず行き失せた。その日は風の烈しく吹く日だったので、遠野郷の人々は「今でも風の騒がしき日には、きょうはサムトの婆が帰って来そうな日なり」という。『遠野物語』で最も印象深く知られる話としてある。印象深いとはなんと言っても伝説発生の機微がここから受け取れると言いたい。

以下、「今」があふれかえる。一一話は母殺しという悲惨な話で、その犯行者である孫四郎は「今」も生きて里にあるという。

一二、一三話の乙爺は「今」に九十近いという。

けっして「今は昔」の話でないとは、しかしまもなく「今は昔」の話になってゆくということではあるまいか。

二七話は「今」の池の端という家の先代の主人が、宮古からの帰り、閉伊川の原台の淵というあたりを通ったとき、若い女から一封の手紙を託され、遠野の町の物見山の中腹にある沼に棲む宛名の女に届けることになった。途中、六部が手紙の内容を書き換えてくれたので、身に災いが起きることなく、無事に手紙を届けてお礼に石臼をもらう。石臼は米を一粒いれると下から黄金が出てくるのを、欲深い妻が米をいっぱい入れたので、石臼はみずから回ってついに水溜まりに滑りいり、見えなくなる。のちに小さな池になって、「今」も家の傍らにある（池の端という地名の由来）。あたかも昔話と伝説の融合したような話題で、「今は昔」説話の発生を説明してくれそうな印象深い二七話だ。

ちなみに『遠野物語』にはしきりにアイヌ語による地名の説明など、アイヌ語文化への言及が見られるのは、東北文化への接近のしかたとしてわかりやすい。

四　「今」を過去へ送り込む

『遠野物語』について、以下、想定ということだが、雑然と集合する話題の多くは、「今」の話からしだいに遠のいてゆくのではあるまいか。そして、印象深い場合には「今は昔」になって記憶に残される。八話のサムトの婆の話や、通夜の夜の炭取がくるくるまわった話（二二話）なども、いつまでも印象に残ると思う。他はしだいに忘れ去られてゆくにちがいない。

以下も想定である。五百年まえにも、当時の『遠野物語』があったとしよう。喜善の語るのと同様の遠野郷の「今」の豊富な伝承がたくさん行われていたにちがいないから、もしそのころ、〈柳田國男〉という人がいて興味をいだくならば、別の『遠野物語』が生まれてもよかった。中身はもう五百年まえだから別のはずで、しかも「今」ないし「今は昔」説話を生産するシステムは本物の『遠野物語』と似たようなもの。五百年まえの『遠野物語』はおなじく「目前の出来事」「現在の事実」をまぼろしの〈喜善〉が語り、〈柳田〉が綴ってやまない。柳田が前文で言う九百年前の〈宇治大納言物語〉が生みなされたという機微はそんなところだろう。

では、一千五百年前だとどうだろうか。さらにさかのぼればどういうことになるだろうか。同心円のように説話の広がりをみせながら、ずっとさかのぼっても複数の『遠野物語』がありえたのではあるまいか。私は文化史的、ないし文学史的な編年を五紀に宛ててきた。復唱すると、

神話紀　　　～前一〇〇〇年
昔話紀　　　前一〇〇〇年～紀元一〇〇年代
フルコト紀　紀元一〇〇年代～七世紀
物語紀　　　七世紀～一三、四世紀

そして、

ファンタジー紀　一三、四世紀～現代

の五紀である。さきに述べた昔話紀は神話紀に続く第二の紀をかたちづくる。喜善の語る〈遠野物語〉はどこに位置づけるとよいか。さかのぼってよければ、昔話紀か、昔話紀を越えて神話紀（縄文時代あたり）に到達してもかまわないだろう。ここから始まるという点では『遠野物語』は最も始原的なありようを垣間見せる。

あまり蓄積せずに印象がうすれてゆくと冒頭に述べたのは、始原的なありようにかかわるということだろう。散逸物語にしても、無数の散逸が知られるのは古きが失われるから新しきが生まれるので、おなじように説話の消長として叙事文学の運命がそこに見られるということに相違ない。

六章　源氏物語の空間――六条院

「語り」文学のまんなかに『源氏物語』を置くことにする。最近の問題提起になるか、大きな課題と思われる、「藤裏葉」巻から六条院という御殿の在り方について本章で取り上げる。

次章を用意して、紫上の死去はいつか、そして光源氏の出家、その孕む主題について取り組む。紫上は六条院を退去して、自分の生涯の屋敷と認める二条院で終焉を迎える。異文を含め、読みという挑戦をそそられる「御法（みのり）」巻、「幻」巻に向かう。

一　「藤裏葉」巻の帝、院を迎えての賀宴

『源氏物語』の注釈や研究書に、じつにしばしば六条院想定図というのが掲げられる。六条院は、「少女」巻の巻末になって、急遽、建てられる壮大な御殿で、(1)詳細に語られるほか、これ以後の巻々の主要な舞台となる。たとえば女三宮の柏木との密通は六条院の間取りのどんな空間で果たされるか、興味が尽きない。注釈の担い手や研究者の意見として、六条院想定図は楽しい作成作業としてある。

ただし、古来、注釈や研究書ごとに、じつにさまざまであり、それらの注釈や研究書以後の読者をそれらによって縛ることは避けたい。注釈の担い手や研究者の意見は文字通り意見であって、それらをおもしろく参照するにしても、読者はそこから解放された自由な場所で各自の読みを推し進めたい。六条院想定図によって読者を縛ることは、「少女」巻以後の読みを矮小なものとし、多様な広がりを認めないことになる。

そう思って、「藤裏葉」巻の帝、院を迎えての賀宴を、どのように両院を迎えるかを始めとして、六条院のなかをかれらがどのように移動し、どこで賀宴が持たれるか、従来の読みがあることとは言え、縛られないことにした。

従来の通説というのか、賀宴を東南の町、春の御殿で行われたとする意見が有力かと思う。大きな話題なので、通説とはいえ、それを批判する論文が当然出ていておかしくないから、もし私の意見が二番煎じならば謝罪する。

私としては西南の町、秋の御殿で行われたのではないかと論じてみたい。秋好中宮は当時、宮中にあったかと思う。「神無月の廿日あまりのほどに、六条院に行幸あり。紅葉の盛りにて……」（五、114ページ）とは、冷泉帝の行幸であり、朱雀院にも声をかけて、世にめずらしい両帝の出でましだった。

巳の時（午前十時）に行幸があって、北方の門（があったろう）から東北の町へはいって、まず馬場殿に左右の寮の御馬を見る。左右の近衛が立ち添う作法は五月の節のようだという。夏の御殿から馬を見ながら、ひと休みしたのではなかろうか。

「未下（ひつじ）るほど」（午後二時前後）に、「南の寝殿に移りおはします」（116ページ）。道のほどの反橋、渡殿には錦を敷き、「あらはなるべき所には軟障を引き、いつくしう」する。この道が夏の御殿（東北の町）から春の御殿（東南の町）へ移る反橋、渡殿であることはまちがいない。

東南の御殿は、その東の対を紫上が六条院での居住空間とする。寝殿は明石姫君が春宮に参内するための里邸としてある。帝、院の行幸の当日、紫上や明石姫君の在、不在はよくわからない。

東の池に舟どもを浮かべて、御厨子所の鵜飼の長が院の鵜飼を召し並べて、鵜を下ろさせる。鵜はちいさな鮒どもを食う。ここ南の御殿で東の池の鵜飼を見ることは、あとの西の池の鷹飼いとペアになっていると見られる。

二　南の御殿から西の御殿（秋の御殿）へ

続く、

わざとの御覧とはなけれども、過ぎさせ給ふ道のきよう（＝興）ばかりになん。（同）

とは、通路を過ぎてゆくという記事であるから、南の御殿から西の御殿（秋の御殿）へ移動するさまを言うのではなかろうか。これは西の御殿へ向かうところだろう。

山の紅葉いづ方も劣らねど、西の御前は心ことなるを、中の廊の壁をくづし、中門を開きて、霧の隔てなくて御覧ぜさせ給ふ。（同）

難解だろうか。繰り返すと、「過ぎさせ給ふ道」は南の御殿から西の御殿へ移る「道」ではないか。山の紅葉はいず方も劣らないが、「西の御前は心ことなるを」とは、いま秋の季節だからで、「中の廊の壁をくづし」（あいだの廊下の壁を壊して視界をひろげ）、「中門を開きて」（庭と庭とを隔てる門をあけっぱなしにして）、「霧の隔てなく」

（二つにして）、庭も池も、二つの御殿という区別を越える。
紅葉の季節なのだから、物語の主要な舞台が秋の御殿になることに何の疑問もない。

　御座二つよそひて、あるじの御座は下れるを、宣旨ありてなほさせ給ふほど……　（同）

とは、帝と院との御座二つに対し、光源氏の御座は下げてあるのを、下命があって同列にする（帝の真の父は源氏の君だから）。続く、

　めでたく見えたれど、みかど〔＊冷泉帝〕は、なほ限りあるゐや〳〵しさを尽くして、見せたてまつり給はぬことをなんおぼしける。　（同）

は、何を言おうとしているのだろうか。岩波文庫の校注に見ると、「帝は、それでも（父子として）きまり通りの礼を尽くして、（父である源氏に）お見せ申さぬことを心残りにお思いであった」（119ページ）とする。御座を同列にして礼を尽くしているのに、さらに何を「お見せ申さぬ」ことを心残りというのだろうか。

　もしかして、この盛儀を秋好中宮に「お見せ申さぬ」ことを、冷泉帝として心残りにお思いなのではなかろうか。秋の御殿の真の主人は秋好中宮であるというだけでなく、後文に「うらめしげに」（120ページ）思う朱雀院の出てくることが妙に気にかかる。以前に、斎宮（のちの秋好中宮）は恋慕する院を去って冷泉後宮に入内したのだから。

　……朱雀院は、いとめづらしくあはれに聞こしめす。
　秋を経て、時雨ふりぬる里人も　かゝる紅葉のをりをこそ　見ね
　うらめしげにぞおぼしたるや。みかど、
　世の常の紅葉とや　見る。いにしへのためしに引ける庭の錦を

と聞こえ知らせ給ふ。（120ページ）

この「里人」はだれだろうか。「うらめしげにぞおぼしたるや」とはどういうことか。いま宮廷にあり、ここにいない秋好中宮（昔の斎宮）のことを歌語で言ったのではなかろうか。朱雀院が冷泉帝に対して「うらめしげに」思うという、この一首のあることはわかるような気がする。斎宮女御（秋好中宮）は朱雀院後宮にはいるのでなく、冷泉帝の中宮になり、いま彼女の本邸である六条院の秋の御殿を彼女の「里」にしているというのだから。

朱雀院と冷泉帝とのあいだの恨みや争いをここまで引きずるのである。「藤裏葉」巻はそれの和解をも目論む巻だという構図だろう。

三　二条院の「桜」

「幻」巻の、従来不審とされていた課題はなかなか解決できない。（匂宮）「ばゞののたまひしかば」（おばあさまがおっしゃったから）（「幻」巻、六、448ページ）とは、「御法」巻で紅梅と桜とを守るようにと、紫上が匂宮に遺言したことをさす。「それは二条院の花の木であったから、ここは六条院だとすると混乱があろう」（449ページ）と指摘される通りで、この混乱については解決がなかなかむずかしい。

匂宮は言う、「まろが桜は咲きにけり」（ぼくの桜はついに咲いたぞ）（450ページ）と。注によると、「紫上の言葉は二条院の桜についてであるからここと合わない。混乱があるか」（451ページ）とあって、六条院に咲く桜と受け取っての疑問である。「幻」巻の記事が六条院を舞台にしているとするならば、たしかに「御法」巻と「幻」

巻とで記事上の食いちがいを見せることになる。

「御法」巻には（紫上）「大人になり給ひなば、こゝに住み給ひて、この対の前なる紅梅と桜とは、花のをり〳〵に心とゞめてもて遊び給へ。さるべからむをりは仏にもたてまつり給へ」（404ページ）とあった。「御法」巻の「こゝ」はたしかに二条院である。「こゝ」だけでなく、「御法」巻の主要舞台は二条院であろう。紫上の病臥、死去、光源氏らのお籠もりと、すべて二条院である。

ただし、服喪が三ヶ月で終わるとすると、十月なかばには忌み明けとなるので、（書いてなくても）六条院へ移動したかもしれない。冷泉帝の后の宮（秋好中宮）よりの贈歌と光源氏の返しとは果ての秋を詠み込んで、忌み明けをあらわす記事に読もうと思えば読める。

（秋好中宮）

枯れ果つる野辺をうしとや　亡き人の秋に心をとゞめざりけん

（光源氏）

上りにし雲居ながらも　返り見よ。我秋果てぬ。常ならぬ世に　（428ページ）

次巻、「幻」巻の始まりは、「春の光を見給ふにつけても」（436ページ）と書き出される。したがって、六条院にもどった源氏の君を描写し始めるかのようにも受け取れる。六条院にもどって、「絶えて御方〴〵にも渡り給はず」（438ページ）というのでよく、すぐあとの入道の宮（女三宮）が闖入してきたころの回想も、六条院においてであるとするとふさわしい。

となると、匂宮の「ばゞのたまひしかば」（448ページ）という、紅梅と桜とを守るようにと紫上が遺言した記事は、二条院の花の木であったとすると「混乱」と称すべきことが起きることになる。

この「混乱」を除けば、記事は六条院のそれとしてつながる。「絶えて御方〳〵にも渡り給はず」（438ページ）と言うにもかかわらず、春深くなるままに、光源氏はつれづれなので女三宮（入道の宮）のおん方へ渡る（452ページ）。匂宮も人に抱かれて同道し、こなたの若君（薫）と走り遊ぶ。女三宮には別居のために三条宮が用意されているはずだが（「鈴虫」巻）、ここ「幻」巻では依然として六条院の一角で仏道修行している勘定である。

源氏はそのまま明石のおん方へと渡る（456ページ）。六条院は東西南北の町が廊下でつながっているから、突然のお越しで、明石の君はやや動揺するものの、光源氏はお帰りになって、歌の贈答がある。

夏のおん方より衣替えの装束がとどけられる。六条院東北の町に住む花散里からたてまつられた衣裳で、歌の贈答がある（464ページ）。

（花散里）
夏衣裁ちかへてけるけふばかり、古き思ひも　すゞみやは　せぬ

（光源氏）
羽衣の薄きに変はるけふよりは　空蟬の世ぞ　いとゞかなしき

祭の日に中将の君との贈答がある（466ページ）。

（中将の君）
さも　こそは　寄るべの水に水草ゐめ。けふのかざしよ、名さへ忘るゝ

（光源氏）
大方は　思ひ捨ててし世なれども、あふひは　猶や　つみをかすべき

さみだれの季節に、御前に伺候して、夕霧は一周忌が近づくと告げる。「御果てもやう〳〵近うなり侍りにけ

り」（470ページ）と。それに応えて源氏は極楽の曼陀羅をこのたび供養しようという。

以下、七夕（七月七日）から、正日と称された一周忌をへて、九月九日、五節（十一月）、御仏名と、六条院での記事かと読まれてきたし、そのように読むことができるように書かれている、とたしかに認められる。

しかも、今節の冒頭に記したように、二条院にあるはずの〈紅梅、桜〉がいつのまにか六条院に植わっているような、不整合をどうするか、不整合であることは事実として認めたうえで、そのような不整合の生じた理由について、もう一歩考えを進められないことだろうか。

四　新構想への変更か

旧構想がやや残存したかと考えてみようというのが、とりあえずここで提出する意見である。六条院は「少女」巻の巻末で、述べたように急遽構想され、あっと言うまに建てられる。そのまえの二条東院が何巻もかけてじっくりと建てられるのと比較すると、六条院の建設は（物語のなかでだが）あまりに突然に出現する。

むろん、早くから六条院という構想があったとする意見はありうる。新岩波文庫は「薄雲」巻の段階で、
①　……風物、風情を享受したいという願望が、四季の町を備えた六条院造営につながる。（三、343ページ）
あるいは、
②　少女44節で造営が語られる四季の町からなる六条院栄華の物語を予想させる。（349ページ）
と、六条院構想があったとする。しかし、
①　年の内、行きかはる時〳〵の花紅葉、空のけしきにつけても、心のゆくこともし侍りにしかな。春の花の

林、秋の野の盛りを、とり〴〵に人あらそひ侍りける、……（342ページ、344ページ）

② 女御の、秋に心を寄せ給へりしもあはれに、君の、春のあけぼのに心染め給へるも、ことわりにこそあれ。時〴〵につけたる木草の花に寄せても、御心とまるばかりの遊びなどしてしかな。（348ページ、350ページ）

とある通りで、けっして六条院の四季を予想させる言い回しではない。そうでなく、春秋の争いを基調とする新しい御殿を建てようという構想として、ここに覗いているのではなかろうか。

廃棄されるまえの旧構想のような段階があったのだろうと推測される。国冬本（天理図書館蔵本）によると、「少女」巻で最初、出現するのは二条京極邸であり、四町でなく、それでも豪壮な一町の新しい御殿としてあらわされる。(2) たしかに、推測ながら、二条京極邸（一町）もまた四区画に分けて、東南に紫上が二条院から引っ越しして住まい、西南には秋好中宮を住まわせ、東北に花散里らが、そして北西が明石のおん方という、女性たちを集める御殿として建てられたのであろう。

二条京極邸でもそのように四季という構想は見られるから、推測はここまでということになるけれども、構想の揺れがここにあるようで、やがて六条院建設という解決に向かうのではないかと、そこまでならば言えそうである。

旧構想の二条京極邸を廃棄して、六条院の描写へとそれを再利用したのは「鈴虫」巻までか、「幻」巻にも続くか。つまり、「幻」巻の六条院は二条京極邸での描写を再利用して成ったのか、よくわからない。その過程で〈紅梅、桜〉のような不整合が若干残ったかもしれない。旧巻の再利用という物語制作のやり方は、知られるように『うつほ』にも見られたところだ。新構想、つまり六条院物語によると、六条御息所の死霊は紫上を六条院から追い出し（二条院へ退避させる）、女三宮を出家させ（「柏木」巻）、六条院を明石一族のものとするに至る。御息所の霊は娘の秋好中宮を守護するとともに、明石一族を守護する（守護霊という）役割を負っていよう。[3]

紫上は六条院を出て、自宅の二条院へ帰ったあと、そこを終生のすみかと考えたとしてよく、光源氏の服喪するのがそこ、二条院であっておかしくない。「幻」巻において、舞台が六条院であるようにみえるのは、物語作者の意図として、そのように新しく構想しているからだろう。廃棄されたのは旧構想であって、六条院物語は引き継がれる。

注

（1）「大殿、静かなる御住まひを、同じくは広く見所ありて、こゝかしこにておぼつかなき山里人などをも集へ住ません御心にて、六条京極のわたりに、中宮の御古き宮のほとりを、四町をこめて造らせ給ふ。」（三、530ページ）

（2）「大との、しのふる御すまひなどん、おなじくは、ひろくみどころありて、しなして、こゝかしこの、おぼつかなき、山ざとの人などん、つどへすませんと、おぼして、二条きやうごくわたりに、よきまちをしめて、ふるき宮のほとりに、つくらせ給へり」（越野優子『国冬本源氏物語論』武蔵野書院、二〇一六、濁点をほどこす）。私は越野の著書の合評会のコメンテーターをお引き受けした（物語研究会、二〇一八・一一）。

（3）六条御息所の霊が娘の秋好中宮を守護することはむろんのこととして、光源氏のほかに明石一族の守護霊でもあることについては、藤井「明石の巻の赤い糸」（『源氏物語論』九ノ一、岩波書店〈二〇〇一〉所収）、その他。

七章　紫上の死去――お盆の送り火に送られて

紫上の死去の直後、通説では光源氏が紫上の剃髪をいそぐといわれる場面があり、夕霧に押しとどめられるところ。この場面には不思議なことに紫上への敬語を見ない。もしかして光源氏そのひとが自分の出家を強行しようとするところなのではなかろうか。その上で、紫上の死去を、八月と見るのが大勢のようであるのに対して、七月死去ではないかと考えたい。「御法」巻、「幻」巻を追い求めてゆくと、古代の時間そして季節をどう受け取ればよいか、直面させられる。

一　光源氏の出家

最初に考察したいことは、紫上死去の直後の〝出家〟さわぎ（「御法」巻）について、光源氏そのひとの出家願望か、紫上を出家させようとすることか、通説は後者だとすると、行文上の複雑さを含むので、問題提起にとどまるかもしれない。

光源氏は、紫上逝去の直後で、思いしずめる方法がなく、夕霧を近く呼び寄せて、かくいまは限りのさまなめるを、年ごろの本意ありて思ひつること、かゝるきざみに、その思ひたがへてやみなんがいといとほしき。……

（「御法」巻、六、412ページ）

〔そのようにもういまわのさまのようであるから、年来の本志で望んできたことを、かかる折にその意志にそむいたままで終わってしまおうことが、まことにいたわしいことで。〕

と、僧侶たちを集めよと言う。「いといとほしき」は、見ていてつらい、たまらない思いというので、紫上に対する光源氏の思いを言う。それはその通りだが、「年来の本志で望んできたことを、かかる折にその意志にそむいたままで終わってしまおうこと」とは何をさすのだろうか。紫上に出家の志を遂げさせようということならば、敬語がほしい。謙譲語も尊敬語もここには見られないのである。たしかにねじれた、取り乱した文というほかはないにしても。

いったい光源氏はこれまでに、自分の出家がさきで、そのあと紫上が出家するのは自由であるというようなことを、繰り返し述べてきたのではなかったか。「年来の本志で望んできたこと」とは光源氏その人の出家の意志であり、「かかる折にその意志にそむいたままで終わってしま」うとすると、紫上の思いにも添えなくて心苦しいと、何だか取り乱しつつ述べる場面ではあるまいか。

「この世にはむなしき心ちするを、仏の御しるし、いまはかの冥き途のとぶらひにだに頼み申すべきを、頭下ろすべきよし、ものし給へ。さるべき僧、たれかとまりたる」（同）などおっしゃるけしきは、顔色もあらぬさまで、耐えがたく涙とまらず、夕霧はそれを尤もなことと、かなしく見たてまつる。

どうなのだろうか。ここは光源氏そのひとの出家願望なのではなかろうか。これが紫上についてならば、もう一度言えば敬語があってよさそうに思える。長年、出家の望みを口にしていたのは、紫上もそうだが、光源氏そのひとがそうだった。自分が剃髪して、そのあと亡くなったばかりの紫上を追いかけたいとする、あらぬ、取り乱した願いなのではなかろうか。

この場面での、やや冷静な視点人物である夕霧の、制止しようとするせりふは傑作である。

御もの、けなどの、これも、人の御心乱らんとて、かくのみ物ははべめるを、さもやおはしますらん。さらば、とてもかくても御本意のことはよろしきことにはべなり。（同）

〔おんもののけなどが、この（＝紫上の）場合も、人（光源氏）のお心をかき乱そうとて、そのように（人を息絶えさせること）ばかりするようでございますから、そういうことでもおありなのだろうか。それならば、ともあれかくもあれご本意の出家のことは、よろしいことのようでございます。〕

光源氏その人の出家はありえてよいと一応、うべなってみせる。たといもののけにそそのかされてであるにしても、弱っている人の出家の願望を、聞き過ごしてのちの悔いがあってはならない、とする考え方はすでに「柏木」巻の女三宮の条にあった（六、48ページ）。それをわれわれに思い出させないか。出家する志があるならば、どうぞご自由に、と言ってみせる。

続く、「一日一夜、忌むことのしるしこそはむなしからずは侍なれ」についても、『源氏物語』を何度か読む読者には、ずっとあとで浮舟に言う横川僧都（よかわのそうず）の言（「夢浮橋」巻、九、380ページ）を思い浮かべることだろう。それも出家の功徳について言う。一日でも一夜でも、出家することには功徳があるとは、これも、どうぞ出家したいならば、と勧めてみせる言い方である。

しかし、ここから反転する。夕霧の真意は父親に出家を思いとどまらせるところにある。もう臨終のあとになって、「後の御髪ばかりをやつさせ給ひても、ことなるかの世の御光ともならせ給はざらん物から、目の前のかなしびのみまさるやうにて、いかゞはべるべからむ」（414ページ）と、つまり紫上を出家させるとしても、（あなたは）あの世の光ともおなりにならないからには、眼前の悲しみのみ募るというので、「あの世の光ともおなりにならない」とは、この世の光であり続けること、つまり光源氏として生きることではないのだろうか。光源氏そのひとは現世の光であり続けるので、じっさい「幻」巻という一年、あるいはそれ以上の歳月、この世に生存し続ける。

二　紫上死去は七月

紫上の逝去は八月である理由がなくて、七月ではなかろうか。岩波文庫は両論併記という立場をとって、校注によると、七月あるいは八月という、慎重な判断を堅持する。態度としてそれでよいと思う。私は一歩を進めて、逝去が秋にはいっての月、つまり七月であることをつきとめたい。この件に関しては校注を担当された松岡智之に深く感謝したい。

病身の紫上は二条院にあり（西の対だろう）、夏の暑さに耐えがたく、しだいに衰えてくる（「御法」巻）。明石中宮がこの院に退出してくる（六、400ページ）。東の対で話を交わす。

「秋待ちつけて」（406ページ）とは、秋七月になることを待ち構える意で、すこし涼しくなり、御心地もいささかさわやぐようでも、病状は不安定なままである。ここを現代での通説に八月ととるようであるのは、よいのだろうか。『万葉集』でも、平安朝文学でも、かれらの季節感や作歌意識を刺激するのはつねに暦月（れきげつ）であって、たとえば七月七日の夜に注目してみよう。「たなばた」には、古来、空の星逢いを見る習俗がある。

二〇二三年でいうと、旧暦七月七日が八月二十二日であり、一ヶ月以上、ずれてくる。旧盆は（旧）七月十三～十五日で、二〇二三年で見ると（現）八月二十八～三十日にあたる。今日、お盆休みを八月中旬とし、帰省したり、商店街が休みになったりする。八月第四土曜に「うら盆」の盆踊りをするところもあって、旧盆の最終日にだいたい相当するというのは、けっして偶然ではあるまい。

気づかれにくいかもしれないが、旧暦の「たなばた」つまり七月七日と、まさにその一週間後のお盆（七月十三～十五日）とは緊密に連動する。星逢いの空をじっと見るとは招魂ではないのか。祖霊あるいはもろもろの精霊を迎えてお祀りし、お盆の最終日にそれを送り火とともに送るという、古い習俗を残した一週間ではないのだろうか。

中宮は宮廷にまさに帰参なさろうとする、それに対して、紫上は「いましばしは御覧ぜよ」（同）と申し上げたい。しかし差し出がましくもあり、宮中へ帰参せよとの使も絶えずあることを気遣わねばならなくて、「もうすこしいてほしい」とも言えない上に、見送りに東の対へ渡る元気がなくて、中宮が西の対へいらっしゃる。光源氏は紫上が起きていることを喜び、歌の唱和がある（408ページ）。

（紫上）
おくと見る程ぞ　はかなき。ともすれば、風に乱るゝ萩の上露

（光源氏）
やゝも　せば、消えをあらそふ露の世に、おくれ先立つ程経ずもがな

（明石中宮）
秋風にしばしとまらぬ露の世を、たれか　草葉の上とのみ見ん

紫上の「いまは渡らせ給ひね。……」（410ページ）とて、几帳を引き寄せるさまが、いつもより頼もしげなく見られるので、宮が紫上のおん手をとって、泣く泣くご覧になると、消えゆく露のように限りになり、夜一夜、ついに明け方、亡くなるのである。

その日に収める。「十四日に亡せ給ひて、これは十五日のあか月なりけり」（420ページ）とは、七月十四日に亡くなったと端的に言うのではないか。紫上の亡くなったのはまさにお盆のさなかであり、送り火とともに霊界へと旅立つのである。

三　二元的四季観

やや脇道にはいり、かれらの興味をかきたて続ける年内立春について、ここでも取り上げる。いま話題にしている「御法」巻について言えば、年内立春ならぬ、秋の季節感と太陽暦の立秋とのずれ方である。

著名な歌二首をここでも引こう。

つキヨメば、いまだ冬なり。しかすがに、霞たなびく。はるたちぬトか
（『万葉集』二十、四四九二歌、大伴家持）

年の内に春は　きにけり。ひとゝせを去年（こぞ）とや　いはむ。今年とや　いはん
（『古今和歌集』一、春上、在原元方）

ベルナール・フランク「〝旧年〟と春について」（田中新一『平安朝文学に見る二元的四季観』所収）[1]によると、みぎの『古今集』歌は「日本人の生活を支配していた、中国より借用の暦制に従う時に、始めて理解できるもので

ある」。つまり、一年十二ヶ月の原理に立脚した月時間と、他方では一年間二十四節気の原理に立った日時間との、食いちがいを調整した二重の暦に日本社会は支配されていた。月と日との二つの年はおなじ長さでなく、絶えずずれを生じて、何と十九年の周期を経てほぼもとにもどる。この十九年周期のくわしい「四節気」検索表は田中の著書の付録によって一覧することができる。

たとえば天慶四年（九四一）の立秋は七月七日である。翌年（九四二）にはそれが六月十八日になる。そのあとをも見ると、六月二十九日、七月十日、六月二十二日、七月三日、七月十三日、六月二十四日、七月六日、六月十六日、六月二十七日、七月八日、六月二十日、七月一日、七月十二日、六月二十二日、七月四日、七月十五日、六月二十五日と続き、十九年目の天徳四年（九六〇）にほぼ一巡して七月六日が立秋になる。

『源氏物語』で、この興味ぶかい話題はあちこちに利用されて、人物たちに深刻なテーマ上の葛藤を与えることもあるが、いまは「篝火」巻だけをここに読みあわせることにしよう。やはり秋の始めである。

秋になりぬ。初風涼しく吹き出でて、背子が衣もうらさびしき心ちしたまふに、……御琴なども習はしきこえ給ふ。五六日の夕月夜はとく入りて、すこし雲隠る丶けしき、をぎのおともやう〳〵あはれなる程になりにけり。（四、338ページ）

御前の篝火が、すこし消えそうなのを、ともしつけさせる。火影に玉鬘の女君は見るにかいがあり、源氏の君は、

絶えず人さぶらひてともしつけよ。夏の月なきほどは、庭の光なき、いとものむつかしくおぼつかなしや。（340ページ）

とおっしゃって、以下、うたの贈答がある。ここに「夏の月なきほどは」とは何だろうか。直前に「秋になりぬ」

とあり、すぐあとに「夏の月なきほどは」とあるのは、田中著書の論じた通り、(2)暦月としては秋だが、さきの表を参照するとわかるように、この年は立秋まえであり、節月(せつげつ)としては夏に所属する。夏でもあり秋でもある、という興味にほかならない。

「御法」巻と「篝火」とはおなじ秋に属して、思い合わせたくなった、というに過ぎないにしても、季節感も共通して、紫上は涼しくなり始めた七月十四日に亡くなるのである。古来の季節感は月や星、そして開花や虫の鳴き声や、行事、習俗のいろいろに仕立てられ、おそらく数千年を経過してきたろう。太陽暦によって立春や立秋が大きな意味を持とうと、それによって古来の季節感がうすらぐわけではない。夕顔が亡くなるのは正確に八月十六夜、お月見の翌晩のこと。『万葉集』や平安時代文学から読む季節感には長い歳月による裏打ちがあって、読者の感慨をいざなうのもそこだろうと思われる。

四　「御法」巻の経過

光源氏が「若紫」巻で見いだし、生涯連れ添うことになる、紫上の愛らしい初登場は、「十歳」でなく、十二、三歳である。このことは教科書や参考書のたぐいで訂正してほしいのに、十歳程度とされることが多い。「十ばかりやあらむと見えて」(「若紫」巻、一、380ページ)と、源氏の君の受けた第一印象に幼くしか見えなかった上に、遊び仲間が童女たちであることから、ながらく十歳程度と理解されてきた。実際には実母が亡くなって「十余年にやなり侍りぬらん」(僧都の言、394ページ)とあるのだから、十二歳か、十三歳か、というところだろう。少女から成長期へはいるだいじなわれわれの女主人公が姿をあらわす瞬間である。

それでは、紫上が亡くなる際の季節や日附にはわれわれの理解が届いているだろうか。やや繰り返しになるものの、読み進めると、『源氏物語』第四十巻「御法」巻の紫上は、夏の暑さが加わって、しだいに衰えてくる。

夏になりては、例の暑さにさへ、いとゞ消え入り給ひぬべきをり〳〵多かり。（六、398ページ）

古文の夏は暦月（旧暦）だと四月～六月とする。七月（同）からは秋という計算である（～九月）。われわれの新暦はあまり参考にならないかもしれないが、二〇二四年で言うと、八月四日が旧七月一日にあたる。旧七月十四日は八月十六日になる。立秋は八月七日、旧暦だと七月四日。

花が咲くのも、鳥が鳴き出すのも、雪が降るのも、惑星を除く星空の一年も、地球の公転に基づいて繰り返す。農事暦はそれに従うので、「あき」とは収穫のことだ。立春も、立秋も、それに従うので節月という。われわれの新暦にやや近いのはその通りだが、古文で一月（睦月）や四月（卯月）というのは別途に、月の運行に基づくから、年中行事も儀礼のかずかずもそれに従う。暦月である。

七～九月は「秋」とするので、秋の中身が節月と暦月とでずれて行き、閏月（うるうづき）で調整される。二〇二五年の旧暦には閏六月があって、旧七月一日は八月二十三日、旧七月十四日が九月五日になる。立秋は八月七日で、旧暦だと六月十四日。

おなじ旧七月一日でも、暑い年かと思うと、秋風らしい風の吹く年もある。われわれの体感（季節感）で判断するのでなく、『源氏物語』がどう書きつけているか、ある種のリアリズムであり、書き分けられているその年、その年を味わうことになる。

明石中宮が内裏からこの院（二条院）へ退出してくるのは（400ページ）、暑さのあいだという面があろう。中宮の在所は東の対なので、紫上はこの対でお待ち申し上げる。お話していると院（源氏）がいらっしゃり、紫上が起きているのをうれしいと思うのは、はかない心慰めである。しばらく東の対にいると、明石の君もお渡りになる。子どもたちを見ると涙ぐむ紫上のお顔が美しい。中宮は泣いてしまう。女房たちの将来のことを遺言して、紫上は御読経などがあるので自分の西の対へ渡る。

三宮（匂宮）に、おとなになったらここ（西の対）に住んで、紅梅、桜に心をとめてほしいと託すと、うなずいて涙が落ちそうになる。

秋待ちつけて、世中すこし涼しくなりては、御心ちもいさゝかさはやぐやうなれど、猶ともすればかことがまし。さるは、身に染む許おぼさるべき秋風ならねど、露けきをりがちにて過ぐし給ふ。（406ページ）

「秋待ちつけて」とは、〈秋を待ち受けて、待ちもうけて、待ち構えて〉の意。すこし涼しくなると、心地もいささかさわやぐようでも、なお病状は不安定なままで、身に染みるほどの秋風ではないけれど、露けきおりが多くてお過ごしになる。

かれらの暦月として秋は七～九月だから、七月へはいってきたという認識かと判断される。古注などでは八月と見ているかもしれない。八月とこれをとる場合、時間が間延びする上に、それでは本格的な秋だから、「秋待ちつけて、世中すこし涼しく……」にややそぐわない気がする。

中宮は内裏からの要請もあり、宮中へ帰参しようとする。紫上としては「いましばしは見てほしい」と、言いたくても言えず、見送りもできないから、中宮がこちら（西の対）へお渡りになる。こよなく痩せ細り、限りもなくろうたげに美しいさまは、（世を）仮のこととお思いのようすである。

紫上の「いまは渡らせ給ひね。……」（410ページ）とて、几帳を引き寄せるさまが、いつもより頼もしげなく見られるので、宮が紫上のおん手をとって、泣く泣くご覧になると、消えゆく露のように限りになり、夜一夜、ついに明け方、亡くなる（同）。

夕霧はものの紛れに紫上の死顔を拝する。

「あなかま、しばし。」と静め顔にて、御木丁のかたびらを、ものの給ふ紛れに引き上げて見給へば、……（414ページ）

夕霧が大殿油を近くかかげて死顔をのぞくのを源氏は隠そうとも思われぬようだ。

葬送は源氏がとりしきり、その日にとかく納め申し上げる。

やがてその日、とかくをさめたてまつる。限りありけることなれば、骸（から）を見つゝもえ過ぐし給ふまじかりけるぞ心うき世中なりける。（418ページ）

いかめしい作法であるけれど、はかない煙となって昇天する。源氏は昔の葵上の葬儀の明け方を思い出すにつけて、その時はなお正気があったからか、月の顔が明るいと思ったのを、こよいはただもう暮れまどう。

十四日に亡せ給ひて、これは十五日のあか月なりけり。（420ページ）

とは、七月十四日に亡くなったと端的に言うのではなかろうか。新大系（新日本古典文学大系）が脚注に「八月十四日」とするのは訂正したい。見たように中宮の帰参が迫ることや、後述する、致仕大臣の弔問が続くことを勘案すると、七月十四日に亡くなって、同十五日に葬送すると確定したい。

十四日の夕べに限りとなり、蘇生術や祈禱を試みたのだろう、明け方には真に亡くなるというのも十四日のうちである。十五日は朝から始まり、準備をへて葬送が徹宵行われ、白々明けか、解散する。そこまでが十五日で、一日は終わる。(3)

「やがてその日」とは十五日の明け方までをさす。紫上の亡くなったのは、お盆のさなかであり、送り火とともに霊界へと旅立つ。源氏は出家の本意がかなわず、胸のせき上げるさまも耐えがたいことであった。「十四日、……十五日」とのみ言うのはお盆の時を言う言い方ではあるまいか。

五　致仕大臣の弔問

夕霧も忌みにこもり、明け暮れ近くにさぶらい、よろずに慰め申しあげる。風が野分だって吹く夕暮れに、紫上をほのかに見た「野分」巻（四、352ページ）を思い出す。野分だつ風の吹いた夕暮れに紫上を拝したことが恋しく思われ、

（夕霧）いにしへの秋の夕の恋しきに、いまは　と見えし明けぐれの夢　（422ページ）

と、なごりさえつらいことだった。

源氏は臥しても起きても、涙の乾くことなく明かし暮らす。収めようのない「心まどひ」（422ページ）では願う道（仏道）にもはいりがたいのではと、阿弥陀仏を念じる。所々の御とぶらいが続く。今上帝を始めとして、しげく申し上げる。源氏は心よわく「まどひ」（424ページ）を見せまいと、出家できない嘆きをさらに添える。

致仕大臣の動向を見ておこう。致仕大臣は紫上死去に、しばしば弔問する。

……くちをしくあはれにおぼして、いとしば〳〵問ひきこえ給ふ。（424ページ）

むかし、姉妹の葵上が亡くなったのもこのころと思い出す。「葵」巻に見るように（二、180ページ）、葵上の命日は八月二十日余である。紫上死去から弔問を繰り返し、「むかし大将の御母亡せ給へりしもこの比のことぞか

し」（六、424ページ）というのだから、「御法」巻のここは八月で、紫上の死去は七月のうち、つまり七月十四日ということになろう。紫上死去は七月のことと、ここで確定できるのではなかろうか。

むかし大将の御母亡せ給へりしもこの比のことぞかし、とおぼし出づるに、いと物がなしく、……（424ページ）

御子の蔵人の少将してたてまつる。

（致仕大臣）
いにしへの秋さへいまの心ちして、濡れにし袖に露ぞ　おき添ふ（同）

（源氏）
露けさは　むかしいまとも思ほえず。大方秋の夜こそ　つらけれ

致仕大臣の弔問に源氏は「たびくのなほざりならぬ御とぶらひの重なりぬること」（426ページ）とよろこび申し上げる。中陰の繰り返される弔問であり、忌明けが近づくということだろう。

秋好中宮への返歌に「我秋果てぬ。常ならぬ世に」（428ページ）とあるのは四十九日だろうか。

（源氏）
上りにし雲居ながらも　返り見よ。我秋果てぬ。常ならぬ世に（同）

いまは蓮の露も他事に紛れることがないようで、後の世をひたすらに思い立つさまでありながら、人聞きをそれでもはばかられるという巻末あたりの記述は、さきに出てきた「心まどひ」「まどひ」という語とともに、物語の主題性にかかわるかと見られる。

六　「幻」巻の叙述

「幻」巻は紫上死去の翌年の春から始まる。舞台は六条院で、「御法」巻の二条院から移ってきている（構想の変更もあったろう〈前章に論じた〉）。紫上の死去については、「御法」巻が当該の巻だから、「御法」巻をどう読むか、受け取り方が第一に必要なはずで、見てきた通り、紫上死去は七月であるという前提（作者による設定）を踏まえて、次巻「幻」を読むことになる。

その「幻」巻は時系列で書いていると言われる。『源氏物語提要』『花鳥余情』など、古注はそのような理解が多いようで、たしかに時系列を認めることができる。ただし、物語の叙述は一般に時系列になるのが自然だとすると、作者はガチガチに時節を追って書くのでなく、筆の赴くままに繁簡もあろう。「幻」巻は自然に書かれて時系列として叙述される。書き出しは、

春の光を見給ふにつけても、いとゞ暮れまどひたる様にのみ、……（436ページ）

と、源氏の心は暗闇である。

蛍宮との贈答は、

（源氏）
わが宿は　花もてはやす人も　なし。何にか春の尋ね来つらん（同）

（蛍宮）
香をとめて来つるかひなく、大方の花のたよりと言ひや　なすべき

と、紅梅の花をめぐる。

女房たちは墨染めの色もこまやかに、悲しさを改めがたい。

入道の宮（女三宮）が六条院にお越しになったころ（「若菜」上巻）の、雪のあかつきに紫上が泣き濡らした袖を引き隠していた心用意を源氏は思い起こす。

うき世には　雪消えなんと思ひつゝ、思ひのほかになほぞ　程ふる　（442ページ）

親しい女房たちとの述懐を除いて、夕霧とも御簾を隔てて対面する。

明石中宮は参内していなくなり、三宮（匂宮）を代わりに源氏の君の慰めに来させる。

きさらぎ（二月）になると、形見の紅梅に鶯がやってくる。

植ゑて見し花のあるじも　なき宿に、知らず顔にて来ゐる鶯　（448ページ）

春深く、山吹、花桜、樺桜、藤と次々に咲く。三宮は「まろが桜は咲きにけり」と、うつくしい。

（源氏）

いまは　とて荒らしや　果てん。亡き人の心とどめし春の垣根を　（452ページ）

入道の宮（女三宮）方に渡ると、匂宮もいらっしゃって薫の君と走り遊ぶ。

女三宮が「谷には春も」と古今歌の二句を引用して応えるのは（454ページ）、「物思ひもなし」という引用歌の末句が源氏にこたえる。

明石の君方へ渡る。出家を口にしながらなおためらう源氏に、明石の君は春宮たちの成長まではと自重を促す（あとにもう一度、ふれる）。源氏の君は藤壺の亡くなった「薄雲」巻の春を思い起こし、桜を「心あらば（今年ばかりは墨染めに咲け）」（古今歌）と思う（460ページ）。帰雁を詠む贈答歌が続く（462ページ）。

夏のおん方（花散里）より衣替えの装束が贈られる（464ページ）。四月である。祭の日（おなじく四月）はみ社を思い、中将の君（女房）のかたわらの葵に、「けふのかざしよ、名さへ忘るゝ」と詠む（466ページ）。

さみだれ（五月）の「さうぐ〵しき」に、十余日の月がさし出て、控える夕霧がほととぎすを待っていると、おどろおどろしく雨に添うて風に灯籠が揺れ、源氏は「窓を打つ声」と誦する（468ページ）。御おこないのむずかしさを夕霧は思う。〈昨日、きょうと思うほどに、おん果ても近くなってきました〉と告げると、極楽の曼陀羅を紫上は用意してあるという（470ページ）。

山ほととぎす、花たちばなをめぐる贈答を交わす（472ページ）。

いと暑きころ（六月だろう）、池の蓮に「いかに多かる」（伊勢集）と思い出すと、日が暮れ出し、ひぐらしの声に御前の夕映えのなでしこをひとり見るのも、(4)かいのないこと（474ページ）。

つれぐ〵と我がなき暮らす夏の日を、かことがましき虫の声哉　（同）

蛍を見ては、「夕殿に蛍飛んで」と口ずさむ。

夜を知る蛍を見ても　かなしきは　時ぞともなき思ひなりけり

七月七日も、例に変はりたること多く、御遊びなどもし給はで、つれぐ〵にながめ暮らしたまひて、星逢ひ見る人もなし。　（474ページ）

妻戸を押し開けると、前栽の露がしげくて見渡されるので、そとへお出になる。

七夕の逢ふ瀬は　雲のよそに見て、別れの庭に露ぞ　おき添ふ

風のおとさへただならずなりゆくころしも、御法事の営みにて、ついたちごろは紛らはしげなり。いままで

経にける月日よとおぼすにも、あきれて明かし暮らし給ふ。（476ページ）

風の音さえ平常と異なるちょうどそのころ、法事のいとなみで、ついたちごろは紛らわしげだという。ついたち（「月立ち」の意）は月初めのこと、朔日からの数日を意味する。「ついたちごろは紛らはしげなり」と「ごろ」がつく。「浮舟」巻に「ついたちごろの夕月夜」という二月上旬の辞例があるのを思い合わせておこう（八、548ページ）。

叙述が「七月七日」と言い出して、「七夕」歌のあと、〈法事で今月の初めごろは取り紛れることが多い〉と述べるという、七月七日の記事からその前後をへて、命日のこと、および「果て」の歌へと移る流れは自然だろう。

続けて、

御正日には上下の人〻みないもひして、かの曼陀羅などけふぞ供養ぜさせ給ふ。

と、一周忌の曼陀羅供養を行う。「正日」が死去二年目で命日であることは明白である。(5) 宵の行いに手水などを差し上げる中将の君の扇に、

（中将の君）

君恋ふる涙は　きはも　なき物を、けふをば　何の果てといふらん　（476ページ）

とあるのを見つけて、

（源氏）

人恋ふる我身も　末になりゆけど、残り多かる涙なりけり　（同）

と書き添える。

以下、九月九日の菊の綿の詠歌、神無月（十月）の時雨、「雁の翼もうらやましく」（478ページ）と続く。大空を

見つめて、

大空をかよふまぼろし、夢にだに見えこぬ玉のゆくへ尋ねよ

と詠む、これははるかな「桐壺」巻の歌と呼応する。(6)

五節（十一月中旬）、豊の明（新嘗祭の翌日）、暮れゆく年、手紙を焼くこと、あとにもふれる「死出の山」歌、「かき集めて」歌があり、御仏名（仏名会）、導師との贈答をへて、源氏の君は人々のまえに姿をあらわす（484ページ）。若宮は儺やらいに走りありく。

「幻」巻末の、

ついたちのほどのこと、常よりことなるべくとおきてさせ給ふ。（486ページ）

は、元日から数日をさす「ついたちのほど」を〈月初めのころ〉と理解したい。

七　不出家の主題

紫上の死去を書いた「御法」巻のあとに、「幻」巻は必要なのだろうか。事実は紫上の死去によって、「御法」巻を流れる主題性が書き切られたのでなく、紫上が物語から退場すると、光源氏をめぐる最終的な主題は、眼をそらしようもなく前面に引き据えられる。

主題とは、しかし研究者の一部から、こんにちに忌避される傾向にあるかもしれない。かつて主題性とは作者の意図を前提とする議論だったから、その巻き返しのようにとられる懼れがある。私は「光源氏物語主題論」(7)というタイトルをつけて、研究の最初に「御法」巻や「幻」巻の流れに取り組んだことがある。

その主題とは作品じたいの要請であり、けっして作家に帰属することでない。

「御法」巻の前半にもどると、心よわい源氏の悲嘆が綴られる。死に近づいた人には、心よわし、よわりゆく、といったことばが用意される。よわまりつつある時間が「幻」巻にまで続いてゆく。女三宮の出家にも後れた源氏は、物語のなかで出家を遂げることがなかろう。そのような源氏に救済はあるか。

「たゞうち浅へたる思ひのまゝの道心起こす人人には、こよなうおくれ給ひぬべかめり」（390ページ）という、「浅はかな道心」は、女三宮をめざしていることが明らかである。それからも後れる源氏が、物語のなかで今後、出家をしないだろうということはしだいにはっきりしてくる。

源氏を出家させないためらいが、紫上への懸念だけであるならば、いま紫上の死後において、そのためらいの根拠は消滅し、出家はいわば時間の問題になるはずだ。しかるにわれわれは「御法」巻の後半において、依然として源氏のつぎのようなことばに出会う。

（源氏の心）……いまはこの世にうしろめたきこと残らずなりぬ、ひたみちにおこなひにおもむきなんに障り所あるまじきを、いとかくをさめん方なき心まどひにては……（422ページ）

引き続く「幻」巻では、源氏の言に、

宿世の程も、みづからの心の際も残りなく見果てて心やすきに、いまなん露の絆なくなりにたるを、これかれ、かくてありしよりけに目馴らす人〻の、いまはとて行き別れんほどこそいま一際の心乱れぬべけれ。……（444ページ）

とある。これによれば、「いま一際の心」が乱れてしまうのは、あの女房、この女房といった人々を思うからである。心を乱れさせるのはここまで紫上の役割かと思うと、これではその役割がほかの女性にとって代わられている。

出家に対する源氏のためらいは深いところに根ざし、発していることになる。物語は解体につぐ解体をへてこまでやってきたので、源氏をいまや存在させているのは物語的な状況でありえない。主題の底が前面に押し出されてくる寸法である。

源氏が、明石の君の在所へ渡り、のどやかにむかし語りをする場面がある。

……末の世に、いまは限りの程近き身にてしも、あるまじき絆（ほだし）多うかゝづらひていままで過ぐしてけるが、心よわうももどかしきこと。（458ページ）

と、紫上逝去についてはふれず、「あるまじき絆多う」と言う。

明石の君がここで返すことばにこそは、いま注意を向けるに足る。

さやうにあさへたる事は、かへりて軽〴〵しきもどかしさなども立ち出でて、なか〳〵なることなどはべるを、おぼし立つほど鈍きやうに侍らんや、つひに澄み果てさせ給ふ方深うはべらむと思ひやられ侍りてこそ。いにしへのためしなどを聞き侍るにつけても、心におどろかれ、思ふよりたがふふしありて、世をいとふついでになるとか。それは猶わるき事とこそ。（458ページ）

明石の君の説得に見ると、おぼしたつのは鈍くて（――ゆっくりで）よいので、という。これは不出家の立場をはっきりさせてくると言えるだろう。中宮腹の宮たち（春宮など）が成長するまでは出家を延期するようにと明石の君は訴える。対して、源氏はここに藤壺を思い起こし、幼少より親しんでとりわけしみじみとする。紫上が藤壺の「紫のゆかり」だった、ということだろう。紫上を幼きよりおおし立てたこと、もろともに老いに至る末にうち捨てられて、わが身も人（紫上）の身も思い続けられる悲しさが耐えがたい、と。夜が更けるまで滞在して帰る。

翌朝の明石の君との贈答（「なく〳〵も」「雁がゐし」、462ページ）以下、夏のおん方との贈答（「夏衣」「羽衣の」、464ページ）、祭の日、葵をかたわらに（「さもこそは」中将の君、「大方は」源氏、466ページ）、さみだれ（同）、山ほととぎすの贈答（472ページ）、池の蓮、なでしこを見て「つれ〴〵と」歌、蛍が飛び交うのを見て、「夜を知る」歌と、前節にふれた。

九月九日の菊の綿の詠歌、神無月の時雨、雁の詠歌と、歌日記的文体と言われる記事が続く。

大空をかよふまぼろし、夢にだに見えこぬ玉のゆくへ尋ねよ　（478ページ）

は、述べたように「桐壺」巻の歌と呼応する。

五節、豊の明、年の暮れ、手紙を焼くこと、「死出の山」歌がある。

死出の山、越えにし人を慕ふとて、跡を見つゝも　猶まどふかな　（482ページ）

「心まどひどもおろかならず」（同）と言い、「いま一際の御心まどひ」（同）と言い、めめしさはみっともなくなりそうである。

この歌は宇治十帖の終わり、はるかな「夢浮橋」巻の、

法（のり）の師（し）と尋ぬる道をしるべにて、思はぬ山に踏みまどふかな　（九、392ページ）

と呼応する。「思はぬ山」は物思いのない山（比叡山）のはずなのに、（恋の）物思いに踏みまどうと詠む。源氏はさいごまで「まどひ」にある。主題性とはその謂いに相違ない。

述べたように、「死出の山」歌に続いて「かき集めて」歌があり、仏名会、導師との贈答をへて、源氏の君は人々のまえに姿をあらわす（484ページ）。

さいごまで出家せずに「幻」巻末を迎える。

歌日記的文体と評した人がいるのは正解と思われる。散文を超え、和歌を駆使するのは言語の次元であり、物語的状況として解体を遂げている。

八　送り火とともに

二節に紫上の亡くなったのはお盆のさなかであり、送り火とともに霊界へと旅立つ、と述べた。「十四日、……十五日」とだけ言うのはお盆の時を言う言い方ではないか、と。大陸からやってきた行事、儀式のたぐいは、本邦にそれらを受けいれる素地があって定着することとなろう。

盂蘭盆会しかり、七夕もまたしかりで、本邦での古い魂迎えのたぐいの行事、習俗が、大陸でのそれらと習合して発達し、星空をじっと見上げる七月七日の民俗、そして「お盆」へと年中行事化してゆく。

古い町なみである奈良市内で、町内の灯りが一斉に消され、家々の門口にずらりと迎え火の焚かれる夕暮れは見ものだった。祖霊を迎えるのだというのが一様にその説明であり、民俗学の説明もまたそのようだった（折口信夫は祖霊以前を考えたようだが）。

七夕もまた霊魂を迎える儀式ではないのだろうか。じつは七月七日の七夕から七月十五日ごろのお盆へ、緊密に時間が連続しているのである。

繰り返すと、いわゆる旧暦の星祭り、つまり七月七日と、まさにその一週間後のお盆（七月十三～十五日）とは緊密に連動する。「たなばた」には古来、空の星逢いを見る習俗がある。星逢いの空をじっと見るとは招魂ではないのか。祖霊あるいはもろもろの精霊を迎えてお祀りし、お盆の最終日にそれを送り火とともに送るという、古い習俗を残した一週間ではないのだろうか。

「篝火」巻の焚かれる庭火は、さきに触れたように故夕顔の霊の招魂であり、ころは七月五〜六日という、夏でもあり秋でもある四季観の裂け目に、娘、玉鬘のために故夕顔がやってくる。

一年のうちにもう一回、祖霊らしい霊魂のやってくる時節がある。いうまでもなく大歳の夜（大晦日）から正月にかけて、小正月という一連の時間への、ややこしいかさなりを容易に解き明かせないものの、お正月さま（歳神）に隠れて古い祖霊信仰が顔を出す、ということだろう。七月七日からお盆にかけての祖霊の接近とみごとに対応する、年に二回の重要な期間の一つであり、厳密な物忌みのときにほかならなかった。

信仰のかさなりという点ではたえず気になるのが農事暦で、神迎えから送る儀礼までを表現するから、視野にいれる必要はある。歳神の歳（とし）とは稲の神々にほかならないのだから。

『万葉集』に無慮数百、七夕祭の作歌があり、『源氏物語』でも「星逢ひ」と言う。長恨歌にかさなってくる。『万葉集』でも、平安朝文学でも、かれらの季節感や作歌意識は月の運行（暦月）と、立秋というような節月（太陽暦）との双方に支配される。

年の暮れになり、物語は終わりに近づく。手紙を焼くこと、前節に述べた「死出の山」歌、「かき集めて」歌があり、御仏名、導師との贈答をへて、源氏の君は人々のまえに姿をあらわした（484ページ）。

注

（1） ベルナール・フランク（Bernard Frank）"A propos de la 'vieille annee' et du printemps" 一九七一）の翻訳を、田中新一『平

安朝文学に見る二元的四季観』（風間書房、一九九〇）によって読むことができる。フランクには『方忌みと方違え』（岩波書店、一九八九）があり、〝旧年〟論と連動する。

（2）「「今は夏でもある」という意識を読みたいと思う。……七月五六日という暦月意識による「秋」意識と、七月五六日でもまだ立秋以前という節月意識による「夏」意識との共存を認めれば、この間の矛盾状況は氷解しよう」（田中、238ページ）。

（3）翌日葬送である。「即日葬送」と言える例は「夕霧」巻の故一条御息所の場合で、本人の希望があり、「けふやがてをさめたてまつる」（六、290ページ）。亡くなって弔問があり、大和守があつかい、夕霧は近くの山荘から人を出す。納棺があり、葬送は通例、深夜にわたり、一日はまだ終わらない。

（4）「日ぐらしの声はなやかなるに、御前のなでしこの夕映えをひとりのみ見給ふは、げにぞかひなかりける」（474ページ）。その注に「「われのみやあはれと思はむ。ひぐらしの鳴く夕ぐれのやまとなでしこ」（巻子本、筋切古今集・秋上・素性）による」（475ページ）とある（初刷り）。伝公任筆古今集には「我のみやあはれとおもはむひくらしのなくゆふかけの山となてしこ」とある由、松岡智之の教示。

（5）初年度の「正日」は四十九日、二年目は命日をさす。

（6）「尋ねゆくまぼろしもがな。つてにても　玉のありかをそこと知るべく」（「桐壺」巻、一、44ページ）と向き合う。「玉」は、魂。

（7）「光源氏物語主題論」（一九七一、『源氏物語の始原と現在』〈一九七二、二〇一〇〉所収）。

八章　歌謡とは何か

一、二章「昔話始まる」から六、七章『源氏物語』まで、「かたり」をたどり進めてきた。フルコトには古代歌謡もあり、「うた」が視野にはいってくる。「うた」はつねにわれわれに親しい音楽的要素とともにあって、演唱を「かたり」と二分するかと思う。神楽歌や催馬楽や、民謡、童謡のたぐいを思い浮かべる一方で、一挙に飛躍してJポップスもあり、なつかしい七〇年代歌謡曲もあって、短歌や和歌をも「うた」と言い、『万葉集』の四五〇〇首あまりは多く「うたわざる」うただ。近代詩や現代詩についても「うた」を感じさせられ、「詩」と書いて「うた」と読ませることは（＝「詩(うた)」）、たぶんだれの意識のなかにもあるかと思う。

一　民謡とは

〈歌謡は文字資料や文献として残されても、どの時代であろうとだいじな口語資料なんだ〉と言おうとしても、七五調で綴られたり、〈文語〉で作られたりする歌謡が少なくない。古典の知識に裏打ちされる。

早歌(そうか)（宴曲）には『源氏物語』の引用がもの凄く、しかも曲の中心にさしかかると人物の柏木や浮舟が出てくる（外村南都子『早歌の心情と表現』三弥井書店、二〇〇五）。関東武士たちの歌謡に文語体のリズムがあふれ、『源氏物語』がいっぱい出てくる理由は、と考えると、もう大きな謎だ。かれらは多く源氏の出だから、『源氏物語』をかれらの神話的起源と見なしているのかもしれない。

「民謡」という語の幅広さはたしかに便利にちがいない。詩のポール・エリュアールが自分の詩作についてある人と話していて、「おれはしょっちゅう、民謡を口ずさみながら詩を書く」と言ったと、これは大岡信からの孫引きながら、民謡を口ずさんでいると自分の内側からことばが浮かんでくるということらしい。

民謡はだれが作ったかわからないし、年代がたち、場所が変わると、ことばもふしも変わってくる、そういうのが本当の民謡で、それを口ずさんだり聴いたりしていると、過去の人々の魂というか、情念というか、そんなものが蒸留されてはいっているんだ、それが深いところでわれわれに訴えてくるのではないか、と大岡は言う（「声としての詩――朗読を聴いて即興的に」『現代詩手帖』一九六八・七）。

民謡という語をそんなに簡単に使うのは、口承文学研究として、やや抵抗があるかもしれないが、『ことばの世界』４「うたう」（日本口承文芸学会編、三弥井書店、二〇〇七）にしても、第一パートは「民謡」とある。邊恩田はパンソリについて「語る」ことと「うたう」こととの関係を話題にするし、長野隆之は伝承的な起源を持つ歌謡が近代になって民謡となり、さらに新民謡として現代に定着するさまを追っている。この一冊が現代に見る伝承形態の視座をとり続けていることに改めて思い至る。

ここでは「歌謡」という語を採用することにする。『古事記』のなかの古代歌謡は文字通り歌謡としてある。『源氏物語』の作中人物たちの生活にはかれらの歌謡が浸透していて、物語の背景を多彩にいろどる。

二　歌謡研究のいろいろ

志田延義『日本歌謡圏史』（至文堂、一九五八）をいま読み返すと、曲節（きょくせつ）を伴う文学的形態にあっても「かたる」と「うたふ」との区別があり、その「かたる」機能は「ふること」に発するのだと論じられていて、私の唱えてきたと思ったフルコト論は、志田延義という大きな存在のなかに閉じ込められているのかと思い直す。

田中瑩一が蓄積のすえに出された『口承文芸の表現研究――昔話と田植歌』（和泉書院、二〇〇五）の中心課題である、「一日の友達は名残惜しの友達／洗い川の葭の根で文を参らせうやれ」というような洗い川（の歌）や、『田植草紙』の田植歌が、改めて単に野性的な魅力というだけでなく、「中国山地をフィールドとした田植歌研究」（『口承文芸研究』三〇、二〇〇七）で氏の言われるように、田植本の場合、「個としての解明を待っている」とも言われており、研究の視野のひらかれる思いがしきりにする。

高木史人が同号での田中著書への長い書評のなかで、田中の提示する方法へのつよい異和を表明していることにも興味をそそられた。民間口承説話（散文伝承）と民間口承歌謡（詩的伝承）との、二つの枠組みを田中が提案するのは、昔話研究者の違和感をかき立てるに十分であるとともに、方法的なぶつかりあいがそこに覗いているとしたら、歌謡研究からの積極的な方法的提示がさらに必要かと思われる。

田植歌からは題材の広さ、武士的な語りぐさ、芸能者との交渉がうかがえ、また『中世近世歌謡集』（大系本）のほうでも、連歌に似た付け合いの妙や見立ての方法などについて、「近代詩の手法にも通ずるものがあるように思われる」と志田の言われていたことを強力に思い出す。たしかに近代的な長編詩を読む思いがすると言ってよく、田中が詩的伝承という、個としての表現の在り方に注意を向けてゆかれるとしたら、伝承歌謡をいまにどう読むのかという点で注意せざるをえない。

〈民謡は時代が変わっても変化しないんだ〉と言う人に、たとえば奈良に縁のある土橋寛がいる。その場合、村社会での歌謡ということを氏は考えていて、その限りで言うと、古代民謡と近代の民謡とは驚くほど類似していると（『古代歌謡の世界』塙書房、一九六八）。それに対して都市で発達する「芸謡」＝専門家による歌謡は変化がいちじるしいと土橋は言う。芸謡も含めて、歴史的に変化するところと、変化の奥にある変わらぬ「うた」とを同時に視野に入れるという教えだったといまにして納得できる。

三　フルコトのなかの歌謡——起源的性格の一

『古事記』や『日本書紀』に見る古代歌謡の主要な場合は、多く五世紀代にだいたい発達が収まり、六世紀には古典としてできあがっていった。歌謡が生活のなかに生きていた古い時代を反映しているのにしても、説話に閉じ込められて歌謡としてはいわば遺物であり続ける。

そういうまとまった古代説話のことを「ふること」と言った。フルコトに注意した早い段階での研究者として、私は徳田浄という学者に注目してきた。徳田は奈良にかかわり深い研究者で、『原始国文学考』（目黒書店、一九三二）まえがきに「佐保川畔にて」とあった。

徳田も志田もフルコトに注意して、語部の古詞（フルコト）に発するだろうと言っており、私もそうだと思う。だれもがそう論じることだと言われるかもしれないが、古代歌謡は私にとり、フルコトつまり古代説話のなかに閉じ込められた歌謡から立ち上がってきた。それを解剖して助動辞「し」を取り出した（『物語文学成立史』、一九八七）。古代歌謡のなかの「し」（「き」の連体形とされる）に注目するのだ。

するとたとえば『古事記』八番歌謡で見ると、

『おきつトり、かもどくしまに、わがゐねし』、いもは　わすれじ。ヨノコトゴトに

の、『おきつトり、かもどくしまに、わがゐね〈し〉』は説話であり、過去にその島の起源においてあった話で、それに似せて自分もまた愛人を連れて島に渡るという展開だろう（「わがゐねし」は〈われとわが連れ寝した〉の意）。

わかっていただきたいと思うことは、みぎの二重かぎ括弧の部位が物事の神話的起源、オリジンを語っているということであり、それを取り込んで古代歌謡になっているという成り立ちだ。

二重かぎ括弧の部分だけを取り出したような歌謡もいろいろあって、稲村賢敷の言う「史歌」あるいは本田安次の言う「譚歌（バラード）」と言われる性格のそれということになろう。本来は事物の起源を歌謡で示したのが始まりではなかったかと想像される。一九七〇年代に小野重朗が沖縄および奄美の歌謡から、生産を叙事するうたは神話的起源を示しているのだとする、一連の論文を発表されたことは衝撃的で、われわれは『古事記』のフルコト、とくに古代歌謡のうえにそれを応用してみせた、という次第だ。古橋信孝がこれを生産叙事という語で周知徹底させていった。

〈史歌〉が二重かぎ括弧の部分に代入されると、その部分を修辞的表現として据えるかたちの歌謡となる。そうすると古代歌謡として成立するという装置ではないかと思われる。古代歌謡のなかにはこのようにして、「き」（過去）を呼び入れることにより、一編の歌謡のうちに起源（オリジン）譚を成立させているのがいくつもあることに気づく。

古代歌謡の特徴の一つは、起源譚の断片である枕詞や、それを代入するための縁語や懸け詞などの技法が発達していることで、古代文学はこのような比喩法のうちに、みずからの在り方を決めていった。

四　「うた」の語源

川田順造『コトバ、言葉、ことば』（青土社、二〇〇四）に収められる「詩と歌のあいだ――文字と声と身振り」（『現代詩手帖』一九九九・九）を取り上げたい。やや批判的な言い方になるのは、いつものことで許してくださるだろう。どうして氏は文字から始めるのだろう。口承文学は文字と無関係だから口承文学なのであって、それが大前提ではなかったのか。川田人類学は「無文字社会」論から開始して文字へと後じさりしてきた歴史なのか。テーマとしてなら「口承文学と文字」といったことは十分に成り立つ。それは文字が二次的に作用を及ぼしたり、口承文学の記録化や聞き書きにおけるある種のコンタミネーション（混濁）を話題にしたり、といった限りでの話題であって、本来文字のないところに口承文学は生きて不足しない。譲れない一線だろう。

「うた」という語についても、川田としてはかなり乱暴なことを言っていて、「訴ふ」を基に据える折口信夫説に共感すると言う。そしてそれを「語源学的には支持されないにせよ」とする。「語源学的には支持されない」としながら、それでも「うたは訴え」という考え方を捨てきれないというのには無理を感じてしまう。

むろん、語源学じたいを認めないという意味でなら成り立つと思いたい。民間語源じたいは口承文学上のだいじな財産で、神話や説話が大発達してきた一因はそこにある。だから、そういう民間語源説ならよい。そうでなくて中世から近世にかけての学者たちは、おなじ音を縮めたり膨らましたりという、だじゃれに近い語源説をやって、カゼは吹かせるから「(ふ)かぜ」だとか、顔が白いからおもしろい(面白い)とかいった程度だ。

訴えるから「うた」だというのは、ウツタへ(＝「うったえ」)の「ツ」(促音)がどこへ行ってしまったのかと問えば、簡単に崩壊する。新村出のウチアフ説にしても、なかなかウタにはならない(ウチャになる)。早く新村はいろんな考え方を列挙していて(「ウタの語源諸説」一九三二)、氏自身、もともとは「拍チ合フ」説だったか、拍子を打ちながら歌うのでウツ(拍つ)だという。金田一京助説はウツロとかウツケとか、「放心状態」説で、「折口信夫に拠ると」とするものの、自身のアイヌ文化体験の深い裏付けをへてその考えに到達している。ヤイカテカラ(即興的な歌謡)は「物に憑かれて常態を失ふ意」だというのが金田一説の出発点だったはずで、新村はこの金田一説にも賛成している。ウタガフの「ウタ」、オト(音)、ウラ(心)といった語との関係を氏はいろいろ案出している。

私としては、新村がすでに出している、ウタガフとの関係や、とりわけ太田善麿の注意していた(『古代日本文学思潮論』I、一九六二)、古代歌謡のなかのふしぎなことばたち、ウタダノシ、ウタタケダニ、ウタヅキマツルや、その他に(訓読語などの)ウタタ、ウタテ、ウタガタモなどがあり、「ウタ」のつく語の、あらぬ疑念にとりつかれたり、そぞろ異常な気分に陥ったり、酒宴での騒乱状態など、共通した意味あいをそれらが持っていることを、ヒントにできるのではないかと論じた。一九七三年九月の『現代短歌大系』月報12の「〈うた〉——未開の声」に、いま引いた太田説や、訓読語などを根拠に、ウタがそういう未開の心、〈うた状態〉から出てくると述べた。

この一九七三年九月という年月が、私にとりわりあいたいせつなのは、その翌年になって大野晋が『岩波古語辞典』(初版、一九七四)その他で、ウタガフやウタタとの関係に注意している、つまりウタを、それらのウタガフやウタタから、「自分の気持をまっすぐに表現する意」だと説明するしかたは、私の意見とまったくちがうにせよ、ともあれ大野の言い出す一年前に私なりの意見を発表できたことはうれしい。しかし、ウタが「気持」をまっすぐ表現するという説明には同意できない。ウタガフは心のもやもやや疑念であり、ウタタは気がそぞろにすすむさまを言うだろう。

五　物語文学と「うたううた」

おなじ「うた」である〈和歌と呼ばれる詩〉と歌謡とのその分岐点はどこかといった、起源問題に苦しんでしまう。和歌と呼ばれる詩と歌謡とがちがう面を大いに持つことは当然だ。ちらと述べたように、歌謡という、「和歌」以外のいっさいを一まとめで古代から近代までを見渡す言い方が近代主義だ。〈「歌謡」というのは「うた」の歴史を整理するために明治になって与えられた名称のようである〉という趣旨のことが『日本歌謡圏史』に見える。

整理するための呼称なのに、それと「和歌」とがどうちがうのかと考えることじたい、近代の発想なのだとようやく気づかされる。どのようにわけてもおおもとで一括りに詩（＝うた）であり、あくまで詩的言語内部での「和歌」と歌謡との区別ということになろう。差異じたいは厳然としてあるにもかかわらず、「うたう」「うたわない」の区別を乗り越えられる。

それにしても十一世紀初頭の段階で、『源氏物語』のなかに「うたう」という言語行為ないし身体行為がどれぐらい出てくるか。催馬楽をうたうというのが、延べ二十四〜二十五例ほど、風俗歌が三例ほど、ほかに舟歌と、田植歌とがある。これら催馬楽歌、風俗歌、舟歌からは細やかに歌声が響いてくる。田植歌というのは小野の里の女性たちがうたい興じているので、おそらく室内で動作を伴いながらうたうのだろう。

五七五七七（短歌形式）はどうかというと、それらの絶対多数は「うたわない」。例外的に二例、「うたう」という短歌形式が、「若紫」巻と「須磨」巻とにある。残る七九〇首余りは「うたわない」五七五七七だ。「花宴」巻で朧月夜という女性が「朧月夜に似るものぞなき」というのは、「うち誦じて」、つまり朗詠みたいにしたのだろうし、「紅葉賀」巻で紫上が「入りぬる磯の」というのは、口ずさむ。「口ずさむ」というのは、決まったフシがなかったということだろう。永池健二にウソブク論（『逸脱の唱声　歌謡の精神史』梟社、二〇一一）のある通りで、薫の君が催馬楽歌「梅枝」をうそぶきながら立ち寄るという「竹河」巻はまさにそんな感じだ。

対しては今様の歌声が、つまり今様歌が『源氏物語』からなかなか湧いてこない。催馬楽歌や風俗歌が流行遅れになりつつあるということか、志田はそのように論じているようで、私にもそう感じられる。『源氏物語』に見る限り、どの場面からも催馬楽歌そして風俗歌が、それじたいとしてもう発展性がなく、場面に従属して単に機能しているだけだとの感想を持つ。その一方に〈いまどきの歌〉というべき今様歌の歌声は、物語から見る限りで、酒宴（淵酔）などの席でうたわれているはずなのに、聞こえてくるというようにはなかなかならない。つまり『源氏物語』は歌謡的に陥没している。

確実に今様歌が行われていたことは『枕草子』や、そしてほかでもない紫式部の書いた『紫式部日記』に引用されていることによって知られる。しかもどちらも『梁塵秘抄』に見られる歌謡だと言いたい。研究史の不思議は『紫式部日記』に見える「池の浮草」が『梁塵秘抄』のうた（三三九歌謡）であるかどうかについて、現代の注釈書が（大系も新大系も）出典未詳とする。のちの時代のうただとことわって『梁塵秘抄』を引く古い注釈書や、この場にふさわしくないとして否定する注釈書などがあり、『紫式部日記』関係者は概して否定的だ。対するのに歌謡の研究者はだいたい肯定的で、催馬楽歌や風俗歌の時代のあとに今様歌の時代が来ることに不自然さはないとする。西郷信綱の『梁塵秘抄』（日本詩人選）も積極的にこれを認める。これを認めずしていった い紫式部がここに書きとどめておいてくれたことの真意を何だと思っているのか、「角三つ生いたる鬼になれ」がふさわしいかどうかでなく、淵酔の明け方に今様歌こそがふさわしい。もし冬なら「足冷たかれ、酔うてはとゆりかうゆり、ゆられありけ」（同）という歌謡は所から、折から、ぴったりである。

六　類歌――起源的性格の二

『万葉集』歌が二十巻に四五〇〇首あまりあって、類歌（類似する異なり歌）については一冊の本になるぐらいたくさん見られる。『萬葉集の研究第三――萬葉集類歌類句攷』（佐佐木信綱、岩波書店、一九四八）がそれだ。

朝露に咲きすさビたる鴨頭草（つきくさ）〔之〕ノ、日斜（―くた）つ共（―なへに）〔可〕消ぬべく〔所〕念ほゆ

（巻一〇、二二八一歌　花に寄す）

一目見し人に恋ふらく天霧らし降り来る雪〔之〕ノ、〔可〕消ぬべく〔所〕念ほゆ

（同、二三四〇歌　雪に寄す）

思ひ出づる時は〔者〕　為便（―すべ）無み豊国〔之〕の木綿山雪〔之〕ノ、〔可〕消ぬべく〔所〕念ほゆ

（同、二三四一歌　同）

〔如〕夢（―いメノゴト）君を相ひ見て〔而〕天霧らし降り来る雪〔之〕ノ、〔可〕消ぬべく〔所〕念ほゆ

（同、一二三四二歌　同）

思ひ出づる時は〔者〕為便（—すべ）無み佐保山に立つ雨霧〔之〕ノ、〔応〕消ぬべく〔所〕念ほゆ

（巻一二、三〇三六歌　寄物陳思）

恋愛歌で、消えそうなぐらいに恋い焦がれるという意味が「消ぬべく念ほゆ」という表現を核にしてつぎからつぎへ「うた」を産む。「うた」の本来のだいじな効用に恋愛および結婚における仲立ちという役割があった。書くか、だれかにおぼえさせるかして届ける。このことは強調してし過ぎることがない。平安和歌などでも十分にそのことは言える。『蜻蛉日記』『和泉式部日記』など、物語内の場面という場面、歌物語の段という段、多く恋愛成就、結婚成就に至る一環として和歌が作用している。

恋愛そして結婚は、人類の何千年、何万年まえからあった。人類のいだく感情として最も古めかしく、ありふれたことだ。生まれてきた人類の個体数はもの凄く多かった。かれらが成長して思春期から適齢期にはいってくると、恋愛し、結婚する。そのときに「うた」が必要になる。以前にだれかが使用したのをそのまま利用すればよいではないか、どうせ何万年もまえからやってきたことなのだから、わざわざ新しいのを作らなくても……、けれども、その新しさが必要だったのだと思われる。

人類の歴史に置いてみて、自分の恋愛ばかりは特別であり、よそになく、初めてであることを証明しなければならない。そこに和歌には起源、ビギニングが詠み込まれるという性格があると考えられる。和歌が大量に作られた理由をそこに求めるしかない。うまく作れない人はプロに相談する。人麻呂歌集はそんなための手控えを大量に残した結果だろう。基本は自分で作る。だから先行の和歌の骨格を利用して、字句を換えたり、上下を入れ替えたり、工夫する。それによって自分の作歌に仕立ててゆく。あとに言う類歌というのはそうした個人の歌の

起源にかかわる結果であり、量産される。一編一編の和歌が起源にならなければならない。こういうビギニングを個人のそれと見ておく。和歌と呼ばれる詩はそのような〈個人の起源としての文学〉であり、個人に始まる新しさ、自分において初めてだという「起源」を作り出す。創作文学であるとはその謂いで、起源を作り出すというように考えれば、類型の量産にすら個人によるオリジナリティがある。

七　現在の起源——起源的性格の三

　このことは歌謡において類似したのが、時代をへだててもまたおなじ歌謡集のなかにも見つかるということと深く関係するはずだ。『万葉集』歌の初期は歌謡だったろうということを、だれもが思いつくらしくて、吉本隆明の『初期歌謡論』（一九七七）がそうだったし、『日本歌謡圏史』もある点からするとそうだ。けれども『万葉集』じたいが歌謡集でないことは強調されてよい。歌謡でなく、〈『万葉集』歌〉を集成することが基本目的だった。最初に述べた言い方をもじって言えば、「人麻呂はうたわない」、「家持はうたわない」。そうした「うたわない（和歌）」と「うたう（歌謡）」との決定的な差異を押さえたうえで、歌謡と和歌との聯合関係を探求する。そうでなければ、何もかもが一緒くたになってしまう。

　話が一巡してきた。いまあいてにしなければならないのは、田中が言ったはずの詩的伝承についてだ。土橋が一九六〇年代に、村社会では古代から近代まで変わらない歌謡といっていたのは、いつごろまでのことか。田植歌で言うと「今日ではわずかに神事や芸能などの中に伝えられたものを聞くことができるだけに」（田中）なってしまったし、口承文学が都会では激動期をへて、「近代」をどうくぐりぬけているかという変質過程や、「近代」そのものを問題にしなければならなくなってきた。『口承文芸研究』二五にたとえばシンポジウムの特集がある（「日本口承文芸と『近代』」、二〇〇二）。「それはおもに浪曲や浄瑠璃などの語り芸について」で（真鍋昌賢・細田明宏が兵藤裕己『〈声〉の国民国家・日本』をともに引いているのが印象的だ）、口承文学が「近代」と直面していることを取り上げた点で劃期的だった。このことをさしおいたり、軽視したりして、今後の口承文学研究は十分に生きられないだろう。

江藤淳『作家は行動する』（講談社、一九五九）や、同「近代散文の形成と挫折」（『文学』一九五八・七）の趣旨は、日本社会で私小説（＝詩的小説）のような文学が蔓延する、近代文学という在り方は詩的な言語や感情がバケツの底をぬけてまき散らされたみたいだということだろう。底がぬけたバケツの中身もろとも、日本近代の詩的病理や病根に降りていって、一種の行動家＝文学者に江藤はなっていったということで、なかで大江健三郎の未来に文学を託すという見通しは、いまに実証されたと言ってよいと思えるし、四十年後のヨーロッパを始めとする世界の詩の書き手たちのますますの行き詰まり、引きこもりや、日本での詩人や歌人、俳句界などでの文学中心主義みたいな現状を言い当てている。残念ながら世界はますますその観を呈していると感じられる。

八　ケニング、ヘイテイ

「近代散文の形成と挫折」のなかに、そのころの私によくわからなくて、放っておいてある問題があって、一般に言語は総合的な性格から分析的な性格へ推移してゆく、言い換えれば非機能的から機能的へという過程をたどるというところである。たとえば英語は比較的整然と、ことばの論理化の過程をたどると言う。それはよしとしても、興味深いのは、総合的な段階にある言語がまったく論理を持たなかったかというと、かならずしもそうでなく、そこで支配的なのは、いわば情緒的な論理、つまり類推の論理だという。古代英語にケニング(kenning)という修辞法があると江藤から教えられた。これは「海」を「白鳥の通う路」と言い、「船」というかわりに「海の馬」というようなことなのだと。

ヘイティ(heiti)と呼ばれる修辞法もあるようで、単語レベルの置換語だったり、日常語に特別な意味を持たせたりということのようだ。剣、刀はふつうsverd(古ノルド語)であるのに対し、ヘイティではmakirと言うのだそうだ。それに対してケニングでは、剣を「盾の災害baneofshield」とか「巻き上げられる火wound-fire」とか言うのだと。

一種のアナロジー、あるいはパラレリズムの用法というのか、類推の論理だと江藤は言う。枕詞とか、縁語とか、懸け詞とか、なるほど日本語の修辞法は、象徴ではないし、隠喩や暗喩というのともちがうし(換喩を持ちだす人が多いけれども)、困ってしまう。類推というような考え方ならば成り立つかもしれない。比喩を中心とする修辞法の研究は欧米の文学教育のなかで、たいへん詳しい。いざそれらを日本語の比喩法へ適用できるかというと、ほんとうはあまりうまくゆかない。日本語はどういう詩を可能としているかという、大きな問題にぶつかってしまう。

和歌の場合、『源氏物語』「夕顔」巻に、「心あてに、それかとぞ　見る。白露の光添へたる、夕顔の花」とあるようなのを、こんなのは「寓喩」(アレゴリー)と言いたいところだが、キリスト教の図像学的イメージがまつわりつくアレゴリーと混同されるおそれがある。夕顔の花が持つ物語的な雰囲気を前提にするために、アレゴリーという語で統一することにした。こんなふうで、適切な修辞的説明がなかなかできない。

まさに人物を花に（あるいは花を人物に）喩えているのであって、それ以上でもそれ以下でもないので、類推という関係で比喩が成立しているとすると分かりやすい。しかし、なにか類推というと低く言語として未発達な感じがするかもしれない。もっと象徴とか暗喩とかいった高度の技術を駆使している術語のほうが高級だと思われるかもしれないが、事実上、日本語の比喩法は、枕詞とか、縁語とか、懸け詞とか、あるいは人物を花に寓喩するといった方法が中心である。

改めて歌謡の言語はどうか。言語的には総合的な段階で、口語を中心としながら、うまい縁語やさりげない懸け詞が、けっして減ることなく、むしろ洗練されて中世を通して続く、つまり寓喩というべき在り方が発達して類歌性を保証する。それらは和歌に見る類歌とどうちがうのだろうか。歌謡の場合にしても、歌垣や歌会、歌遊びなど、個人としての即興を求められるところに成り立つ類歌である。それらは和歌に見る類歌に非常に近い、というより和歌が歌謡の場の傍らで発生したという事情を考えてよかろう。その即興は生命維持装置とでもいうべき性格の現場性である。現代の歌曲や歌謡曲になると個人という起源に関与せず、類型的な感情をあらかじめ作詞家が歌詞として用意して、（カラオケなどで）個人の感情をそこに流し込むと成立する。つまり「うたう」という機能によって現在を更新しているのではなかろうか。ここでいう現在とは「うたう」いまであり、そこにも文字の介入しようのない現場性がある。

まとめると、歴史の起源（オリジン）を語るのが古代歌謡・史歌・譚歌の類であり、個人の起源、ビギニングとして和歌・短歌があり、現在の起源、絶えざるいまの更新として「うたう」ことがある、ということになるのではないか。

九章　歌語りを位置づける――『伊勢物語』の愉しみ

『伊勢物語』はけっして純粋な創作文学なのでなく、「歌語り」という王朝びとの笑い興じた和歌をめぐる語り合いがベースにある。それを再構成したり、まとめあげたりした人がいて、おのずから形作られていった愉しい歌物語だ。貴族家には伊勢と名づけられた女房がいたはずだから、彼女がまとめあげた（＝物語した）と考えてはどうか。伊勢が物語したことから〈伊勢物語〉と名が付いたので、同様に大和という女性が物語すれば〈大和物語〉となる。

一　平安最初の百年

いまさらというもの言いながら、平安四百年を省みるならば、最初の約四分の一ほど、日本語で書かれた書物はない。喪われたのでなく、産み出されていない。これは一時代を俯瞰するに際し、異様な眺めだと思う。ひらがなが発達しつつあるときなのに、不思議だ。一王朝の最初の約一世紀が、日本語の言語体系の書物を産出していないとは、どういうことだろうか。そして、平安文学研究者たちは、そのことを真剣に考えたことがあるのだろうか。

九世紀の終わりになって、突然のように、しかし十分に発達した、かな表記の文化を背景にして、『古今和歌集』編纂の機運が出てくる前後を目安とし、中将御息所歌合から亭子院歌合（九一三〈延喜十三〉）の新作あたりまで、『古今和歌集』文化の視野が急速にうごき出した感がある。

『新撰万葉集』の編集、寛平御時后宮歌合などの歌合、『句題和歌』（大江千里集）が連動していよう。遍照などの著名な歌人たちの「家集」を作るという促しも、この勢いから出てこよう。編者たちの「家集」の制作が命ぜられ、集められる。

『竹取物語』などの書かれる物語類の生産態勢、それから『伊勢物語』類の編纂と、急転直下というべきだ。そのまた百年後に『源氏物語』『枕草子』そして『栄花物語』を産み出すまでに、平安文学は以後、上り詰めてゆく。

そういう、急速な「書承化」（記録化）のうごきのまえの、約百年とは何だったのか。その百年に、それでも平安時代文学を出発させる多くが籠もっているはずだ。そのことを考えるヒントが、『古今和歌集』両序に書かれていることは言うまでもない。

a 「色好みの家」（真名序「好色の家」）に「うた」が埋もれていた

「色好みの家」は、文字通り「家」でよかろう。端的に言って〈遊女屋〉というか、そこでは、うかれめたちが五七五七七をだいじに扱っていた。歌舞音曲は彼女たちの専門であり、真名序によれば「花鳥の使」「婦人の右（たすけ）」とあるから、恋文横町ではないが、「うた」を媒介させての他人の〝婚活〟活動に供し、いろいろと仕切ったのであろう。男性たちは漢文文化の裏ヴァージョンで、恋愛習俗に五七五七七を活用しなければならなかったから、しきりに出入りして指南を仰いでいたか。前代（万葉時代）と後代（『古今和歌集』以後）とをつなげれば、そのあいだにある時代にほかならない（真名序の「乞食の客」が「活計の謀」をなすとは芸能者の活躍を言う）。

b　六歌仙その他、活躍は伝承で伝えられた

「うた」は記憶、伝承によって流布している。何百首、何千首を必要に応じて憶えたり、知ったりしているだけならば、何の苦労があろうか（現代とて、童謡から新曲まで、「うた」ならだれでもいっぱい記憶し、五七五七七だって、まずは何百首、わかると思う。記憶という口頭文化、あるいは脳中に基本的に置かれていた）。

生まれ出した私的なかな文字（万葉仮名からひらがなへ、あるいは漢字かなとカタカナとのあいだ、草仮名をひっくるめた「かな」）を駆使して、我々のノートのように書き留められもする。手紙のかたちでやりとりされる。

しかし、ほぼすべて散逸しようし、書かれる場合にはあくまでメモランダムであって、基本は文字に拠らない口頭文化であり、印象深い、だいじなそれらが記憶され、伝わってゆく。技巧である懸け詞が口頭文化である（文字を要しない）ことと表裏の関係にある。

印象深い短歌をめぐり、成立事情や地名や歌語のたぐいが想起され、また歌人の名、興味深い挿話が物語される。前者を〈歌枕の語り〉、後者を〈歌人の語り〉としよう。あわせて歌語りである。九世紀代とは歌語りの時代にほかならない。

折口ならば家々の女性の「語部」がそれらの短歌を管理した、というだろう（後述）。管理するひとがいなければ、（ふたたびいう）われわれのノートとおなじく、反故と化し、まして記憶のなかの五七五七七はいつしか霧

消する。

二　歌語り時代

歌語り論のキーストーン作りに、伊藤博のそれと[1]、益田勝実のそれと[2]があった。前者は『万葉集』から、後者は平安時代の文学から迫った。

『万葉集』巻十六には歌語り関連のいくつもの短歌が見られ、八世紀の段階で脈々とそれらが生きていたとみることに、不自然さを感じない。伊藤の論は十分に成り立つだろう、また当時の万葉学の水準で、多くのひとの承認をえていたと思う。万葉歌であるから、八世紀以前について論じられた、と見よう。

一方、益田の論の大きな特徴は、歌語りを論じ明かすにあたり、資料に基づいて、十世紀で開始し、十一世紀へとたどり進めたことにある。いや、豊富な資料から十世紀〜十一世紀代に歌語りが行われたことは益田の言う通りだ。しかし、私の見るところ、「歌語りの時代」を、そこから百年前の、九世紀へ持ってゆかねばならなかったのではないか。

伊藤の論じた八世紀以前と、資料が教える十世紀以後とのあいだ、ぽっかりひらく九世紀にこそ、われわれの歌語りの歴史を見通さねばならない（真には益田も九世紀に狙いを定めていたらしいとする意見はある）。

ひらがなが発達しつつある時代であることはだれもが知る。というより、短歌が大いに行われていたことと、ひらがなの発達とは、表裏一体だ。短歌をメモするのに使う、速記術の道具としてひらがなが生まれた。短歌は文字なんかなくても、記憶すればよいのに、控えたり、憶えたりするために、または手紙文として、さっさとと書くために、ひらがなが発達する。

その証拠は、というと、つまり何一つ証拠が遺っていない、ということが雄弁に語っている。何にも遺っていない。さきほど言ったように、一冊の本がない。漢詩や漢文はたくさんある。書きとどめた短歌や長歌が歴史書のなかには遺る。そういう残存でなく、八世紀の終わりからの九世紀へ、短歌は本のかたちとしてぜんぜんない。

短歌が記憶され、口頭でやりとりする文化だった時代に、記録する必要はないということだ。あるのはメモだけでよく、要らなくなれば捨てる。歌語りは、現代に生きる昔話とおなじで、何ら書く必要がなく、語ることの好きなひとや、上手なひとを中心に興じるのであり、おもしろい話はどんどん伝えてゆけばよい。演劇も芸能も基本的に文字のない世界に生きる。

三　語部的女性――折口の提案

座談だった一群の歌語りがまとめられるようになるのは、そういう雰囲気のなかにおいてであるはずだ。折口信夫は『伊勢物語』の成立について、いろんなところで、三つぐらいの説を述べている。一つは、伊勢という女房（語部的女性）が語ったという説だ。著名な伊勢の御でなく、どこかの家に所属していた女性を折口は推定している。

第二に、貫之がかんでいるかもしれないと言っている。

おもしろいのは第三の説で、芸能者に在原を名のる家が多いと言うことに注意して、在原の翁による芸能を考えている。

三つとも、私にはおもしろいなかで、ここでは第一の説が重要だ。かずある歌語りをあるときまとめたひとがいるという。私が思うのは、「物語」とは物語することだ、という単純なことだ。『堤中納言物語』は〝堤中納言（兼輔）が物語する〟。ほんとうに兼輔が語った、ということではない。そう考えたひとがいるというだけで、呼称として成立する。

和泉式部が物語すると、和泉式部物語となる。篁が語ると篁物語。平中が物語すると平中物語。一休ばなし、そろりばなし、きっちょむ話、みな語り手のなまえをかぶせて言う。

『うつほ』や『落窪』はどうか。木の洞穴や、落ちくぼんだ居室が語るわけはないから、『うつほ物語』とか『落窪物語』とは言われない。『うつほ』や『落窪』が正式名称だ。『源氏物語』は「源氏という物語」で、むしろ例外的な命名ではないか。「紫式部が語り」というような言い方が、あとの時代にある。琵琶法師の語るのが「琵琶法師の物語」で、『平家』（正式名称）は平家の興亡について語る「琵琶法師の物語」。

『伊勢物語』は伊勢という女性が、何かのきっかけから、「伊勢という女性の語る物語」へとまとめられていった。彼女がどこにいたか、まったくわからないが、二条の后、高子は、汚名を着せられたまま、九一〇年に亡くなるから、彼女の名誉を守るために、遺そうとしたかもしれないし、六十九段は高階氏の伝承だろうから、そのあたりかもしれない。折口は各貴族家の語り好きな女房を〈語部的女性〉と名づけていた。

『古今和歌集』へ載せてもらうことを意図していた、つまり『古今和歌集』のために記録化が急速に進んだときに、『伊勢物語』もその方向に沿い、『古今和歌集』や、また『後撰和歌集』に取り入れられてゆく、ということではないか。言われてきたような業平の近辺から、成立論を一旦、引き剥がしてみる必要はないにしても。

『伊勢物語』が、もともと歌語りだったという、大きな証拠は、しつこく「けり」という助動辞を身にまとうというところに一つある。『古今和歌集』の詞書（ことばがき）にもしつこく「けり」が出てくる。詞書はベースが歌語りだからではないか。大和、篁、平中など、「けり、けり、けり」……と〈けり〉がいっぱいあふれるのは、歌語りをもとにしているからだ。

『竹取物語』も、諺（ことわざ）をめぐる語りになると「けり、けり」になることはよく知られる。それとおなじ文体を現代に求めると、口承の語り、いわゆる「昔話」がそれだ。「けり」という助動辞は、どういう機能を持つかというと、時間の経過をあらわす。世界の言語には未完了過去や半過去、進行形など、これに類する表現を持つ言語がたくさんあって、日本語の「けり」はその一つだ。それを使って語る。

どんなシチュエーションの短歌か。短歌が興味の中心にならなければ、歌語りのおもしろさはない。まじめな作歌事情もあれば、五七五七七をめぐる、とんでもない作り話や、混ぜ返しや、短歌の付加を繰り返して笑いを取る。凡庸な座談では凡庸な歌語りしかできなくて、つまはじきしつつみんなで笑う。

『源氏物語』「雨夜の品定め」が事実談らしさで盛り上がる男どもの歌語りであるのに対し、「けり」文体の座談は昔話の場を装い、あくまで伝承だと言い張ることができる。

四　〈咎め〉と答え

座談であるから、たとえば四十三段歌、

時鳥（ほととぎす）、汝が鳴く里のあまたあれば、なほうとまれぬ。思ふものからをめぐって、語り手は話を組み立てなければならない。
この短歌から、シチュエーションを、女一人に男が三人と設定する。始まりである。一人が親王で、二人めがナンパして（＝なまめきて）、そこに第三の男が出てきて、絵とこの短歌とを送る。
時鳥さんよ、あなたの鳴く里はたくさんあるから、いとしくは思うもののいやなきもちになってしまう、
わたしは
と（親王の短歌と見る読みは採らない）。
あなたの鳴く里がたくさんあるとは、好きな男が何人もいるのだから、の意。
女は返す、
名のみ立つ、しでの田をさは　けさぞ、なく。「庵（いほり）あまた」とうとまれぬれば
と。
評判ばかりが立つ、死出の田長（の私）は　けさというけさ、泣いていますよ。「住む庵がたくさん」（なんて言われて）、冷たくされてしまうから
この短歌を付加する。つぎの短歌も座談での付加だろう。
庵多き、死出の田長は　なほ頼む。わが住む里に声し　絶えずは
住む庵が多い死出の田長は、それでも頼みにする。私が住む里にあなたの声が続く限りは
これは賀陽親王生前の歌語りであるから、九世紀後半から伝わった古い座談だ。このようにして和歌をかさねてゆく。
著名な、冒頭の短歌も見ておこう。

春日野の若紫の摺りごろも。忍ぶの限り知られず

短歌の基本は古来、問答であり、咎めと答えとからなる。

　春日野におうる、若い紫草の衣ってどんな衣？　(答え)「しのぶ摺り」。

〈つっこみがはいり〉その心は？

　忍ぶ(わが)乱れ模様ったら、(果てる)限りもわからない

淡い紫色の摺り衣であり、それを元服の狩姿に見立てて、「春日野」から春日の里へ行かせ、話を作りあげた。シチュエーションの、女二人とあるのは、塗籠本で「女ばら」。

続く短歌は歌語りの場での、注釈として持ち込まれる。

陸奥の信夫もぢずり。(咎め)たれゆゑに？

　東北地方、信夫の特産品、もじ摺り。だれのせいで？　(だれのせいって、何が？)

たれゆゑに乱れ初めにし？　われならなくに！

　乱れ始めてしまったのは、私(のせい)じゃないよ(あなたのせい！)

というように、問答である。(その心は)忍ぶ思いに「乱れる」。

誤解はないはずだが、『源氏物語』より一五〇年前の歌語りであるから、「若紫」巻とは無関係だ。

五　聴くルール

五十四段から連続してたどることにしよう。難題が続く。

行きやらぬ夢地を頼む袂には　あまつ空なる露や　置くらん　五十四段

（答え）（「夢地を頼む袂」って何？）

えっ？　わからない？　その心は、袂の露なんだから、「涙」なんだけど、ばかばかしい？

きまり切った答えすぎる、あまりにもばかばかしいなぞなぞに、答えないでいたら負けちゃった、という話が『枕草子』にある。答えねばならない。だじゃれなんかはみんなが知っていて、何回か聞いたような、ばかばかしいだじゃれでも、ルールとして聞いて笑う。もう聞き飽きたと、笑いながら怒る。また笑う。話芸なのだから。

で、『伊勢物語』が用意したここのシチュエーションは、冷たい「つれない」女。

夢路をたどる一人寝は、大空の露が袂をぐっしょり濡らす。答えは「涙」でも、歌語りは謎かけなのだから、ことばを追って解き明かすことになる。

思はずは　ありも　すらめど、言の葉の、折りふしごとに頼まるる哉　五十五段

思う、思わない、思う、思わない（花びらならぬ、葉っぱのおまじないで占いをしながら）

〈愛してる、愛してない、愛してる、愛してない〉。――私を思ってくれないみたいだけど、思ってくれなくったって、それでも以前に、私に頼みにさせたあなたのことばの葉っぱが、折るたびに（それでも）

頼みにさせられる　あああ

座談の問題としては、どんなシチュエーションの短歌か？　それは「とりっぱぐれた女」。なんだ、つまらない？　すべて座談である。

我が袖は　草の庵にあらねども、暮るれば、露の宿りなりけり　五十六段

わが袖とかけて、草の庵と解く、その心は？　「暮れると露の宿り」、何それ？　つまり「涙で濡れる」。歌語りとしては、（草の庵に）「起きもせず、寝もせで〈昼を〉くらしては……」（二段）といったところ。つぎは、

恋ひわびぬ。あまの刈る藻に宿るてふ、我から身をも　砕きつる哉　　五十七段

「恋にすっかりまいっちまう、くたくた」と、初句切れはだいたい、なぞなぞの始まりで、聴き手は「ああそう、それがどうした？」ぐらいにいなしつつ、聴く。

あまの刈る藻に宿るという、（何々？）答え、「われから」。（何よそれ、虫？　見たことないね、フナムシ？）

我から身をまでもこなごなにしちまうのか、ああ

その心、「われから」と言ってるでしょ？——「自分から」。

みんなが歌語として知っている懸け詞でも、分からないふりをする。何度聞いてもおかしいだじゃれ。懸け詞は、文字があったら成り立たない。言葉遊びという、口頭の文化だ。

まあ、ふつうの懸け詞は、「あまの刈る藻」とあれば「われから」が来ると、みんなわかっているのだから、ちょっと気取った言い方で言う、話芸である。

次の段はかなり傑作か。

荒れにけり。哀れ幾世（いくよ）の宿なれや。住みけむ人のおとづれも　せぬ　　五十八段

荒れてしまってたんだとさ。あらら、かわいそ。何代も続くおうちかしらん。（何じゃ、それ？）　住んでたらしい人が、空き家にしているらしいて。

どういうシチュエーションなのさ！　いったい？

というわけで、歌語りの用意する最初は、逃げ隠れする男の家だろうか。色好みの男の苦労である。以下、さら

に短歌が付加されて展開する。
むぐら生ひて、荒れたる宿のうれたきは　かりにも　鬼の集くなりけり
葎が茂って、荒涼たるおうちだよ、心が傷む。
かりにも、（何か借りるの？　借り家？　いえいえ）
一時的にでも鬼〈亡魂〉が集まりさわいで、うるさかったこと！
つまりその心は、「女どものうるさいったら！」。もののけども（＝女ども）の棲む家でした、という結末。
うちわびて、「落穂拾ふ」と聞かませば、我も　田づらにゆかましものを
零落して、（どうするの？）「落穂拾ふ」と、（残り物にがまん？）
そう聞いたならば、わたしも田んぼに寄ってったかもしれないな（落ち穂女でもいいか！）

六　気絶した男へぶっかける冷や水

住みわびぬ。「今は　限り」と、山里に、身をかくすべき宿求めてむ　五十九段
住みづらい、つらいつらい。（つらいなら、どうする？）「今はもう限界」と山里に、身をかくすべき家をさがすことにしよう（とは？）

ここからの展開が傑作。

我が上に、露ぞ　置くなる。（私のうえに露が置くとか。何かしら？）

何かが耳に聞こえてくる。がやがや。（「なる」は伝聞の「なり」。「聞こえる」ことをあらわす。）

（第一の答え）天の河。（ううん、もう一声）

（第二の答え）と渡る舟のかいのしづくか（彦星さんが港を渡る、渡し舟のかいのしづくかしらん）

歌語りが用意する（第三の）答え（――心）は、「気絶している男へぶっかける冷や水」。

織田正吉の、何の本だったか、絶妙な解釈だったと思う。気絶していると、何やらがやがや音がして、露をぶっかけられて正気にもどる。

さつき待つ、花橘の香をかげば、むかしの人の袖の香ぞ　する　　　六十段

五月を待つ、花橘の香を嗅ぐと、むかしの人の袖の香がするぞ

著名なうたながら、「ほととぎす」では凡庸な答えだ。宇佐の使いという、旅先で出会う「元かの」の話にしてみせた。宇佐の使いは四月だったかもしれない。「元かの」に酒を強いるという、不快かもしれない話ながら、物語の場なのだから、ときに下品なのや、不快な話とか、いろいろあって笑う。

染河を渡らむ人の、いかでかは「色になる」てふことのなからむ　　　六十一段

染河を渡ろう人が、どうしてどうして、「色になる」ということがないなんて、ありえない

染河を渡るのだから、私のような者でも「色好み」になりますよ。女に対して言いかけるのは旅の途上でのルール。「たはれ島」と呼びかけられた女の返し、

名にし　おはば、あだにぞ　あるべき。たはれ島。浪のぬれぎぬ、「着る」といふなり

（たわれ島という）名を背負うならば、浮気できっとあるでしょうよ、たしかに。たはれ島は無実の罪を「着る」という噂です。あだ波をかぶって

無実の濡れ衣だという女の反論である。

七　座談の終わり

いにしへのにほひは　いづら。桜花。こけるからともなりにけるかな　　六十二段

六十二段が語り出した話は、地方へ行って、「元かの」を呼び出して、云々。

あれ？　六十段とおなじではないか。つまり、おなじはずはないから、六十段（の橘）のパロディらしい。とてもまじめな短歌とは思えない。拍手をもらえるか、つまはじきされるか。おもての解釈は通行の諸注に従うとして、裏に、「にほひ」は『落窪物語』なんかに臭い匂いを意味する使い方がある（＝「もの臭き屋のにほひたる」）。

出て行ったにおいはどちらさんの？　桜花よ。（すみません）放(こ)き出している空気（――虚(から)）となってしまいましてなあ

と、「こく」（狭い所から吹き出す）は古い語だろう。書き直せば、

去にし屁の臭ひはいづら？　桜花。放ける〈から〉ともなりにけるかな

と、スカトロジー歌なのだ。ただし、みぎのように漢字を宛ててしまうと、意義をつよく限定づける。

男の第二歌もスカトロ。

これや　この、我にあふ〈み〉を遁(のが)れつつ、年月ふれど、増り顔なき

ハア、コリヤ、これなのでは……　私と出逢う身を遁れ逃れして（「近江」をかけるか）、年月を経ても大きな顔しないでよ

異文もある、なぞなぞ歌だから簡単にはわからない。裏の意味を探ると、「あふみ」の「み」は「から」に対

する何か「実質」（——実（み））だろう。えらく汚い短歌になる。

スカトロジーが出てきたら、口承昔話の座談は打ち切りというルールがあるらしい。年間テーマ（虚×実）へ落ちてきたところで、私の話もおしまい。

座談を聴いていた伊勢という語部的女性が、後年、しっかり憶えていて、新しい話も交え、〈伊勢の語る物語〉（＝「伊勢物語」）へとまとめていった。

注

（1）伊藤博『万葉集の表現と方法』上、塙書房、一九七五。

（2）益田勝実「歌語りの世界」季刊国文4、一九五三・三、『益田勝実の仕事』2、二〇〇六。

十章　演劇言語論――亡霊の語り

西郷信綱が、多くを負いながらも不満を隠せなかった、当のあいては折口信夫だった。村々に春ごとに訪れてくる常世のまれびと神と、それを迎える祭における村の精霊（若者たちが扮する）との演技に、日本芸能の源流を見て取り、そこから能への達成までを見通す折口に対して、西郷は「芸能がいかに、またなぜ劇に高まっていったか」「しかもなぜ悲劇形式としてあらわれざるをえなかったか」（「鎮魂論」一九五七、『詩の発生』未来社）と、不満を投げる。たしかに、世阿弥や善竹の舞台に達成を見るならば、芸能の発生にこだわる折口の「わきの意義」（『古代研究』三）をもってしては、何かと足りないように見える。「神と精霊との演技は、むしろ喜劇的なものへとつながり、悲劇を孕む母胎はもっと別のところにあった」（同）とは、そこを言い当てようとした西郷かもしれない。

一　〈俳優〉たちの態

古代演劇の演じられる〈場所〉について、古代日本だと、（一）祭式や儀礼の場、（二）歌垣の場ということ以上には、推測させる材料がない。『日本演劇全史』（河竹繁俊、一九五九）は、日本演劇の歴史をだいたい伎楽の渡来に始まるとしつつ、原始芸能として天のうずめの「半裸舞踊」と、海幸山幸／干珠満珠伝説のほをりの「滑稽演技」とを挙げる。

伎楽（仮面を使用する）、舞楽の渡来を「演劇の起源」と言えるかは判断を保留しなければならないし、天のうずめのダンスは舞踏や神憑かりの起源説話であっても、また芸能の発生説話であっても、演劇に進んだ形態と言えるか、やはり保留したほうがよい。

ほをりの「滑稽演技」はたしかに「俳優の民」（『日本書紀』神代・下）と称され、『古事記』では火照が「溺るる時の種種の態」を演じる。隼人舞の服属儀礼を所作とともに伝承してきたと言うことができる。態を演じるというところに芸能の起源らしさを窺える。ものまねとしての所作には演劇への一歩が確保されていると認定してよいのではなかろうか。

断片的な記述しかできないにせよ、翁猿楽の発生を、野上豊一郎らは農民歌舞（田楽ないし田儛）に見たのだろうし、「散楽」移入説（河竹）や、呪師の関与（能勢朝次『能楽源流考』、一九三八）、ワキ＝もどき、副演出に見ようという考え方（折口）など、学説をめぐらせるつど、私は田植え行事にも仮面が見られ（柳田「日を招く話」『妹の力』所収）、ほかでもなく翁舞が仮面劇という性格を持つことに、深く思いいることになる。

乾武俊『黒い翁』（解放出版社、一九九九）は黒い仮面を凝視する（後述）。黒尉＝三番叟に古層を見ていたのは折口。私はさらに、（乾のヒントをへて）赤色や肉付きの面に人身犠牲のあとを見たいように思う。逆剥ぎの人面（あるいは獣面）だ。むろん、そうした服属儀礼を「ものまね」化していったところに、古代芸能ないし劇が胚胎するという見通しであり、溺死を演じる火照の迫真と、別の演技ではないはずだ。

二　演じられる場所と所作

古代歌謡のじつに多くの場合が歌謡劇だったろうとは、土居光知の『文学序説』が原始劇を説き、益田勝実は『記紀歌謡』においてそれを発展させる。

土居はよほど祭式儀礼（神祭り）に近づけて原始劇の発生を説いた。一方で、高床式の家屋を刻する鏡の文様を引いて、舞台なるものがあったと説く。記紀に見られるあめわかひこの喪屋の儀礼に鳥たちの所作を読み取る。河雁はきさり持ち、鷺はほうき持ち、翠鳥は御食人、雀は碓女、雉は哭き女で、八日八夜を遊ぶ（『日本書紀』でもだいたい同じ）。滑稽味が神々の笑いくつがえるさまを引きずり出すとしても、やはりそれは神祭りの一環なのだという。「遊ぶ」とは魂を呼びもどす儀礼を言う。かくて、日本の神話は原始劇の形態を持っていた、と土居。

益田の土居への疑問は、舞台の存在を確信できないところにもあるけれども、やはり、依然として、儀礼と所作との差異をいま一つ説きがたい、というところにあったろう。土居が神話と原始劇とをかさねるのに対し、益田は「神話」をむしろ喪失して行ったところに演劇を見ようとする。歌謡劇という時代を神話そのものの演じられた時代から一歩ぬけ出るところに見ようとしている。

これはなかなか厄介な問題で、神話をどう位置づけるか、私としては、一章以来、レヴィ＝ストロースを引いたように、人類の最古に近い思考の在り方に神話を設定したい。いつの時代でも神と人との交渉説話はなくて済まされない。

歌垣の場になると、よほど神話を離れて古代演劇の発生地点だという見通しが一般にある。二つ、三つ、『古事記』から挙げるならば、

1　七媛女が高佐士野に遊行（ゆぎょう）する時に、大くめと（神武）天皇との問答歌。いすけよりひめと大くめとの問答歌（中巻、神武記）

2　軽太子が大前小前宿禰の家に逃げ入るときの「宮人振」歌（下巻、允恭記）

3　をけ（顕宗天皇）としびの臣とが「闘（かが）ひ明かす」歌群（同、清寧記）

が、いずれも歌謡劇ではなかったか。

1は七媛女が縦一列に並んで進行するさまや、大くめの刺青の貌が仮面のように受け取れる。2は大前小前宿禰の、手を挙げ膝を打ち、舞いかなで、歌いながらやってくる、という所作。3は文字通り歌垣における歌問答である。遠藤耕太郎は歌垣をアジアの歌文化の視野で研究する一環で（『古代の歌』瑞木書房、二〇〇九）、顕宗が歌垣で女性を獲得するプロセスを、ミャオ族およびイ族の口誦ならびに経典レベルの説話に比較する。いずれも歌会で女性を獲得する共通性がある。歌会が実際に演唱する場所であることと、歌垣という場で、起源説話を「ものまね」として演じたろうということとのギャップは課題として残る。

芸能者や服属儀礼に由来するのをも挙げておくと、

4　矢河枝ひめを求婚する時の、（応神）天皇の歌（うぢのわき郎子（いらつこ）生誕譚）（中巻、応神記）

5　国主（くず）の奏歌（同）

というようなのが、確実に古代における「ほかひびと」の在り方や、遠い日の服属のさまを大嘗祭儀礼として演じてきたことを如実に示す。4には蟹の所作があり、5は口鼓を撃ち、伎をなして歌うという。

海を越えてやって来たらしい、さすらいの芸能びとが、海沿いでくぐつ、人形回しとなり、あるいは習合する。農村にはいっては田舞から翁芸へ、原型を形成してゆくことだろう。宗教施設（―仏教）にあっては呪師となるようで、猿楽の徒として定着するかもしれない。なお、『古事記』のさるたびこは先住民族に由来する神で、服属儀礼を演じる。

三　黒い翁、赤い仮面

乾武俊『黒い翁』をもう一度引くと、白い翁よりいちだん古いのが黒い翁だとする折口に共感しつつ、しかし、なぜ赤い仮面から叙述を始めるのか。『古事記』の天の斑駒（ぶちこま）はさかさまに皮を剝ぎ取られる。そのように剝ぎ取る敵の戦士の裏返しの顔面に仮面の発生をみてよいのではないか、と（仮面には表裏がある、と）。

血の色であって、擬制化された演劇性を有するという見通しである。肉付きの面とはこれか、千葉県虫生（むしょう）（弘済寺）の鬼来迎（きらいごう）＝地獄仮面劇を思い起こそう。『源氏物語』には赤い神楽面（おもて）を思い合わせるところがある（「若菜」下巻、420ページ）。同様に、黒い仮面はどこから来たのか、竈神なんかを私は思い浮かべる。白い仮面はせいのう〈青農〉やのっぺらぼう（板面など）を視野に入れる。折口は翁の発生ばかりを考えて沖縄をうろうろしていた時があったという。折口はそれを確かめたのか。折口にして確かめえない難問に、乾を筆頭にわれわれは挑戦しなければならない。

芸能の視野の始まりとともに、あるいは関連させて、古墳時代をいろどる変革は、人身犠牲を終わらせる点において（埴輪は知られるところ）、神祇信仰の成長と、それを促したかもしれない仏教の導入との関係を凝視したい。いったい、神社という神社の古代における「成立」説話の、少なくない場合が、人身犠牲の擬制化をテーマとし、あるいは現代に残る神社が、それの擬態を演出する祭儀をこととしており、例外を探すのに苦労するぐらいだ。

巫女を馬上に乗せ、稚児の顔面を白いけわい、赤いしるしで塗りたくり、渡御を見物し（斎院しかり）、女性を神の妻とし（斎宮など）、包丁で切る真似をし、鵜は人臭いなど言い、年男も神役の男も物忌みたちは死すとも祝福され、生祠あり、軍神あり、近世においてすら祭のなかでは人身犠牲が行われたかもしれない神社をわれわれは知る。

四　人身犠牲の終わりと仏教

とするならば、仏教思想の導入と神祇信仰の古代における成立とがほぼ同時であることの意味深長さに思い当たる必要がある。人身犠牲をやめさせて擬制へと昇華させたのは仏教者たちの功績ではなかったろうか。その仏教信仰が実際に手にした切り札とは何か。〈差別／被差別〉を現実的に発生させることにあった、と見たい。差別された人々をこの現実界に現出させることにより、人身犠牲という聖別を「けがれ」へと一義化したのは仏教者たちであったと。

古代が賤民という階級を作り出してそれを担わせ、また現実に肉付きの皮を剥いだり、戦闘者の死体を処理したり、死刑を行使したりと、古代における大きな変革として、賤民階級を成立させるとは、その一翼を仏教が推し促したとみるべきではあるまいか。これがインドにおける仏教、中国やその周辺での仏教とちがう、日本社会での仏教の被差別構造の具現として、特殊な位相であることを見のがしてはならない。「けがれ」を担わせるために芸能者がその近辺から出て来る。「すさのを」に罪を担わせて追放するありように習合する。折口はいくらも踏み誤りつつ、「すさのを」がマレビトであること、マレビトの「ほかひ」のわざとして芸能が発生するおおよそをよく捉え切った。「つみけがれ」という曖昧な語をよくぞ神道者は作ったものだと感心する。

トロイア戦争十年ののち、ギリシア軍は王プリアモスを始めとして男を皆殺しにし、女を捕まえる。古典的な戦争が〈男の虐殺、女の確保、財産の略奪〉という三要素からなるとは、無視しえない注意点だ。プリアモスとヘカベとのあいだの末子ポリュドロスは、トラキア王ポリュメストルによって殺され、同、娘ポリュクセネは勇者アキレウスの魂を慰めるために人身犠牲に供される。刑場への引っ立て役がオデュッセウス、コロスは捕虜のトロイアの女たちと、まったく〝役者が揃っている〟というほかはない（エウリーピデース「ヘカベ」）。

おなじく、エウリーピデースの「バッカイ」（逸身喜一郎訳、岩波文庫）によると、狂えるバッカイたちの一人、アガウエーがわが子を八つ裂きにするとは、ディオニューソス神に捧げる人身犠牲であるかのように私には見える。

戦争とは、敵対する戦闘あいてや捕虜を八つ裂きにする行為と考えれば分かり易い。戦争という神に捧げる人身犠牲だと見れば、もっと分かり易い。そのあわれな遺制が人柱説話として諸種見られる（南方熊楠「人柱の話」）。死刑もわかり易い人身犠牲をなす。キリスト教がキリストの磔刑（人身犠牲という死刑）に始まることを思えば、現代に残された宗教の起点として、人類史の根源的な問いをいまに提出し続けていると思われる。

戦争という人類的な悪を辞めさせるためには、その根源的な成立理由を曇りなく明るみに曝すことから始まろう。亡霊たちの登場が促されるのはそんな文脈のなかにあるのではなかろうか。それは演劇に舞台が真に必要とされる理由として亡霊に居所を与えるということなのだと思われる。

五　文楽・歌舞伎と能と——芸能の二大区分

文楽や歌舞伎と、能とのあいだには、対照的な区別がある。一方は語り芸に一つの中心を置き、もう一方は謡いという芸に中心を定める。両者は出どころがちがうのだろう。海からと山からとの差異かもしれない。

海から上がってきたひとびとが、くぐつを糸（＝あや）吊り、人形振りをこととして、ついには街道筋に繰り出し、何場にもわたる演技を用意して、聴く者らに臨場感を与え、大きな慰撫をもたらす。語りという技術を発達させる。

山から下りてきた翁たちは、ものまね（物真似）から開始し、謡いを基本の芸として、過去世界に亡霊鎮撫を求める。また狂言を分出する。

文楽および歌舞伎のある種の成熟は、シェイクスピア劇や近代演劇と、どこまでも類推できるだろう、とだれにでもわかるとして、一方の能という芸の境域については、なかなかそれに類推させるあいてを見つけることができない。奇蹟劇 miracle や神秘劇 mistery などの宗教劇には、壬生狂言（大念仏講）や鬼来迎などを媒介項として、ある程度類推させられるとしても、能という芸域を凝視するや、その亡霊劇のかずかずを世界の芸能に真に類推させることはなかなかむずかしい。夢幻能とか、救済というテーマとか、能の鑑賞法というのはどうにも近代的に感じられる（だいじだとしても）。

『能楽源流考』によれば、一、貴族クラスの猿楽では、うつほや源氏のなか、枕・蜻蛉などの「さるがう言」を視野に興味が尽きない。二、賤民猿楽（『新猿楽記』ほか）、三、呪師考（仏教起源説への「批判」）、……と、能勢は能楽以前にそれ以後を育む要点があるとし、いくつもの芸能が折りかさなるさまに能が生きると論じる。現行の能以前でその折りかさなりを見るとはどうすることか。ドーリス人でなくとも、村から村へさすらう芸能としては、折口の「身毒丸（しんとくまる）」をヒントに田楽を幻想したいし（徹宵の田遊びや田楽〈水海（みずうみ）、西浦（にしうれ）、花祭、新野（にいの）、板橋……〉を想う）、黒川能はこれも徹宵であり、自分の最初期には能郷白山のふもとで見た狂言能もつよい印象を残している。

想うのは文楽・歌舞伎と、能との、どんなに相互浸透があろうと（目を眩まされてはならない）、その奥の深い〈断絶〉である。

六　演劇、芸能の言語の発生

文法がダイナミックに生成する現場として、まさに演劇（芸能）の言語があるのではないか。人称（そもそも演劇に由来する）、舞台（中心がなければならない）、仮面（神事、歴史、物語、差別性を持つ）、見る・見られる、ジェンダー（ワキ、宗教者、子役）、身ぶりと声と、それに詩歌言語の取り込みを特色とする。〈擬態あるいは亡霊〉というようにまとめられるかもしれない。懸け詞のような技巧は擬態を産み出す装置であり、演劇でも詩歌の言語の使われる時がしばしばある。観客をはっと気づかせ、予期させる舞台上の雰囲気的変容（身ぶり、姿態、音楽、装置、……）は概して擬態としてある。前ジテ（亡霊）は擬態であり、後ジテ（これも亡霊）の出現は擬態を脱ぐことにほかならず、夢幻能と現在能との区別など意味がない。一方で、物語が得意とする〈時間〉はおよそ演劇言語の不得意領域となる。台本もまた枝葉末節に属する（台本をいくら分析しても演劇に至らない）。

芸能や能の詞章（文献、非文献を問わず）は、現代語（発生時においても、伝来、演出時においても）であり、それと詩歌の言語（和歌文化の伝統を継ぐ）とからなる。現在に残る詞章を分析すると二元的あるいは多元的になるのは仕方がない。

・候文（ワキのセリフ、シテの問答……）
・韻文（詩歌の表現、地謡……）

能勢の言う数百年の賤民猿楽以来の、源流に継ぐ源流が層々かさなる世阿弥のテクストに感嘆の声を惜しまぬとともに、われわれはやはり、その「源流」そのことに飽くなき関心を抱き続けたいと念願する。ちなみに源流とは文字通りいくつもの川（流域の地下水を含む）からの流れであり、それに対して「起源」は何らかの成算により構築される作業からなる。前者を究めることはほとんど不可能だとすると、後者を積みかさねるしかないにしても、そのあわいに始原や発生をなお夢みたく思う。

演劇、映画、民間芸能や古典芸能については「これから」という機運ではないか、避けて通れないのでは、と思われる。ただし、物語学としてはどうだろうか。テクストを手放さない物語学が、琵琶法師の演唱、サブカルチャーの視野などを新たな糧として、研究のすそ野の拡大をさらに目論むという時に来ているように感じられる。

七　亡霊たちはどこへ

能を観ながら、われわれが想うのは、亡霊との対話の可能性と不可能性ということだと思う。知盛の霊も、静の霊も、近代人、信仰喪失者のわれわれが、それらと〝交わる〟ことはない。無難で安全な位置から眺めやるファンタジーだ。歌舞伎場では膝に「台本」をひらいたり、知ったふりをしたりして、みなささやかな「研究者」でいられる。お初や徳兵衛は生前の姿で（だから人形である）眼前にふるまう、かれらは亡霊であり、かつ亡霊でない、ファンタジーとしてある。

アテーナイ人とちがって、われわれが観劇料を払うとは、無難で安全で知的な、座席を一人分確保することだろう。金で買った座席にただひたすら閉じ込められる。観客たちがシェアするとは言え、金を出して買った以上、そこは役者たちが出張販売にやってくる私たちの自習室、日常の多忙さから逃れられるいっときの安全地帯である。舞台が終われば我に返って、帰宅の足どりのさきには日常生活が待っている。

しかし、近代の亡霊は確実に観客の病脳を日常の暗部から浸食しているのではないか。亡霊は語らず、解き放たれて、この穢土に撒き散らされ、まつりごとびとたちの心奥に巣くい、企業家をして最低の経済倫理すら喪わしめ、研究者たちの御用へと先回りし、多くの文学者たちからは、よき言葉をうばう。よき人々の良心はいとも簡単に亡霊たちの巣窟と化してゆく。「良心たちよ、それでよいのかね」と、亡霊たちは良心にはたらきかけもする（いわゆる両義的存在である）。知らず識らず、金曜ごとの抗議デモへと人々を赴かせるのは、やはり亡霊のしわざだし、芸能界にしがみ続ける若者のためには、一掬の涙を惜しまない亡霊たち。善良と邪悪とのあいだにたしかな境界はない。

芸能史に第一に亡霊は宿る。演劇は亡霊との関係をうまく取り付けようとする装置だろう。亡霊を送ろうというマネージメントとしてあろう。そこに芸能と演劇との分岐する場所がひらいていよう。芸能と演劇とを横断する物語が上手にはたらかなくなってしまうと、亡霊の跳梁のなすままにすることだろう。

見えていないことが、そこに「見える」。擬態という語を使ってみたい。懸け詞のような技巧にしても、擬態を産み出す装置だろうから、演劇で詩歌の言語の使われることの根拠となろう。観客をはっと気づかせ、予期させる舞台上の雰囲気的変容（身ぶり、姿態、音楽、装置、……）は概して擬態としてある。前ジテ（亡霊）は擬態であり、後ジテ（これも亡霊）の出現は擬態を脱ぐことにほかならない。

十一章　語り物の演唱

〈語り物〉は作品や本文に安住している物語学徒を根底から揺さぶってくる。それまで、『平家物語』の研究者たちは、台本のような諸本があって演唱するという理解でだいたい落ち着いていた。一九八一年から三年間、トヨタ財団の資金をいただいて、九州盲僧（琵琶法師）の語りの研究を開始した。

十数名の盲僧が筑前、筑後、肥前、そして熊本、鹿児島、宮崎にわたり、現役だったり、活躍のあとを残したりして、かれらは多く平家を語ることが許されない抑圧された立場だった代わりに、平家以外のレパートリー〈多く説経語り〉を多量に演唱しており、驚倒させられた。

山鹿良之（やましかよしゆき）師の演唱にこうして親しむことになった。

琵琶法師と言えば、平安時代以後の歴史文献のなかに見いだされるものと思っていたわれわれは、眼前にかれらがいて、宗教儀礼とともに琵琶という法具で語るということに昂奮した。八十歳を越えていた山鹿の連れ合いは瞽女（ごぜ）である。琵琶法師と瞽女とが夫婦でいるという、これが昭和の御代の現実であることは衝撃だった。口承のそれらの語りをどう記述するか、当時大学院生の兵藤裕己が精力的に取り組んで（コンパクトな録画や録音機器との出会いがそこにあった）、〈語り〉から物語本文が生成する現場に迫った。琵琶法師の歴史や記述方法についてなど、私にも「〝物語〟の演唱」「地神盲僧の語り物伝承」（『平安物語叙述論』、二〇〇一）などに論じてみた。語ること（口承）と本文（書くこと）との往還＝双方向的ダイナミズムから、ミルマン・パリイやアルバート・ロードに匹敵する研究が兵藤により完成することが期待される。しかし、『平家物語』研究の正統派から、概して冷たく扱われることになるのではなかろうか。〈語り物〉という口承文学と物語文学との接点を探り明かそうとする研究者は着実にいると言え、しかし寥々たるものがあると言ってよかろう。〈語り物〉そして口承文学じたい（昔話など）の探求が、七〇年代、八〇年代の推移とともに、物語研究とほとんど没交渉で終わってしまうとしたらば残念だ。

以下は紹介である。書き残しておきたい。伝承文学資料集成18（高松敬吉編著『宮崎県日南地域盲僧資料集』、三弥井書店、二〇〇四）、19（荒木博之・西岡陽子編著『地神盲僧資料集』、同、一九九七）、20（野村眞智子編著『肥後・琵琶語り集』、同、二〇〇六）と、三冊が揃って、口承物語の研究のこの方面での今後を、大きく支えることとなる。

18では永照寺文書のなかに「祝言」「琵琶尺」以下の明治本と大正本（影印）とを見ることができる。

19地神経釈文（長久寺文書）、エンギ経など（祭文、成就寺文書）、ならびに佐世保盲僧祭文を収録する。

野村眞智子による20は、肥後（＝熊本県）琵琶の語りを、語りのままに翻字する。口絵写真に山鹿良之、野添栄喜、西村定一という語り手を配し、野村のテープ起こしによる本文資料（二十四種）と、野添資料である手書き台本（四種）とを内容とする。本文資料には（カタリ）（3音）（コトバ）などを傍注し、演唱の現場を髣髴とさせる工夫が見られる。巻末の「肥後琵琶採訪報告」（『伝承文学研究』13、一九七四・三）は氏の卒業論文である。ここにCDを付して成る（わたまし神事〈山鹿〉、都合戦筑紫下り〈同〉、餅酒合戦（三）〈野添〉および端唄（一）〈中山米作〉）。

このたびの「肥後の琵琶弾き　山鹿良之の世界〜語りと神事〜」（RITES and TALES with BIWA Yamashika

Yoshiyuki, Blind Musician of Kyushu）はCD三枚（および解説書五十六ページ）からなり、最古は一九六三年七月三十一日録音というワタマシ（新築儀礼）である（約二十三分三十秒）。渡御、移徙を「わたまし」ということは十三世紀より記録があり、ワタッマシ（渡りいまし）にちがいない。十世紀の『うつほ物語』（祭の使）には「わたます」という事例があるとされる。転居するのは神々で、あやかるようにして転居をわれわれもする、ということだろう。新築には鳴り物を最初に入れなければ神々の気にいらないから、琵琶を入れることがわたましの第一となる。

琵琶でタマシイを入れることだ。山鹿はいつもそのように話していた。

CD評として、六十歳台の山鹿による、張りのある、最高の声と演奏とであることを言っておくべきだろう。般若心経を三度読誦して弾奏にはいり（本調子）、そもそも日本は葦原国以下、島の始まり、国の始まり、神々の始まり、万物の始まり、新築のしだいをつぎつぎに神仏の加護だとたどり進める、力づよい語る「文学」だ。野村眞智子編著『肥後・琵琶語り集』にある「わたまし神事」と、時間をへだてて比較することがわれわれにはできる。

続いて古いのが、野村の採録する「あぜかけ姫」（約五十九分）で、一九七〇年十月六日録音というから、じつにすごみのある時代の山鹿良之を残してくれた。野村が大谷大学での卒業論文を書こうとした際に聴き取ったという。「肥後琵琶採訪報告」（『伝承文学研究』13、一九七四・三）は野村による貴重な一端で、何眞智子論文と称され、一九八〇年代「調査」でのバイブルの一種だったと思う。

『肥後の琵琶弾き　山鹿良之の世界~語りと神事~』の解説書では、日本音楽研究者ヒュー・デフェランティが、適切にフォロー調査を試みており、「その話の数少ない琵琶弾きのヴァージョンのなかでわかる、山鹿の話における独自の特徴は、よく知られた中世の説教語りのなかの主役、俊徳丸の誕生で終わる」と説明される。あぜかけ姫から俊徳丸へと、ストーリーとしてもつながるように語られる、この山鹿による独特の語りであるとはどういうことなのだろうか。

山鹿によってあぜかけ姫と俊徳丸とが一連となった。たしかにそうも言える。しかし、語りとしての必然の糸、必然の意図がそれでは見つからない。やはりあぜかけ姫がまぎれもない本格的な説教（―説経）語りであること、そのことが山鹿をしてあぜかけ姫、俊徳丸一連の語りを語らしめている深い理由であり、遠い伝来のあることと思い当たる。

野村編著『肥後・琵琶語り集』では「十　あぜかけ姫」「十一　二代長者（俊徳丸）」と、続けて採録される。続いて「菊地くずれ」一段～三段（約五十一分）と五段より（約二十分）と。およびインストルメンタル（約二分）が、一九七四年九月二十六日のＲＫＫ熊本放送スタジオでの録音だという。「菊地くずれ」については木村理郎（『肥後琵琶弾き山鹿良之夜咄』三一書房〈一九九四〉の著述あり）が解説を書く。いったいどれほどの長さを琵琶弾きたちは語るのか。理郎の父、木村祐章は一九五一年に山鹿良之と出会い、一九六三年ごろより「菊地くずれ」の口述筆記を開始し、それは九段だった。ＲＫＫ熊本放送は十段らしく、全体で十二段だとも。十年をへだてての二種の「菊地くずれ」を聞き比べる立場に理郎はいるわけで、「時代をへたなりの説明の工夫もあり、隈部の悪辣さを強調する語り、別れの場面での浄瑠璃的な語りや琵琶の調子には冴えが感じられる」とのことである。

無慮数百の合戦物や後期軍記（戦国時代軍記）が、群書類従正・続、改訂史籍集覧などに見いだされる。それらの多くがこのようにして芸能（的宗教）者たちによって丁寧にたどり語られる性格の「文学」であったと知ることは新鮮だ。「都合戦筑紫下り」（牡丹長者）を始めとして、山鹿はなおいくつもの合戦物や軍記物語を習い伝承しており、一つ一つが豊かな物語性をたたえていることを、野村のしごとや、肥後琵琶保存会編『肥後琵琶』（白木印刷、一九九一）によってたしかめることができる。合戦物や軍記を管理した中世的宗教者のすえに山鹿らは立つのであろう。芸能（的宗教）者と書いてみたい理由だ。

「道成寺」は一九八九年十月十四日、山鹿宅にての録音（約二十九分）で、兵藤裕己による。解説書に見られるように、小オクリ、コトバブシ、大オクリ、ウレイカカリ、セリフなどが一々記されるのは、聞き書きによって山鹿に確かめ確かめ記入していった結果であり、労作だろう。「山鹿の様々に録音された道成寺の演奏の多くの中で、龍が日高川をすばやく渡ることや、彼女が釣鐘を溶かして、不幸な若い僧が命を落とすときの、彼女の尾が釣鐘を鳴らす音を表現する擬音語を含んでいるところが聞き所である」（ヒュー・デフェランティ）。演唱者はこのとき九十歳に近いかと思われる。琵琶の手が思うようにうごいていないとは言える。それでも日高川をわたる女の執念のすばやさに聴く、ナガシの手を十分に堪能できる。彼女の尾で鐘を鳴らす擬音語とは、寺の高塀を乗り越えるときのことだろう。「鐘楼の　つ―りが―ね―　鳴り　渡―　る―ウ―　ウ―　ごぉ――んオンごぉ――んオン」と、ごぉ――んオンを数回を繰り返すところ。鐘楼（シュドウと聞こえる）の釣鐘に尾があたったのだろうという解釈である。

日本伝統文化振興財団によるプロデュースで、貴重な音源がこうして大衆化された。伝統文化（芸能、音楽）とは何だろう。端的に言えば（暴論でないと思うが）、いま聴いている音なり声なりが過去へ伸びてゆき、数百年を越えて、中世的世界へと届くことにほかならない。数百年を越えるとは、ある種のしがらみや忘却の壁に抵抗することであり、ゆったりした時間を共有しながらも流れをさかのぼる。忙しい現代人には不得意なことかもしれない。

「法具としての琵琶の在り方が、三味線との交替を困難にした」と兵藤は言う。九州の芸能（的宗教）者たちは「芸能者が同時に宗教者でもあるという中世的な芸能伝承の在り方」（同）を近代にまで残した。しかも二十世紀のほぼ終わりにまでたどり着いて、われわれに口承－音楽資料として受け渡されることとなった。

思うに口承（＝伝承）文学（語り物はその重要な一部）研究は、近代化や男性優位や差別社会の進展によって、多く回収されるか、「伝統」という名との妥協によって、しぶとく生き延びるかする諸文化の、つい傍らにありながら、けっして回収されざるはずの、基層的、民俗的文化を、積極的、主題的に見いだし、それらに向けて持続的な眼差しを注ごうとする知的活動であるから、多少なりとも社会の動勢に対し、抵抗する姿勢を保つこととならざるをえない。女性史や女性民俗学と、その点はよく似ると言える。そういう抵抗感のある研究を口承文学研究が喪失したら、もうあとがない。

語りの現場について、滅びゆくとか、喪われるとかいった言説が行われるたびに、兵藤にしろ、多くの口承文学研究者が抵抗してきた理由は、そのことだろう。しかし少数者の現場であることにはまちがいないので、音源が正しく次代へ受け渡されることは必須の条件である。日本中世文学研究は山鹿良之師からあまりにも多くのことを学んだが、さらにそのことの意味を深める作業がこれからではないか。

十二章　『琉球文学大系』の開始

名桜大学の刊行事業『琉球文学大系』全三十五巻がいよいよ始まる。文学の領域で、歌謡、琉歌、組踊、琉狂言、演劇（台本）、説話、和文学、漢文学という二十七巻、歴史の領域で、『球陽』以下の四巻、民俗・地誌の領域で、『琉球国由来記』以下の四巻という企画だ。これから十二年間をかけて、だれもが勉強しやすく、興味や関心を掘り起こすテクスト作りが、波照間永吉（大著『南島祭祀歌謡の研究』の著者）の総指揮のもと、繰り広げられるという。

もう半世紀近いまえのことになる、一九七四年三月か四月か、宮古島でお会いした本永清から、論文「三分観の一考察――平良市狩俣の事例――」（『琉大史学』4）をいただいた。これが私の始まりだった。人類学のクロード・レヴィ＝ストロース『構造人類学』を使って、一村落社会（狩俣）の神話構造が〈神歌〉および伝承から解き明かされるという論文で、ええっ！　この論旨から受けた衝撃には計り知れないものがあった。本永は編集の一人。

まあ、頭の準備運動も何もなかった私に、本永論文が出現したことは天からの指図と受け止めるしかない。狩俣の村が神話的コスモロジーから成り立ち、しかも神女たちによって祭祀のさなかにそれらは〈神歌〉として演唱されるのだという。集落の背後には聖なる丘脈が広がり、神女以外のはいれない箇所もある。島尻の集落ではパアントゥの神像を遠くより拝し、さらに大神島にまで渡ることができた。あまりにも濃厚な初めての体験ばかりだった。

一九七〇年代は世界の中心が民俗社会にあったと称して過言ではない。琉球大学に赴任した関根賢司が、見つけると次々に「あれを読め」「これを読め」と強制的に送ってくれる、各種の〈資料〉や〈史料〉の多くは、タイプ印刷のそまつな郷土研究誌であったり、古い叢書のたぐいの復刻だったり、それらこそはまったく文学研究の原点であり、宝庫だと言ってよく、刊行があい次ぎ、また世に問われつつある、燃え立つような沖縄そして奄美の七〇年代だった。〈資料〉とか〈史料〉とか、クールな言い方をしてはどこか不足な、熱い時節であるさまを、もどかしく関根は私どもに伝えようとしていたようだ。

『琉球文学大系』の企画を見ると、奄美学からは山下欣一、先田光演、小川学夫らの各氏、私どもには懐かしい名前が並び、それらによって学んだ〈文学の発生〉論が、私どもにとってばかりでなく、〈日本文学〉そのものを基礎づけたと、いまにしてよくわかる。奄美学だけでなく、『南島歌謡大成』（角川書店）の各篇や諸島の歌謡類が基礎になって、五十年の歳月を若手や中堅の研究者が（沖縄でも本土でも）育ち、豊かな成果で飾ってくれていまに至ることを、絶えず随伴しつつ噛みしめてきた。

一九九二年に、関根は「琉球古典文学大系全百巻、または六十巻、少なくとも三十六巻という企画を構想しなければならない」と言っていた。その氏が一方で「幻の企画」とも言い、その実現を「ほとんど絶望的だ」とも書いた。しかし、『沖縄文学全集』（国書刊行会）が、その九〇年代に、近・現代の沖縄文学をいろどる壮大な試みとして立ち上げられ、このたびの『琉球文学大系』という古典の集大成は、それとどこかで向き合うような気がする。幻でなく、絶望的でもなく、沖縄の現実としていま進みつつあるのだ。

言い古されたことだから繰り返すのは面映ゆいが、『おもろさうし』は『日本古典文学大系』（岩波書店）に入選せず、『日本思想大系』（同、一九七二）に収録されている。非難して言うのでなく、よくぞ〈思想大系の快挙〉と見るべきだが、続く『新 日本古典文学大系』（同）を見ると、近世文学が充実するシリーズであるにもかかわらず、わずかに一冊の四分の一を占める『琉歌百控』のみの収録で、なんと全百巻から見ると四百分の一ということになる。一九九〇年代の一光景だった。

しかし、岩波書店はおなじ九〇年代のシリーズで、『（岩波講座）日本文学史』に「琉球文学、沖縄の文学」という、まるまる一冊、私も関与した企画とは言え、文学史への劃期的な登録を果たした。沖縄での編集会議での席上、食いいるような表情で参加していた作家、目取真俊が、「米民政府時代の文学」を書いてくれたことを特記事項としたい。それの和文学・漢文学の項目については関根・上里賢一の執筆で、今回の「琉球文学大系」の和文学（大胡太郎ら）・漢文学（上里ら）に通じてゆくかと思う。

山下欣一には「孤島苦の文学史」を書いてもらった。山下は冒頭に引く、

この海がなければ、これが陸つづきであったなら……

だが沖縄は島であった。運命の島であった。

（浦崎純『消えた沖縄県』、一九六五）

と。浦崎はたどりついた沖縄本島南岸で阿旦の根っこに穴を掘り、機銃弾の飛んでゆくなか、運を天に任せて目を閉じたという。

むろん、山下は冷静に「孤島苦」という語の、伊波普猷以来のいわば〈語法〉を分析して、近世奄美のそれへと迫る。その奄美は〝返還〟直前に最悪の飢餓状況を耐えぬいた抵抗の拠点でもあった。

『琉球文学大系』の企画の重要なモチーフに言語という視野がある。うちなーロ（沖縄方言）がどんどん失われるかもしれない現在やこれからに対する、沖縄県人の必要な自覚や見直しと、古典文学をこうして訳注や語釈を含むきちんとしたテクスト化で学ぶこととは、双方向的にかかわりあうということだろう。また、古典文学は若者にとっていわばそれらを自分のものにすることによる、通過儀礼の一種ともいうべきであって、教育的目的を見忘れてはならない。県外の人々や沖縄の隣人たちにとっても学ぶ意義は果てしなく大きい。

十三章　物語研究の横断

一九七一〜七二年（昭和四十六〜四十七）が、物語文学を考究する上で劃期的な始まりだったと、改めて感得する。若き物語研究者たちが、大学や学会の壁をこわして集まり、横断的なうごき出しをする。私も『源氏物語の始原と現在』（三一書房、一九七二・四）という最初の『源氏物語』関連書を出すこととなった。一九七〇年代は一方で〈土俗ブーム〉ともいわれ、日本文化の基層へむかってわれわれの視野が降りて行く時節で、民俗社会の祭祀や芸能に関心が集まり、昔話を始めとする口承文学の研究が深められようとしていた。

一　自由間接話法

一九七二年十二月という年末、そのころ物語研究会は隔月の開催だったので、発足して一周年のやや記念的な行事として、加納重文が引き受けて、講師に小西甚一を呼んできた。私の手元に近ごろまで、その講演の配布プリントが残っていて、一九七二年十二月十日という日付を持つ小西その人の手になる二枚である。

それによって昭和四十年代での古典文学と分析批評との接点を見ることができる。その日、氏は若き研究者集団である物語研究会の席上に、講演者としてあらわれ、微動だもせぬ背筋のまま、きっかり一時間という時間を使って、「源氏物語の語り手」という演題であった。物語研究会のかれら彼女たちには迎え撃つといった雰囲気があったろう、とともに、小さくない影響を与えてしまうこともまた講演の一途な効用としてあった。〈分析批評〉情宣中の小西であり、かれら彼女たちの神妙な顔つきが印象的だった。その中心にわれわれの三谷邦明がいたことは言うまでもない。

参考文献のなかにC.Bally: 'Le style indirect libre en Français moderne; Germanische-Romantische; Monatschrift, vol. IV (1912) というようなのがあり、「近代フランス語における自由間接話法」というのは何だろうと私は思った。

1、直接話法、2、間接話法に続き、

3、描出話法 (represented speech)

自由間接話法 (le style indirect libre)

He replied he had arrived on Sunday.

Il répondit il était arrivé dimanche.

とあり、氏は古文をいくつか提示する。会報3号の〈講演要旨〉(沢田正子執筆)によって見ると、

○〈頭中将ガ〉片端づつ見るに、「よくさまざまなる物どもこそ侍りけれ」とて、心あてに〈手紙ノ主ヲ〉「それか、かれか」など問ふ中に、言ひ当つるもあり。

(『源氏物語』「帚木」巻、大系一、57ページ)

というような、〈「……」とて〉とあるのは会話の引用か、心中思惟の引用か、明確でなく、さらには、

○ あはれにはかなく、頼むべくもなきかやうのはかなしごとに、世の中を慰めてあるも、うち思へばあさま

しう。　　　（『和泉式部日記』日本古典全書、213～214ページ）

とある例文の、会話と心中思惟とが未分離の用例に自由間接話法に通じるものが感じられる、とする。

ニュー・クリティシズムnew criticism、新‐分析批評を物語研究に応用できるか、小西として若き研究者集団に投げかけたかった語り手問題である。その「源氏物語の語り手」というハンドアウトからは、作者（author）、話主（speaker）、述主（narrator）といった文字が眼に飛び込んでくる。複数の作者と言えば、物語文学の「三人の作者」論が玉上琢彌によって早くから唱えられていた（「『源氏物語』の読者――物語音読論」『女子大文学』七、一九五五・三）のに対し、小西としては新奇な語り手論をここに提起したことになる。物語研究会のその後を（ある観点からすると今日に至るまで）束縛し続ける課題であった。

authorを〈speaker、narrator〉から分けることには両手を挙げて賛成するものの、私には氏がそのspeakerとnarratorとをどう分けようとするのか、よく分からなかった。三谷の引く今井卓爾によると、「ほぼ草子地の基本は三種の女房たち」とするようで（三谷「源氏物語における虚構の方法」『源氏物語講座』1、有精堂、一九七一・五）、そのような草子地論はあとを引きずることになる。分析批評じたいは物語研究会のなかでアマンダ・スティンティクムの「話声」に引き継がれてゆくかと思う（後述）。

二　作品論か　テクスト論か

ロラン・バルトは一九六六年に来日し、「作者の死」というような〈魅力〉的な文芸批評の概念をこの国に焚きつけたから、テクスト論の始まりになった。国文学では近代文学研究の三好行雄が、それまでの古典文学が中心だった在り方を仮想敵として、〈作品論、作家論、文学史論〉の三点確保を構築しようとしていたさ中だった。当の三好がバルトの講演を聴いて研究室に帰ってくると、興奮気味に「近代文学研究は昨日まで作品論だった。今日から作品論とテクスト論との二分する視野が生まれた」といった趣旨のことを言われた（むろん、不正確な私の記憶）。

すこしさきまでまとめてしまうと、三好に限らず、近代という、とりも直さず文学の批評は、古典研究という仮想敵というか、（仮想敵と言ってもどこか）手をさしのべたい領域であるとともに、テクスト論という、さしせまる新たな領域からも挟撃されることになったわけで、一九七〇年代は作品論とテクスト論とのあいだを行ったり来たりするわれわれとなる。

まさに古典研究にとっても、それらの動向は深刻な誘惑だった。文学史論というのが一つの突破口となろう。古橋信孝や山田有策らによる『文学史研究』の創刊（一九七三・七）はそれで、古橋が一貫して文学史論の方向で古典と近代との隔壁を取り払おうとしたことは特記に価する。

物語研究会のその後から推し量ると、高橋亨「物語の文体と時間」（一九七二・一二）の発表は早かった。物語の表現構造（文体）が「場面」を所有し、その場面は絵画的描写によって肥大し、時間化が起きる。「説話」だとそういうことは起きず、物語においてたとえば『うつほ』の長編化の契機となると論じられて、次年度の年間テーマを切りひらき、また将来の物語研究会の主要な関心となる絵画性への道筋をも付けていた。高橋はその後の「型、類型」（話型論）でも活躍し、一九七〇年代を方向づけたと言えよう。私は「異郷論の試み――物語の時間の成立」（一九七一・一二）、「『竹取物語』の神話構造」（一九七四・八）を発表させてもらって、このあたり、ある種の共同研究という性格を有する。

一九七〇年代はポストモダン前期というか、覆ってきたのはいわゆる土俗ブームで、地域社会における神楽や芸能研究のかずかず、折口芸能史、民俗学的沈潜としての柳田、南方熊楠、沖縄学など〈復帰〉は一九七二)、激動期後の癒やしを求めるような季節の到来だったかと思う。物語研究会の初期の十年がその一九七〇年代にかさなっていたと言ってよかろう。三・信・遠の神楽系祭祀にみなで出かけたり、長浜市での大会の前日、増田茂恭の肝煎りで新潟県高田(上越市)の瞽女屋敷を訪れたり(一九七六・八)、研修をかさねた。ベトナム戦争を避けた若者たちが日本文学研究に向かい、海を越えて物語研究会がかれらの受け皿となったことと、記憶してよい見渡しである。

物語研究会のシンポジウム題(年間テーマに発展する)を振り返ると、

一九七一　物語と和歌
一九七二　源氏物語——作品論への試み

と、おもむろな始まりのように見えて、

一九七三　物語にとって説話とは何か
一九七四　物語における古代と中世

と、説話や中世が提起される。これらは一九七二年より「物語文学事典」の編纂が議題となり、物語の範囲をどこまで拡大させることが可能か、私としても早く「室町時代の物語について——『物語文学辞典』のために」(一九七三・四)と題する発表を試みた。『室町時代物語類現存本簡明目録』(松本隆信)を手がかりに、『室町時代物語集』五冊を始め、集められるだけ集めて読む。あたかも『室町時代物語大成』全十三冊の刊行が始まり、『説経正本集』三冊も復刻されて、物語絵巻のたぐいが多く世に出て来る。

説話や中世に注目が集まったということもあるけれども、物語文学ないし『源氏物語』を相対化するという、秘められた叛逆精神がそこにあったに相違ない。時代としては言ったように土俗ブームであり、口承性と書くことがせめぎ合うような、そんな視野が求められていたのではなかったかと思う。「物語文学事典」は挫折するにせよ、手分けして物語研究会の守備範囲を近世初頭にまで広げたことには、そののちに大きく貢献するところがあったと睨む。

三　インタテクスチュアリティ

シンポジウムの題、ないし年間テーマをさらに見て行くと、一九七五年「物語の型」、一九七六年「語りと類型」というように話型論が続くのは、「物語文学事典」企画の延長線上にあるからではなかろうか。一九七七年の「時間と空間」をへて、一九七八年「物語文学における《語り》」、一九七九年「《語り》の構造」、一九八〇年「歌と語りの構造」に至る。この一連の「語り」のテーマに関して特記すべきこととして、アマンダ・スティンティクムの発意があったのではないか。

スティンティクムの発表「「浮舟」の巻における話声、視点の問題」(一九七九・四)は「だれが語っているのか?」と問いを立てて、「間接心内語」を提起する。

この人にうしと思はれて、忘れ給ひなむ心ぼそさ。(「浮舟」巻、八、546ページ)

というようなのが例文かもしれない。直接心内語に対する「間接心内語」とは小西の述べた「自由間接話法」に相違ないと思われる。スティンティクムは「三人称独白」(narrated monologue)とも言った。書かれた語りのなかにしかそれは存在しないとも。このスティンティクムの「話声」は新‐分析批評のあとを引き継ぐとともに、主にアメリカを中心とする文芸批評が物語研究会に導入される視野となり、その後をさらに積極的に導入して年間テーマをひっぱったのが、ルイス・クックの提起する一九八二年の「インタテクスチュアリティ」（間テクスト性）だった。

当時、留学生や研究者を受けいれつつあった日本社会であるものの、制度的にはまったく整備されることがなかったのに対して、アマンダの誘いで何人もが物語研究会の会員となって気を吐くこととなった。かれらが物語研究会のメンバーに与えた「国際的視野」の先駆性ははかりしれない。彼女の言う「範囲の広い文脈」とは「世界文学」「文学研究の理論」にほかならない。

会報11号（一九八〇・八）の深沢徹「『江談抄』における〈語り〉の構造――年間テーマによせて」は、説話の実態から〈語り手〉を捉え返して非人称的な機能的存在とし、三谷の「話者」そしてスティンティクムの「話声」を引き寄せる。その射程は確実に一九九〇年代に届き、〈物語〉を物語文学に回収させない大きな規模で、古代から中世への〈史〉が展望されることとなる。ポストモダン後期の始まりでもあった。

私は「柏木と古代性」（一九七六・八）、そして「禁忌と結婚」（一九七八・四）ほかを発表して、神話的パターンや構造主義的人類学に向かう。後者は婚姻規制をレヴィ＝ストロースの議論から構想した発表で、好まれる結婚が交叉いとこ婚であることや、情交の成立不成立や、紫上の年齢は十二歳を越えていることや、三十歳の「北の方」成立論など、定説と化したかは別として、国際的視野からの要請に応えようとしたことは事実である。藤壺事件の罪の意識は結婚のタブーにふれることでないとすれば、王権のタブーを犯したと見ることができる。王権論への連絡になったとは言えるだろう。「柏木と古代性」にも婚姻習俗が根底にある物語の展開であることを論じてある。

一九八一年の年間テーマ「物語における中世――鎌倉時代物語を読む」は平安物語と室町物語とのあいだをきちんとつなぐという要請である。物語研究会はそこをへて、一九八二年の年間テーマの「インタテクスチュアリティ」という、いわば八〇年代に向かう。『物語研究』一（編集同人・物語研究、一九七九・四）を見ると、「一九七九年という状況は、多分、この種の雑誌を出発させる要請を一つも求めていない」（編集後記）とあるものの、巻頭論文からして「『虫めづる姫君』幻譚――虫化した花嫁」（神田龍身）であり、着実に新しい時代を予感させる。あとに引く三谷邦明「物語文学における〈語り〉の構造」（副題「〈語り〉における主体の拡散化あるいは物語文学における本文分析の可能性」）は年間テーマによる発表の原稿化だった。

機関誌の発行が課題となる。編集同人『物語研究』と、『ものがたりけんきゅう』もあり、それらの自由さと学術雑誌としては必要な査読や書評の意義とのあいだで、バランスの取り方が要請される。

四　ポストモダンの功罪

一九八〇年代、そして九〇年代にも必要な限りで踏みいる。一九七〇年代はポストモダン前期で、旧来からの論客がなだれ込み、かれらの影響下に一九八〇年代のポストモダン後期にはいると、新奇のニュー・アカデミズムの論客たちも世に台頭し、他方、新興の疑似科学のようなあれこれから宗教までが跋扈（ばっこ）してくる。ポストモダンとは、定義すると冷戦が永久に続くことを前提にして、西側諸国で進行する現状の肯定哲学である。むろん、日本社会でも消費者経済が繁栄する気分に、それはそれでよいのだが、東側では着実に冷戦の終わりが日程にあり、一九八九年に至りベルリンの壁の崩壊を象徴として、西側の受けた印象としては突如終わりを告げられる（東アジアでは冷戦が続くものの）。

一種、浮かれたようなポストモダンの気分もまた当然、終わってよいのだが、取ってかわる言説が用意されていなかったことを奇貨として、一九九〇年代にはポストモダンのかげがなお徘徊する。ぽっかりあいた空白のおもしろさはマイノリティの認識革命（一九九四・一一、萱野茂参議院議員のアイヌ語が国会に流れる）や、ジェンダー理論の深化が進む（日本社会でも）。よくもあしくも一九九〇年代は多くの課題を用意して、二十世紀を閉じてよかった。

一九八七年に前田愛が亡くなる。ライバルとはよい意味で言うのだが、国文学主流の〈作品論、作家論、文学史論〉に対抗するかのように、前田による大江健三郎、多木浩二、山口昌男らとの新しい雑誌活動を含む、都市空間型の文学的風景の発掘はめざましい限りで、近世と近代とのあいだにある隔壁を壊してまわった。それにしても最晩年の『文学テクスト入門』という書名にまで前田は行くのかとややショックだったが、思えば一九八〇年代とはテクスト論の帰結でもあった。「都市空間型」とは一九七〇年代の村落社会志向と対立するという傾向だったといえるかもしれない。

一九八四年には三谷が声をかけて、韓国に八名で出かけて行った。ソウル・オリンピックの準備で、旧きを壊し新生する韓国を目の当たりにした。春香伝（しゅんこうでん）の地や、光州事件後の緘黙する市街を通り、ソウルでは朴裕河にお会いした。なぜここに朴裕河の名前を言うかというと、彼女の従軍慰安婦をめぐる近代文学研究者としての、無防備なまでに続けられている論争や裁判には、往年の物語研究会の面影がふと垣間見られる思いがしてならないから、そして心から支援したい。

一九八六年前後と言うことで、物語研究会とは関係なく、亡くなったもう一人を私は思い出さなければならない。『疑似現実の神話はがし』（鮎川信夫、一九八六）はけっしてポストモダンに同調しなかった少数者、〈単独者〉＝「荒地」の詩の書き手、鮎川のさいごの時評書である。冷戦の終わりを見ることがなかったにもかかわらず、かれがそれを見つめていたとは思い起こしたい。私どもはどちらかと言えばポストモダンに同調し、浮かれ騒ぐようなところもあったとすると、それに同ぜず、屹立する書き手も少数ながらいたということを見据えておきたいと思う。鮎川と前田とを両極に置いてみたい。

五　沖縄一九八九

物語研究会の年間テーマは一九八二年の「インタテクスチュアリティ」以下、〈方法としての《引用》、語りの視点、物語の視点、喩（二年続き）、犯（同）〉をへて、一九八九年を迎える。〈喩〉というキーワードが王権論に接合される、あるいは絵画論からの視野など、問題関心が縦横にはりめぐらされた。

この年は物語研究会／古代文学研究会／古代文学会という三者合同大会（共通テーマ〈共同体・交通・表現〉）を敢行した〈沖縄一九八九〉でもあった。関根賢司在沖十五年の夏は、参加した研究者たちの内奥にどう受け止められたろうか。

一九八九年八月六日〜一〇日、沖縄スカイプラザホテル

六日　現地集合

七日　釋迢空の歌碑、月代（つきしろ）の宮、斎場御嶽、米軍基地、安田（あだ）のシヌグ、沖縄本島の北端を廻って、深夜にホ

テルへ帰る
八日　午後より、研究発表会・シンポジウム
九日、琉舞華の会・高嶺久枝練場の賛助出演による琉舞鑑賞会（解説、池宮正治）

めまぐるしい湾岸危機／戦争、おなじくユーゴスラビア戦争、ＥＵの成立と続くなかで、一九九〇年代の文化的状況はぽっかりあいた行方不明のような十年となり、日本社会では男女共同参画法、アイヌ新法、諸大学の改革、ヴォランティア（阪神淡路大震災）など、ある種の空白を埋めるようなうごきを見せていた。一方で、いじめ自慢やハラスメント言動やヘイトクライムなど、負荷要素も増えてきたように思われる。ワープロからパソコンへ、われわれのオフィスの置き物が変化するのもこの前後である。

六　時枝の日本言語学

時枝誠記の国語学について触れなければならない。文法学説は複数あってよいので、昭和三十年代には中学でも高校でも、先生が学校文法を一通り終えたあと、別個に時間を取って時枝文法を扱ってくれるということがあった。〈詞〉と〈辞〉や入れ子型や零記号（れいきごう）というのは何だろうと思った。私は言語の美学みたいなことに囚われていたから、当初、時枝学説への真の理解からやや距離があって、大学生時代に学び直しているうちに一挙に真相が腑に落ちてきた。「何だ、こんなに簡単なことなのか」という、主体性論議とは回心のようにちょっぴり神秘的な体験かもしれない。言語の美学と言えば、吉本隆明はついに時枝と無縁なままに生涯を終えられた。意味語と機能語とが別々の場所に発現するということは、のちに学ぶところでは朝鮮語もそうで、日本語に限るこ

とではなかったが、『源氏物語』などがそれでおもしろいように読み釈けるので、私の古文に嵌まった理由の一つである。

漢字とかなとが（失語症の研究から）脳内での在りかを別にするとは、意味語が名詞、動詞など、多く漢字を使って多様に表記されるのに対して、機能語が助動辞、助辞、活用部分、送りがななど、絶対的に「かな」の領域に在ることと深くかかわる。漢字かな交じり文（あるいは和漢混淆文、漢文訓読）が日本語を特徴づける真の理由はそこにあろう。

一九七〇年代の物語研究会に時枝の文法学との接点がないかどうか。時枝の著述に『文章研究序説』（一九六〇）がある。三谷邦明が[1]「物語文学における〈語り〉の構造」でこれを引いて、「表現主体の拡散化という物語文学の特性は、時枝誠記の言語過程説を基礎とした文章論と通底する問題性を抱えていると言えよう」と言明する。〈拡散化〉とは、本文（テクスト）とその主体となる〈話者〉という概念を立ててきた三谷の前稿「源氏物語における〈語り〉の構造」（副題「〈話者〉と〈語り手〉あるいは『草子地』論批判のための序章」、『日本文学』一九七八・一一）を越えて（つまり〈話者〉を保留して）、物語文学では〈主体〉が登場人物・語り手・作者に分裂・拡散していると論じる。下世話な言い方をしてよければ、三谷は小西から時枝へ視線を移したことになる。

三谷よると、

『文章研究序説』は……、文においてばかりでなく、文章においても入子型構造形式が存在することを指摘し、文に詞＝客体的表現と辞＝主体的表現とがあるように、文章にも辞の働きをする表現主体があることを主張している。（三谷「物語文学における〈語り〉の構造」）

と、〈カタリ〉という散文について（時枝の）「文章」とは本文（テクスト）とほぼ一致し、したがって「本文分析は言語過程説による文章論の延長線上に批判的に樹立されるべきであって」、それが一部の国語教育者などによって対象化される以外は忘却のなかに投げ入れられていると、三谷はわれわれの再認識をつよく促す。

たしかに時枝に見ると、「物語論」（語り手論）のたぐいがすっかり欠落するというほかない。これでは、不逞な言い方をすれば、時枝のほうから物語論のほうへ近寄ってくれるのでなければ、接点の持ちようがない。ところが、まさに『文章研究序説』は〈文章論〉の提起であって、文章の時間性、冒頭、伝言、合作、編纂、推敲、改稿、場面、絵画性や音楽性といった、のちのテクスト論時代の話題を先取りするような目次構成からなる。

これらをひっさげて時枝は東大から早稲田へと再就職し、三谷をいらだたせることとなった。三谷本人からちらと私の聞いたところでは、時枝の授業を粉砕するとか言って（そんな過激な言葉だったか忘れたが）、出ていって発言したとのことである。

東大から定年で辞めて天降りしたような時枝を何となく許せなかった気分はよくわかる。とともに、だいじなこととしては、三谷には、そういう行動を通して時枝を何らかの意味合いで奥深く受け止めたところがあったはずだと私は睨む。三谷のしばしば言う、〈「私は語る」と語る〉というような言い方は入れ子型の応用であり、文における〈辞〉の在り方を何とか受け止めようとしている。そのあたりも物語研究会形成史上の一事件だったかと思いたい。

「話声」論は正直言って難問に属する。物語において会話文が語り手の「声」とかさなるというのはその通りだろうが、地の文にも主人公たちの内面が出てくることがあると見たり、心内文が地の文に移行するさまを見つけたりして、物語文が多声（あるいは二声）的だと論じられるのは（「多声」はM・バフチンによるか）、そういう行文が見いだされるにしても、どこまで特化してよいことなのだろうか。

欧米的な文法だと主人公の自分語りは一人称、語り手の「私」も一人称、そして作者が「出てくる」と一人称ということにされて、多声的という意見に嵌まることじたいはよく分かる。「人称」とは古典ギリシャ悲劇に見る舞台用語として欧米文法の基本にある。「多声」といったナレーション理論を文法として把握し直すとどうなるのだろうか。時枝にも、小西にも、そこをいま問いかけてみたいように思う。

時枝の欠落せる物語論を後続のわれわれが引き継ぐとは、文法としてどうなのかという問いかけにほかならない。日本語の隣接語のアイヌ語には語り手が自分を引用する部位を四人称とする文法範疇がある。これを応用できないことだろうか。会話文や心内語などが語り手とかさなって、四人称(物語人称)となる。作者の声が物語上に出てくることはありえないから、無人称(虚人称)である。出てくるとしたら語り手の一人称語り=「草子地」で、これがゼロ人称となる(時枝の「零記号」の応用)。このようにして「多声」と見なされてきた複数の一人称が文法化される。

私なりにようやく体系的叙述の自信の出てきたのが二〇〇八年か、物語研究会での発表で、その後の発表もすべて物語研究会の場に借りてきた。わが罹病ならびに東日本大震災にさしかかり、余裕のない状態で日本言語学としての知見を最終的にまとめた。自分の『文法的詩学』(二〇一二)、『文法的詩学その動態』(二〇一五)、『日本文法体系』(二〇一六)による体系的叙述は、古典文法を書き替える上で寄与するところが小さくないと確信するとともに、そのベースに時枝があったと言いたい。半世紀をけみして、いつかは物語研究会を始めとし、支持を得られるかと期待して発表を続けてきた。

七　性差、フェミニズム、婚姻規制

一九九〇年代の一部にわずかに触れて終わりたい。年間テーマに「性差」（一九九四）、「性」（一九九五）があった。私の事始めは一九八八年十月、二か月、ニューヨークにいて、新刊書店のコーナーに、women's studies を見つけ、「へーっ」と立ち読みし、またエイズ関係の書や展覧を多く見かけた。アーチストたちが次々斃れてゆく。その四年後の一年間、ニューヨークにいたときには、やや本格的に女性学を追っかけようとした。ジェンダー理論は最難関で、文法問題やジャンルがからみ、旧来の父権的差別を暴き解放を課題とするタイプと、「女、男」を社会的構築物としてそれの実態を解体しようとするポストモダン式の考え方とが、相容れない併存のままに性急な紹介として先行していた。男性優位に見える民俗慣行でも、見方を変えれば社会的ジェンダーの構築に相当するのだから、からみあう。ジェンダーと（男女を含む）gay studies とはペアとしてあると論じる、ジュディス・バトラーの深意もそこにあったかと思う。

本邦では評価したいこととして、男女共同参画（不十分と言え）や少数者（民族を含む）の政策が進展する。一九八〇、九〇年代には官庁を横断して女性官僚が体制内改革に取り組み、その参画法その他をやるということがあった。なかには一九七〇年安保で挫折したり傍観せざるをえなかったりした往年の女子学生たち（男子学生も）が、その後の官庁に就職して夢冷めやらず、立法にかかわるということもあったろう（推測である）。諸大学ではやはり同様の改革が取り組まれたが、何人もの先駆的なジェンダー研究者が病魔に倒れたことの無念さを忘れてはならない。

村落社会などでの、中、近世や近代の民俗慣行をどこまで参照項目にできるか。長者層が仲人を立てての「婿取り」婚[2]であるのに対して、その他の若者たちは（長者層でも次男、三男らは）夜になると女に（a）「よばい」をかけ[3]、（b）「くどき」言葉を弄して、（c）関係を成立させると、あけがたに帰ってゆく。（d）ボータ（奪うた）婚などと言って嫁盗みによる関係もある。（b）と（c）とのあいだには同意ないし事前の合意があってよい。

『落窪物語』にしても、物語文学のなかみはほぼ民俗社会の慣行に沿っているのではあるまいか。『源氏物語』で言うと、順番に空蟬、軒端荻、夕顔、末摘花、朧月夜、柏木による女三宮、夕霧による落葉宮、また宇治の浮舟にしても、基本は民俗社会の慣行に相当して、男は女に（a）「よばい」をかけ、（c）関係を成立させる。用意してある（b）「くどき」言葉をふんだんに使うことが多い。

女三宮と柏木との関係は典型的だと言える。六年ごしの恋を成就させるため、男は侍女の助けを借りて潜入し、女をゆかの下へ下ろす。長々と続く口説きに女はこの男を柏木と気づく。性描写が省略されているように見えて、そうでもないので、「なつかしくらうたげに」以下、なつかしさ、愛らしさ、やわ肌を許し（＝「やはくと」）、懐妊を暗示する猫の夢と、歌を交わしての別れ、たくみな展開は古代婚姻のルールをはずさない。

紫上については（d）嫁盗みと見てよかろう。長者層のように親がかりや周囲の世話で成り立つのは、葵上、明石の君や、女三宮ら皇女たちや、皇族／高級貴族の娘たちをかぞえることができる。長者層の娘、雲居雁にしても、乳母か侍女かの手配による逢い引きのあと、歳月ののち同居に至る。

苦しいことに、『源氏物語』研究の水準はその後、残念なほうへ傾くかのようで、律令（中国起源の婚姻規制）が『源氏物語』を大きく支配すると見る研究者、そうでなければ『源氏物語』の男女関係をレイプだったと決めつける研究者、そこまで極端でなくとも男女には非対称性があると称して、性愛関係を男性優位や身分制社会に管理されているとする議論というように、一九九〇年代の読みが安易に非対称性論議の軸その他にからめ取られていった。引き返し不可能な現在のようで、残念というほかはない。

権力で女性を身うごきできなくして行われる性行為には、暴力性があるとともに、その空蝉物語にしろ、作品じたいにそのことへの告発もまた感じられる（光源氏の二度めの襲来を拒否する）。性愛行動としての「よばい、くどき、情交」には唐突さや乱暴さがつきまとうにしても、民俗社会から『源氏物語』のなかにまでそれでつらぬかれており、けっして凌辱という暴力と一緒にできない。非対称的とは決めつけられないのではなかろうか。

注

（1）早稲田時代の三谷について。しばらくまえに、蓼科山で行われたある研究会の会場に、北村皆雄（最近では監督作品『ほかいびと——伊那の井月』がある）が登ってきて、『羊歯の紋章』創刊号（一九六四・五）と、それに『アナキズム』18（一九六一・五）から、江原健人執筆の論考のコピーを私に預かってほしいと託された。前者には江原「喪亡との対話＝あるいは厳石と宇宙の詛祝」（未完）という散文作品が載り、後者は「バクーニンの叛逆と無体系」以下、アナキストのバクーニン論で、江原というのは三谷の筆名にほかならない。

（2）六〇年代後半に女性史学者の村上信彦のもとを訪れたとき、「高群逸枝を読め」と私はつよく勧められた。その時点ですでに高群の何冊か、私の蔵書範囲にあったものの、改めて『招婿婚の研究』（一九五三、『全集』一九六七）以下を読み進めることとなった。私としては村上に反して柳田に同意できるところが多く、高群の『母系制の研究』（一九三八）に至っては裏付けを欠く理想主義の産物と言うほかない。日本社会の古代は母系をつよく有しながら、双系的に次世代を生産するシステムであり、レヴィ＝ストロースの『親族の基本構造』（一九四九）を実証できる迫力も『古事記』『万葉集』や『源氏物語』は十分に湛えているように見受ける。驚嘆に値する栗原弘・葉子校訂による『平安鎌倉室町家族の研究』（高群、一九八五）のあと、その栗原弘による『平安時代の離婚の研究』（一九九九）、同『万葉時代婚姻の研究——双系家族の結婚と離婚』（二〇一二）をへて、『招婿婚の研究』の再評価はもう一度日程にのぼせてかまわないだろう。

（3）近世や近代での農村や漁村の「よばい」習俗は今日に劇的に消滅する。また、近世や近代での民俗慣行の成立は、中世以前をそれで直接に説明できるか、未解決の議論もあり、慎重であるべきものの、古代の「よばひ」とけっして無関係でありえないと思われる。柳田は適切に「よばひの零落」と捉える（『婚姻の話』）。古語の「よばひ」を改めて古代文学から考察し返す必要がある。「……闇の夜に出でて、穴をくじり、かいば見、まどひあへり。さる時よりなむ『よばひ』とは言ひける」（『竹取物語』「かぐや姫の生い立ち」）、「年を経てよばひわたりけるを、からうして盗み出でて、いと暗きに来けり」（『伊勢物語』六段）などある。「呼ばひ」を原義とし、『竹取物語』は「夜這ひ」に引っかける民間語源譚かと言われる。『伊勢物語』六段は「嫁盗み」の事例でもある。

十四章　詩学を語る――言語態

言語情報科学専攻が立ち上げられてすこし経ってから私は参加した。前期課程のあと、後期課程がまだなくて、大学院から始まるという、新設の専攻としてはなかなか辛い初期だった。

前期課程では、新学期になって、シラバスを、当時は冊子で受け取った。先生方がどんな講義をなさるのかなと、ぱらぱら見ていると、オムニバス形式の講義というのがあって、先生方が一こまずつ、乗り合わせて行う講義がある。ぼんやり見ていたら、最初のところに、アイヌ語、沖縄語文学のレクチュアというのが書いてある。ほんとうに最初、ぼんやりしていた。よく見ると担当が私の名まえになっている。

腰をぬかすとはこのこと。当時の国文学部会の主任の神野志隆光のところへ、わなわな飛んでいった。私「聞いてないよ！」。そうすると、「あれ？　言ってなかった？　ごめん、藤井さん、やってよ」の一言。

私は、沖縄語の文化はともかくもとして、アイヌ語の文化はこれまで、まったくの独学である。前任校で、国文学概論や文学史のなかに、日本国内の少数民族の言語として、まあ受講者に関心を持ってもらうというようなことをしてきたものの、講義のかたちで本格的にやったことは一度もない。駒場キャンパスに来て、東大生、新入生をあいてに、最初のレクチュアがアイヌ語だという。

そのときから数日、もうめちゃめちゃだった。アイヌ語教室の教材などをひらいて、あとはどんな方法で自分をアイヌ語文学の教師に仕立てていったか。言語学大辞典はまだ手に入れてなかった。結果は散々であったものの、そのとき以来、駒場では何が起きても、何が飛んできても、まったく驚かないという、よい訓練になった。

大学院のプログラムを拝見し、言語情報科学専攻のこれからの方向を探ってゆくと、どうやら、私は、一旦、自分のこれまでの国文学を大きく変える、もしかしたら「廃業することになるのだ」という覚悟を必要とするかもしれない。それまでやってきた注釈などのしごとは一段落して、自分として『源氏物語』論などもさいごのまとめにはいる段階だったので、小森陽一が近代で、私が古典という、分け合いながら〈言語態〉というプログラムをどう立ち上げてゆくか、しばらく取り組んでみようという思いになった。

言語学大辞典六冊をその後、手に入れて、アイヌ語から読み続けた。といっても、すぐに挫折する。アイヌ語のつぎはアイマラ語、アイルランド語、アヴェスター語、順々に読んでゆく。アフリカ諸語とか、アラビア語とか、アイウエオの「ア」だけで力尽きる。言語態とはそういうことではないらしい。それでも、世界の言語が、文法で言うと、諸言語ごとに特色を持ちながら、しかし大きく、言語としての共通性を持つ、わかり合えるというか、日本の言語学は明治時代の初期から、個別言語主義というのか、普遍文法を否定する傾向が強くて、私は日本語から立ち上げても普遍文法で行けそうだ、という感触を持った。

第六巻は言語理論篇で、私としては専門的な言語学をやらなくて、言語態とは何か、何か新しいことを考えればよいわけだから、まったく勝手気ままに、自分本位で学習していった。そして、まわりには諸言語や言語理論の先生たちがいっぱいいるのだから、石を投げればだれかに当たる。当たった先生から教えてもらう。こんなにめぐまれた職場はめったになかったと思う。英語にしても、フランス語にしても、大学院生諸君は私よりはるかにできる、何でも知っているわけだから、かれらも利用価値が高い。かれらにも石を投げては利用させていただいた。（秋学期には中山眞彦著『物語構造論――『源氏物語』とそのフランス語訳について』〈岩波書店、一九九五〉を読むことにした。）

東大出版会では「言語態」シリーズ六巻を作った。石田英敬が「創発」という語をどこかから探してきて、それでやれというので、エリス俊子と一緒に、じゃ『創発的言語態』（二〇〇一・八）でゆくか、と単純明快だ。相談して、すこしずつかたちをなしていったと思う。留学生諸君は率直だから、「言語態って何ですか」と、新学期にいきなり訊く。でも答えられない。

古典のテクストでは、助動詞・助詞（助動辞・助辞）の理解が要だ、ということを推し進めてみようと思った。言語学からは「助動詞とは何か」「助詞とは何か」という問いが必要だろうが、テクストを読む立場からは、個別の、しかも文脈のなかで、「けり」とか、「べし」とか、「が」とか、「は」とかの機能を見定めて行く。普遍文法としては、欧米語の助動詞や、前置詞や、漢文の助字などにかさなってゆく。そうすると、助動詞や助詞は「意味」を持たず、機能だけがある、ということに気づかされる。

自立語がきわめて豊富な意味世界を展開するのに対して、機能語である助動詞や助詞は機能をあらわせばよいので、一つの機能に対し、一つの機能語があればよい。たとえば古典語で言うと、「き」は過去をあらわすという機能を持つ。「き」というファンクション・キーを、キーボードの上で押せばよい。

ここで実験してみようか。ここに「過去」というキーがある。これを押すと、ちょっと危険な実験ながら、いまが過去になる。はい、押しました、きー。「き」というボタンがオンになった。

いまは過去である。物語の冒頭に言う「今は昔」（たとえば『竹取物語』）状態にはいった。物語のなかや、おとぎ話のように、いまは過去だ。はいってしまうと「いま」だ。不思議の国のアリスの、うさぎさんがうしろを通ったり、チェシャ猫が笑ったりしている。さっきまでつらい思いをしていたひとは、もう悲しいことがなくなる。反対に、思い出したくない、つらいトラウマ状態に、いまはいり込んでしまった人がいるかもしれない。過去から抜け出せなくなったら、たいへんだ。「あり」（＝「り」）のボタンを押して、現実界にもどろう、りー。もどってきた。「あり」は現前、現在をあらわす助動詞。

「き」は「あり」（＝「り」）に対して「き」であり、「あり」（＝「り」）は「き」に対して「あり」（＝「り」）となる。物語にとって重要な「けり」は、「き」と「あり」とのあいだに生まれる。過去から現在へ、という〈時間の経過〉をあらわす。過去は「き」しかなく、時間の経過は「けり」しかない。ファンクション・キーは原則、一つずつあればよい。否定というキーを推せば否定になる。推量とか、完了とかいうのは、ぜんぜん意味ではなく、その機能に名づけをしているだけのこと。

このような機能語の性格を骨格として、日本語の文法理論を立ち上げたのが、松下大三郎、あるいは時枝誠記だった。〈詞と辞と〉の区別である。私は特に時枝からいろいろ学んだ。とともに、不満もいろいろあるわけで、たとえば助動詞や助詞が辞なら、「助動辞、助辞」と言ってくれ、というような不満がある。意味を持つ語が、機能語によって支えられ、言語活動が生成する、という基本の考え方は、日本語から立ち上げられたとしても、普遍的に、世界中の諸語に共通するはずだ。

一九三〇年代は、国粋的な傾向がつよい時代で、世界から孤立しながら、なんとか日本社会から学問を立ち上げよう、発信しよう、と言うふうに、若者たちは駆り立てられていた。柳田國男の民俗学を引き継ぐ人たちや、湯川秀樹の中間子理論や、哲学でも、西田幾多郎のあとを切り拓こうと若い学徒たちが苦闘していた。時枝が仲間もなしに、言語過程説を構想したのもその一環だった。

世界的には、一九四〇年代後半になって、ノウム・チョムスキーの生成文法は、機能語の理論でなくても、言語の構造主義批判という点で、時枝とあるところまで非常によく似ている。むろん、チョムスキーは時枝を知らず、時枝は時枝で、世界から孤立した鎖国的な日本社会、しかも植民地文化のど真ん中であるソウルの帝国大学で、『源氏物語』をこつこつ読みながら、理論構築に明け暮れていた。時枝理論は不幸なことに、一九五〇年代、六〇年代に激しい排斥運動にあって、東京でほぼ全滅し、京都や、西日本でほそぼそと生き延びた。

私はまったく知らなかったのだが、小松光三という研究者が、一九八〇年代の初頭に、助動詞群を一つのキーボードの上にまとめていった。それまではばらばらに、たとえば学校文法という、つまらない高校の授業を、みなさんも憶えているだろう、「き」とか、「けり」とか、あり（＝り）とか、「らむ」とか、「らし」とか、ばらばらに教わって、期末試験なんかで苦しんで、結果的に古文がきらいになるという、あれだ。でも、機能語（機能キー）なのだから、キーボードの上の一まとまりでよかった。パソコン時代だから、現代なら、みなさんなら、難なくわかることだろう。

機能語どうしは、互いに機能しあっているだけで、孤立できない。ある機能を入力すると、ほかの機能を押しのける。「き」は「けり」があるからその横で「き」になる。「けり」は「り」でなく「けり」だよ、というようにして並ぶ。並んでいるのを見ているだけではしょうがないので、はたらかせる。否定というキーを入力すれば、否定がはたらき、押さなければ肯定で、肯定というキーは要らないにしても、二回押せば肯定になる。

小松は「助動詞」を一つにまとめて、本にしていった（『国語助動詞意味論』、笠間書院、一九八〇）。私は助動辞や助辞を「機能語」ととらえるので、「意味論」という言い方には同意できなくて、機能論とあるべきだろう。

小松は、もともと塚原鉄雄という、ものすごく影響力のある研究者のもとで研究を始めた。しかし小松に、塚原の影響をほとんど見ることができない。塚原がえらい学者だということはそれとして、指導教授に忠実に従っていたら、学生諸君の研究は、延びることは延びるだろうが、独創的にならない。独創的にやるためには、指導教授の教えとは別の研究を密輸入する必要がある。すぐれた指導教授なら、見て見ないふりをする。でも、露骨にゼミなんかでやっちゃうと、けんかになる。面従腹背ということばがあって、指導の先生をうまく持ち上げながら、かげでやる。小松は塚原のもとにいながら、時枝その他、哲学なんかを密輸入したのだと思う。塚原も実際には時枝の理解者だったようで、絶妙な関係がそこにはあったろう。

私は小松の研究をまったく知らずに、一〇年余りかけて、助動辞を一つの図形にまとめていった。「き」と「あり」(「り」は「あり」)とのあいだに「けり」を置く、というようなラインを引く。そうやってゆくと、多くの助動辞が一つのボードに集まるのではないか。「き」と「む」(推量、shall、will)とのあいだに「けむ」が生まれる。「あり」と「む」とのあいだに「らむ」が誕生する。形容詞の語尾である「し」は、「いかにもそのようだ」という状態をあらわす助動辞であると認定する。すると、「あり」と「し」とのあいだに「らし」が生じる。「む」と「し」とのあいだには「べし」が置かれる。

できあがってみると、三角形「らむ」「らし」「べし」は終止形接続という共通点を持つ。このようにして、四辺形、ないし四面立体にまとまってくる。うっとりするぐらいきれいなモデルになった。「き」と「り」とのあいだに「けり」を置く、「き」と「む」とのあいだに「けむ」を置くということは音韻的にも言える。「ki プラス(a)ri ＝ keri」「ki プラス(a)mu ＝ kemu」と、(a) がはいってくるのは、もと〈ari amu〉だったという推定に拠る。

私の四辺形（krsm四辺形と名づける）は次章に掲げよう。小松の描いた四辺形と、あるところまで非常によく似ている。ご病気で、亡くなられる直前の小松と連絡がついて、業績を知った。国語学の業界からまったく無縁でやってきた私で、それにしても、知ることがあまりに遅くて、無念といえば無念だ。それでも、遺著としてつい最近の出された新しい著書のなかに、私のしごとにふれてくださり、まあ、ぎりぎりでつながることができた。あやういつながりながら、私としては一九三〇年代の時枝に始まり、一九四〇年代のチョムスキー、一九六〇～七〇年代の小松という系譜で、つぎの時代へ投げたく思う。

その時枝は十三世紀、中世の日本語研究から始めている、それればかりか、十一世紀初頭の『源氏物語』テクストをあいてとする、フィールドワークのなかから推し進めたわけだから、むしろ伝統的な文法学説と言える。古きに尋ねよ、と言うか、チョムスキーも、無名の学説や、ポール・ロワイヤルなど、伝統的な文法のなかから生成文法をうごかしていったと、私には見えるし、いまわれわれ人間の考えることは、古代や中世にも、似たようなことを考えていたひとが必ずいたということ、そういったところに尋ねるということが重要な手続きではないかと思う。

以上、大学改革（組織変革）期での、私の取り組みの一端を述べてみた。タイトルの〈詩学〉とは何か？　物語論や和歌へ近づくさまをそんなふうに呼んでみようかという提案となる。

十五章　深層に降り立つ——機能語

〈文法〉という用語をためらわずに使うことにする。物語、和歌の深層に降りてゆくためには、どうしても文法が要る。文法の周辺に、表記、文字や、ことばの決まりを配置する必要もある。ここで言う〝意味〟は〝機能〟によって支えられる。〝意味〟は意味語に、〝機能〟は機能語に分け持たされる。文法は機能語が稼働して、意味語を生き生きと運転することを本性とする。どうしても文法を避けられないので、本書の終局に顧みることにする。日本語で言うと、助動辞（助動詞）ならびに助辞（助詞）という機能語のはたらきは、純粋に脳内にのみ活動する。

一　意味語を下支えする機能語

機能は孤立せず、隣接する同士が相互に関係し、規定する。たとえて言えば点灯と消灯との関係のように規定し合う。機能語である助動辞「き」（過去、〈時制〉辞）で見ると、けっして孤立せず、「り、あり」（現在、同）に隣接し、両者のあいだに「けり」（過去から現在へ）がカーソル状に置かれる。これを「き——けり——り（あり）」

と線上に描くことができる。

同様に「き——けむ——む」（「む」推量辞）を描くことができる。

「き」「り」「む」は「し」（形容辞）とともに四角の一つずつに置かれる。六稜が、「き——けり——り」「き——けむ——む」について、「り——らむ——む」「り——らし——し」「し——べし——む」として描かれる（一稜は過去と形容辞とのあいだに推定する）。よって、これらの助動辞は、〈関係〉であるからには、たがいに孤立することなく、四角六稜（四面体）というkrsm 立体[1]として図示できる（k＝「き」、r＝「り」、s＝「し」、m＝「む」→図1）。

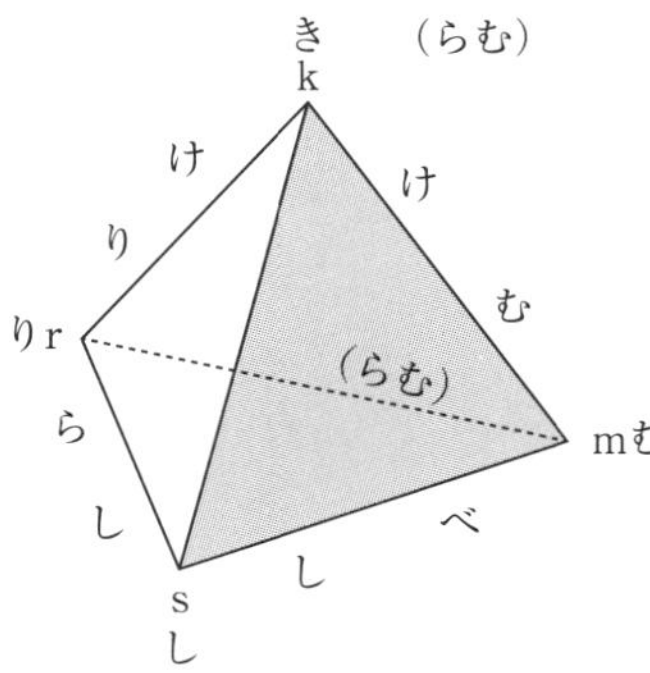

図1　krsm 立体

「ぬ」「つ」は楕円状に時制を包む。「たり」は古くからあったらしい「た」が「た——たり——り」となったのかもしれない。「ぬ」「つ」は一括して完了と称されるものの、それぞれ、もと一音動詞だったもようで、「たり」を含め完了という機能を分け合う。〈完了〉とは機能を名づけたに過ぎない。

機能語群である助辞も、たがいに関係して置かれるから、助動辞と同様に関係図を図示できる。その図示には助動辞図もはいってくるから、助動辞／助辞図としてまとめることができる（→図2　次ページ）。

krsm 立体および助動辞／助辞図は、音韻上の面からも成り立つ〝構造〟であり、おそらく言語の遺伝子体というべきで、日本語ネイティヴの一人一人の脳内に、平均してそれらは成立している。意味語／機能語の対立は、日本語以外の諸言語にもそのまま応用されるはずだから、機能語が意味語から区別される在り方として、これと同様の構造体が、人類に具有されていると考えられる。

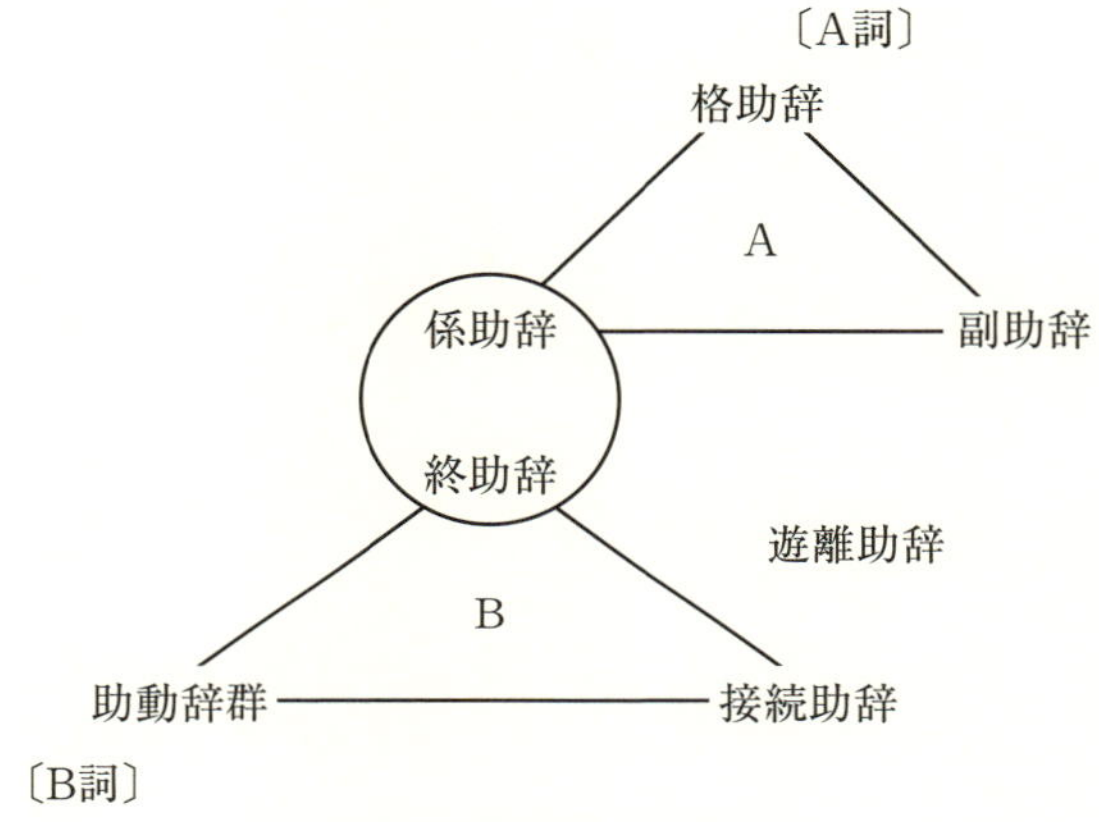

図2　助動辞／助辞図

ノウム・チョムスキーを思い起こす理由は、時枝誠記とチョムスキーの文法理論とが相似的というところにある。屈折語、膠着語の区別を越えて、普遍文法があるからではなかろうか。意味語が機能語によって下支えされるさまに深層構造を透かしみたい。

文法は、したがって〝意味〟から独立させ、〝機能〟であることを本性とする。機能語の作用する文法中枢（酒井邦嘉[2]）が稼働して、意味語を生き生きと運転することをあいてとする。

物語研究会の二〇〇八年前後（湯河原大会二〇〇八・八）から、漸次発表させてもらい、未解決の箇所をいくつか残して、ほぼここまでは言えるというところへ来て、不十分ながらまとめてみた。なぜ、物語研究会において発表を続けたかと言えば、物語や和歌のテクストの一つ一つにあたる作業が不可欠だからで、物語論ないし和歌のテクスト論の場として、発表を繰り返してきた。

二　漢字かな交じり文

本文（テクスト）を朗読する場合に、それらのなかの漢字は「かな」と「かな」とのあいだに鏤（ちりば）められて、日本語の表記として読み上げられる。表記はどうでもよいことだと、こだわらない書き手たちがいてよいし、言語の本性は表記以前の音韻のうちにあるのだから、表記を無視することじたい、まっとうだと言うほかはない。テクストは本来、〈音声か、書くことか〉にかかわりなしに、文字以前から、または文字から独立して存在する。しかしながら、表記に意識が向きはじめると、どうにも朗読のそこここで引っかかりが生じてしまう（私だけだろうか）。

岩田誠に拠れば、[3]約五万年まえ、第一の飛躍により、内部メモリーを拡張させ、話し言葉を獲得する。ついで、五千五百年まえ、第二の飛躍によって、文字の発明という、外部メモリーの利用を獲得すると、時間と空間との壁を飛び越え、歴史を持つこととなる、と。みぎの年数は岩田に拠る。

外部メモリーの獲得の一つが文字の発明だとは、氏の言う通りだとして、各種の民族語によって、時期がさまざまにあり、文字に拠らない場合もいろいろに考えられるのだから、修正を要するにしても、ある時期に「第二の飛躍」があったろうということは、ここで押さえておいてよいことがらにちがいない。

日本語ではわずかに一千数百年という流れであっても、文字による表記が日本語に急速に食い込んでくる理由は、輸入した表意文字（つまり漢字）が意味語（名詞、動詞、……）に大きくかかわり、もう一つ、成立した「かな」[4]は絶対的に機能語（助動辞や助辞）を表記する場合に利用される、というところに如実にあらわれる。

脳内に、漢字なら漢字の蓄積される入り方や場所と、「かな」の蓄積される入り方や場所とは、別々であると言われる。言語が生成されるとは、意味語と機能語とが組み合わされるからで、その組み合わせで言語活動があり、文字の場合にはそれで書いたり読んだりすることができる。

それにしても、日本語の一大特徴としての漢字かな交じり文という表記が、意味語／機能語と、あるところまでよく対応するさまには驚かされる。日本語ネイティヴの絶対多数が慣れて使い回す。『万葉集』の昔からのことであり、こんにちに物語類、小説のたぐいも、和歌も現代詩も、漢字かな交じり文によって表記し続ける。

三　意味語、機能語と書くこととの対応

意味語、機能語は書くことと、どう対応するのだろうか。

書く場合には、漢字という表意文字を駆使することができるほかに、外来語をカナ書きにすることもあるし、ひらがな、カタカナは普通にありうるという、自由や選択がある。

意味語――漢字・ひらがな・カタカナなどを利用する

表情豊かな表現や語彙に委ねて、概念に沿って話したり書いたりする。論文の作成にしても、物語や和歌の創作にしても、国語教育にしても、多くは意味語をめぐって行われるのが優勢で、辞例や辞書、コーパスとの格闘にしろ、意味論的広がりがそこにある。

物語の人物たちの動向に一喜一憂し、多くの和歌が自然と思い浮かばれ、日ごろの語用論的な取り組みに汲々とし、日本語の情緒性にうっとりするなど、意味の深みは無限に近く脳内をいろどる。対象として広がる意味の探求は、創作や詠進や読解を始めとして、物語作家や詩歌に携わる人々や、研究者や、教室の諸君の机上に委ねられる。

〈意味〉は生物体としての個体の脳のはたらきとして、歴史的、社会的に、〈知識の蓄積、語用の規範、術語、辞書〉など、外部と連絡を取り続けつつ、内部に取り入れて、われわれのものとする。言語学は一種の生物学か

もしれない。

機能語――ひらがな・カタカナを利用する

それらに対して、機能語は〈機能〉を特化する。書かれる場合には、という前提で、絶対多数のそれらが「かな」という表音文字に拠る。

助動辞および助辞は、〈機能〉を推進するとともに、〈機能〉を持続あるいは抑制する因子でもあるようで、言語活動の再生産、永続化にかかわろう。遺伝子体であるからには、言語を永続させる抑制システムもさらにどこかで作動しているように思える。

表層に浮き出た意味や語用だけで物語が理解できるとは思えない。機能語のみの作用する、意味語を生き生きと運転する深層がある、というのが注意点である。物語や和歌の持つ意味内容を支える、助動辞ならびに助辞という機能語のはたらきが純粋に脳内にのみ活動する。

四　表意文字と表音文字

脳の損傷がどの部位であるかによって、漢字だけ、あるいは「かな」だけという、日本語特有の失読症を起こすと言われる。たまたま日本語だからそうなるので、意味語と機能語とが脳内の別々の場所に仕舞われるということは、世界のどの言語でもそうだと気づくとき、言語学への日本語の貢献度は相対的に高くなる。

漢字は、右、左、雨、風など、名詞類や、学ぶ、見る、青い、赤いなど、動詞や形容詞類その他、それらは意味語と呼ばれ、無数の〈意味〉に分岐して、われわれの言語生活をゆたかにいろどる。たしかに、漢字を知らない場合に「かな」で書くことができるうえに、面倒だとやはり「かな」を愛用してかまわない。しかし、そのいっぽうで、〈～が、～は、～られない、～たい〉など、絶対的に「かな」で書く語があることを知っている。

助動辞や助辞が機能語をなす。活用語尾（送りがな）なども機能性のみからなり、機能辞などと言えるかもしれない。それらは書く場合に絶対的に「かな」で書かれる。一機能に一機能語というのが原則で、代替不能というほかない。「かな」はほかに感動詞（はい、いいえ……）のような意味語と、接辞（～さん、お～）などに絶対的に利用される。

書く場合に、意味語と機能語とを組み合わせて文や文章を構成することを脳内の言語能力は獲得する。

表意文字―表音文字―表意文字―表音文字―表意文字―表音文字……

と交互に表記される。表意文字は音と意味とからなり、表音文字は音からなる。

日本語ネイティヴ（生得の使用者）において、普通に起きる言語現象であり、意識下に沈む。「あたりまえ」に過ぎて、専門家などからスルーされそうな話題に相違ない。『万葉集』の昔から一貫して日本語の表記は絶対多数が漢字かな交じり文からなり、いまに至る。

繰り返して強調すると、どの諸言語でも、気づかれなくとも意味語と機能語と、あるいは〈意味と機能と〉からなるのだから、表記からそれを気づかせてくれる日本語は、世界の言語学に大きく貢献していることになる。

表意文字という語について、一言しなければならない。言語学の教科書をひらくと、（日本語の）漢字について、表語文字 logogram だと評価する記述を見かける。しかし、一例として「生」字を取りあげてみよう。〈せい、しょう、き、なま、いきる、うむ、はえる、おう〉というように、日本語ネイティヴならば、平均して八種類の音読ないし訓読を脳内に浮かべることができ、さらには数十通りの読みがあると言われ、読み方を知らない、あるいは読み方のない「生」字すら（地名その他に）あるようで、脳内に組み込まれているのは、表意文字と言うならば納得できる。「表語文字」という言い方は私にとり、わかりにくいので、表意文字でよいのではなかろうか。ついでに、日本語の縦書き表記も脳内に獲得されていよう。

五　句読点 punctuation marks の機能性

表記にかかわる課題だと、句読点はどの諸言語でも工夫をこらし、数種のそれらを駆使することで詩文の奥へ分けいる感がある。日本語では詩歌以外で、漢文訓読が先行して、もともと読者の営みだったはずの句読点が、活版や版木による印刷技術の発展と相まって、読者たちから作家や書き手がそれらをうばうようになり、現代に至る。

それでも、読者の営みであった日のなごりだろうか、日本語の文献は句読点を施さなかったり、句読点をはずすと現代短歌や俳句らしくなったり、小学校の教室などでは詩を書かせるのに「句読点を付けないように」と指導したり、という特徴が見られる。

句読点が表記以後のものであることは言うまでもないが、文の歴史は数千年、あるいは数万年の歳月の賜物であるから、句読点に相当する息継ぎや、韻律上の指示のたぐいが、人々の無意識に早くからあったはずで、表記以前にあった言語現象が句読点に現れたと見ることは可能だろう。

表記上の約束ごとは、それがなかったとしたら消えてしまうかもしれない、太古からの言語現象を、われわれにいま教えてくれる貴重な装置であり、さらに表記以前の状態を髣髴とさせる、得がたい手がかりとしてある。句読点について、言うまでもないことながら、朗読（音読）の際にそれらを、一般に声に出すことがない。純粋に機能性だけを有する〝記号〟だから、ということだろう。感嘆符や疑問符のような符号に近いとは言うことができる。

「世中にいかてあらしとおもへともかなはぬ物はうき身なりけり」（『落窪物語』、九条家本）に句読点（および漢字化）をほどこしてみる。

世中（よのなか）に、いかであらじと思へども、かなはぬ物は　憂き身なりけり　（巻一、岩波文庫）

〔（つらいこの）世に、何とかして生きながらえないようにと思うのに、思い通りにならない道理は、（私の）憂き身だったのである〕

和歌は書く場合に、古文として、句読点を付けない理由がない。そう考えて、活字本制作上、私は岩波文庫『落窪物語』（校注担当）で句読点を施すことにした。

「。」（句点）「、」（読点（とうてん））と別に、「かなはぬ物は—」あるいは「かなはぬ物は　」のように、係助辞（＝「は」）のうしろに「—」または「　」（一字空き）を置いてみるのは、語勢を下へ及ぼす感じをあらわそうとする、第三の句読点としてある（棒点あるいは空点と名づける）。比喩表現のあとにも「—」（棒点）あるいは「　」（空点）を置いてみたい。歌末だけ句読点を付けないことにしたのは、釈迢空〈折口信夫〉の作歌に倣って[5]、末尾を詩的に解放する。

六　音便 euphony の表記

音便の表記が始まるのは、ひらがなやカタカナの発生期からだろう。書記以前の音韻の実態から表記へ、その途上でなかなかむずかしい一面があったかもしれない。以下は想定や推測が大部分をなす。

前提として、ひらがなやカタカナの起源や字体について、われわれが議論を尽くしていないという憾みがある。「と」や「ト」は「止」字だと、だれもが説明して済ませる。小学生が咎めて、「『止』字はシでしょう? 停止はテイシ、止血はシケツ」と疑問を呈すると、専門家が答えてくれたのでは、「推古朝にト（乙類）がありました」。

「つ」や「ツ」の字体は現行のように知られる通りとして、もとの漢字は何だろうか。「川」とか「州」とかを持ってくる説明が一般に行われる。「川」はだれでもセンと呼ぶことだけを知っていて、ツと呼べるかどうか、知らない。「州」が正解だろうとは専門家筋の意見である。（川に船着き場があるので「津」かもしれない。）

その「つ」や「ツ」が促音便の表記に〈使われた〉ということだろう。ひらがなやカタカナ成立期の事情として、促音便を表記しようとして、「つ」や「ツ」を利用したくなる思いは何となくわかる気がする。けれども、音韻 tu（トゥ）と促音便とは別物だから、前者を音韻とするのに対して、後者も記号ながら、いわば純粋に記号であることを意識した促音表記だろう。促音便をどう書いてよいか、思いわずらって無表記で行こうと腹をくくったときもまたあったはずだ。無表記という「記号」である。

イ音便・ウ音便は、発音が i、u に変わる音便で、わかりやすく、撥音便にしても音韻としての n（欧米語のそれでなく、日本語の「ン」）をあらわす。ただし、表記との関係はわかりにくく、「む、も、ん」という揺れも観察される。漢字音ほかに無表記が行われるとは知られるところ（本意、対面、案内ほか）。「侍なり」と「侍るなり」とは一つにならない。前者、伝聞推定の「ナリ」は終止形下接で、(6)ハベリナリがハベツ（＝「ッ」）ナリとなり、「ツ」の無表記でハベナリになる。断定ナリは連体形下接で、後者のようにハベルナリとなる。

同様に「めり」はハベリメリで、終止形下接であり、ハベッメリ→ハベメリという「ッ」の無表記である（＝「侍めり」）。ハベルメリはない（あるとしたら誤表記）。

七　物語、和歌の解明として

意味語が機能語によって下支えされるさまは、叙述される物語世界や和歌が〝何もの〟かによって下支えされる構造に、類推できるのではなかろうか。物語にしろ、和歌にしろ、言語的世界であるからには、言語のそのような表層で意味語たちが、整列もし、乱舞もする、思考の意識的部位にあるとともに、深層において無意識の下面に沈む源泉のような何ものかとしてもあるという、層位からなるのではなかろうか。

その〝何もの〟かを探求することが物語や和歌の解明だとすれば、物語や和歌の表層ばかりでなく、助動辞や助辞の一つ一つについて、検討することをおろそかにせず、機能語が支える表現に読むことを集中させたい思いが痛切にしてくる。現代の研究水準はそこのところが隔靴掻痒というほかないように思う。

いつれの御時にか女御更衣あまたさふらひ給けるなかにいとやむことなきゝはにはあらぬかすくれて時めき

給ありけり

いづれの御時にか、女御、更衣あまたさぶらひ給ひける中に、いとやんごとなき際にはあらぬが、すぐれてときめき給ふありけり。 （「桐壺」巻、『源氏物語大成』、底本「池田本」）

（新岩波文庫、一、底本「大島本」）

われわれがテクストをどう読んだかを示す指標に、いわゆる現代語訳というのがあって、たとえば、みぎの『源氏物語』冒頭、「いづれの御時にか」を、「どなたの御代であったか」などとしてはいないだろうか。「にか」は「だったか」でよいのか、ない時制が出てくる現代語訳の違反がそこに含まれていないだろうか。「……際にはあらぬが」の「が」は主格所有格言語に特有の助辞なのに、これを「……で」というように、高校生の学習などで（同格などと）指導するむきがある。それでは「が」を入り口に文の深層へ降りてゆく手がかりから遠のいてしまうのではなかろうか。「さぶらひ給ひける中に」「ときめき給ふありけり」の二つの「けり」は、過去を現在へ持ってくる助動辞だから、物語内容を過去のことから現在の語りの現場へ持ち込もうとする伝承のそれである。

御つかひのゆきかふほともなきに猶いふせさをかきりなくのたまはせつるを夜中うちすくるほとになむたえはて給ぬるとてなきさわけは御つかひもいとあえなくてかへりまいりぬ （同、『大成』）

「夜中うち過ぐる程になむ絶え果て給ひぬる。」

御使の行きかふ程もなきに、猶いぶせさを限りなくのたまはせつるを、

とて泣きさわげば、御使もいとあへなくて帰りまゐりぬ。 （新岩波文庫）

「つ」と「ぬ」とが使い分けられた行文なのに、その区別を無視して読んではいないだろうか。物語の行文の基調は非過去であり、刻々と進む現在のさなかに、「けり」「ぬ」そして「つ」あるいは「けむ」が鏤められて、

過去に行ったり、過去から帰ってきたり、でこぼこと進む。そのような機微からテクストは成ると、知ることができる手がかりは機能語にある。それらを見のがしていないだろうか。

八　深層の受け取りよう

尼衣（あまごろも）変はれる身にや　ありし世のかたみに袖をかけてしのばん
（「手習」巻、九、330ページ）

〔墨染めの衣をまとい、尼に変わりおる身に、私は以前の世の形見として、（紅、そして桜の織物の）袖を片身に掛けて、しのぶことになるのかしらん〕

浮舟は紅の単衣と桜の織物の表着とが、眼前にかさねて折り畳まれ、置かれるのを見て(7)、みぎの和歌を詠む。もし自分が俗世のひとならば、われと着るべき、薫の君が用意する供養の衣裳である。

「尼衣」は「行幸」巻にも出てくる語で、僧尼の衣裳であり、そこに「しほしほと泣きたまふ尼衣」とあるから、「海女衣（あまごろも）」を懸けていよう。この「手習」巻の場面の深層において、『竹取物語』のかぐや姫が着せられた、かの「天の羽衣」を読み取るかどうかは(8)、まさに読者の自由領域にある。

和歌の受け取り方に揺れる感じがあって、「尼衣変はれる身にや」の「や」は、「～かしらん」と、疑念を隠せない言い回しとしてある。眼前の華やかな衣裳の、片袖を通すことになるのかしら、いやいや、しのぶことはしないというので、揺れ動く心を作歌につなぎとめる。

物語の、一見して書かれていないように見える、主要な主人公の心理の深層に分けいって読者が到達することは、研究だと「理論」の力を借りて行われる方面かもしれない。書かれざることの〝発見〟のように思われても、心理に関する学説や物語理論の成果を応用して、研究ならば論じてみたい野心からのがれがたい。作家が人類の悪徳を描き続けたい野心にちょっぴり似る。

九 〝物思いのない山〟

読者は主人公とともにいま最終巻に来ている。薫と匂宮とのあいだにはさまれて苦悩し、宇治川に身を投げようとして救われた女君、浮舟は、横川僧都の手で戒を授けられ、尼の身になっていた。「夢浮橋」巻の唯一の和歌は薫のそれで、

法（のり）の師と尋ぬる道をしるべにて、思はぬ山に踏みまどふかな

（「夢浮橋」巻、九、392ページ）

（仏道の師を求めて分けいる道なのに、その道しるべで、悩みのない山（出家入山する山）ならぬ、あなたを思う山路に足を踏み入れて迷うことよな）

と、小野の里にいる尼姿の浮舟に宛てられる。

彼女は薫の文を預かってきた弟の小君との対面を拒み、作歌とともに届けられる薫の文の、「いまは、いかであさましかりし世の夢語りをだに」（現在は、何とかして（あの）思いがけなかった世について、せめて夢のなかの語りとして、それだけでも（語り合いたい））とある、その「夢」を「いかなりける夢にか……心も得ず」（どんな夢だったのか……分かりかねる）として、文そのものを返却する。

和歌の前半「法の師と尋ぬる道をしるべにて」の「法の師」は横川僧都のこと。「僧都の道案内であなた（＝浮舟）をいまお訪ねする」の意で、同時に薫自身の出家入山の意をかさねると容易に読み釈ける。では後半の「思

は ぬ山」は何だろうか。手元の注釈のたぐいには「恋の山」とか「恋の山道」とか書かれる。読者にとり、わかりやすい説明のように見えて、それでも疑問とともに立ち止まる少数の人がいてよい。じつは「思はぬ山」とは何のことか、その意味の用例になかなか出会わない。

『後撰和歌集』の一例に、「時しもあれ、花のさかりにつらければ、思はぬ山に入りや　しなまし」（藤原朝忠朝臣、巻二〈春中〉、七〇歌）がある。「今まで思いもしなかった山。そこに入ることは出家遁世することにもつながる」の意とする（新大系の脚注）。

『一条摂政御集』（藤原伊尹）の、「身を捨てて、心のひとり尋ぬれば、思はぬ山も　思ひやるかな」（一八四歌）は、「おとゞ」（＝伊尹）が夫婦喧嘩で収拾つかなくなり、横川で法師になろうというさわぎを起こしたという。〝物思いのない山〟の意で、自分も横川で出家しようと詠む。

「思はぬ山」は『斎宮女御集』にも数例あって、「かくばかり、思はぬ山に白雲の、かゝりそめけむことぞ　くやしき」（一〇九歌）の注釈に、「私を思ってくれない山」の意という。物思いのない山の意の「思ひ」が懸け詞のようにして〝私を思う〟〝あなたを思う〟意につながることは自然だろう。物語の深層が、これらの援用によって、ちらちら見えてくる。

十　物語の最終ステージは

結句の「踏みまどふ」は何だろうか。ぜひ思い出したいのが、薫の隠された父、柏木の手になる、

妹背(いもせ)山、深き道をば　尋ねずて、緒絶(をだえ)の橋にふみまよひける

（「藤袴」巻、同・498ページ）

〈妹と背と、きょうだいという深い事情を探り当てずに、懸想文を送って緒が絶える橋に踏み迷うたことだ〉という、玉鬘十帖の和歌である。[9] この歌を贈られた、じつは柏木の異母妹である玉鬘の返歌は「まどひける道をば 知らず。妹背山。たど〳〵しくぞ たれも ふみみし」（同）とある。きょうだいであることを知らず、懸想文を送ったという、それだけの歌ながら、〝橋を踏む〟を転換させれば山踏みになる。「橋」であるから〝渡る〟〝絶え〟〝踏む〟などのあやういイメージをあわせ持つことは、薫と浮舟との二人のあいだ（の懸隔）をあらわそうとする上で、だいじな参照歌と言えるだろう。

あくまで参照歌であって、この作歌が「夢浮橋」巻に直接出てくるわけではない。深層で物語を支えているのではないかとする意見を誘発する。

表面からは一読してわかりづらいところを、他の文献や他巻を動員して、一歩一歩、追い詰めてゆく。それでも、だれもが知るように、最終巻「夢浮橋」には難問がついに待ち伏せする。一つは、題名の由来を巻のなかに見いださない。大抵の巻は命名の理由を語としてその巻に見いだすことができるというのに。二つめ、宇治十帖の最終は、「宿木」以下、「東屋、浮舟、蜻蛉、手習」巻と、長々しい巻が次々に繰り出され、壮観というほかない。ところが、「夢浮橋」巻は短く終末を迎える。

〝夢の浮き橋〟という語じたいをこの巻に見ないので、一般には「薄雲」巻に引用される「夢のわたりの浮橋か」という古歌の一節を思い合わせて、そこの古注に「世中は ゆめのわたりのはしかとよ、うちわたりつゝ物をこそ おもへ」（『源氏釈』。奥入〈第二次〉では第三句「うきはしか」）とあるのを参照する読みが行われる。物語の深層におりてゆく手立てにはなるだろう。けれども、決定的な読みを導くわけではない。

物語の読みとはそういうことだろう。表層と深層とからなる、つまり構造という理論を先立てて追い詰めると、言ってみれば物語論の最終ステージに行き遇うということかと思われる。

しかし、ここ、長大な巻々が続いたあとに、異様に短い「夢浮橋」巻がやってくるという、上に述べた難問は、もっと別の理由から生じたのかもしれない。そして、それは第一の難問とかさなることだろう。もし、長々しく書き込まれる巻であるならば、〝夢の浮き橋〟とは何か、ここまでの『源氏物語』の作者ならば、しっかり書こうとするのが自然だろう。

紫式部の歿年について、諸説があるなかで、『西本願寺本三十六人家集』の兼盛集の巻末に別人のものらしい佚名家集が十二首、混入しており[10]、最初の一首、

おほくらやまにおはしましけるに、うちのおほむつかひにまゐりて、ないしのかみの、とのにはじめてはべりける　うちのおほむふみ
ほのかにも　しらせや　せまし。春がすみ、かすみにこめて、おもふこゝろを

は、『後拾遺和歌集』に見る後朱雀院の作歌で（恋一、六〇四歌）、尚侍藤原嬉子の入内（寛仁五年〈一〇二一〉）ころの院の詠作であるらしい。それに並ぶ第九首に（詞書）「おやのゐなかなりけるに、いかに、など、かきたりけるふみを、しきぶのきみなくなりて、そのむすめ見はべりて」云々とあるなどは、紫式部の娘の大弐三位の消息を伝えているのかもしれず、一連の記事だとすると、寛仁年間（一〇一七―一〇二一）の終わりごろ、四年か五年か、『源氏物語』の作者の身辺に何かが起きたことをつよく暗示する（病床に就くとか死去とか）。このこともまた物語を読むことの深層にわだかまる何かではなかろうか。

付　本文と活字本

各研究者が思い描く本文（テクスト）は各自の研究の基礎となる。だれにもできることではないので、専攻する人が活字本を作成して、広く必要とする方面に提供することとなる。たとえば『源氏物語』は、私の利用してきた場合で言うと、大系（日本古典文学大系、山岸徳平校注）、全集および新編全集（阿部秋生、秋山虔ら校注）、新大系（新日本古典文学大系、柳井滋、室伏信助による活字本文作成）などを参考にしながら、古写本（の複製）や『源氏物語大成』（校異源氏物語、池田亀鑑）などの利用により、私なりに思い描く「本文」を作成する。活字本を本文と言うことはあり、古写本の文を原文という言い方も行われる。

活字本の性格はじつにさまざまで、歴史的かな遣いを採用して送りがなや音便をすべて修正するほか、校注者の意向ですっかり教科書のように書き換えるタイプから、底本の一字一句を可能な限り復元しようとするタイプまで、分かれる。後者でも句読点や濁点の採用のほか、当然のことながら校注者の意向による句や文の採否がある。前者、新編全集の場合、改変が十万箇所をかぞえ、手に取りやすい文になっているというほかはない。後者、新大系は読みづらいにしても底本の様態を知るためにはありがたい。

新岩波文庫は歴史的かな遣いを採用するものの、必要ならば新大系にさかのぼるようにと指示し、さらには『源氏物語大成』のページ数を明示して校異に到達できるようにしてある。活字本としてはぎりぎりの処置になるのではなかろうか。

注

（1）藤井文法の見渡しは、『文法的詩学』笠間書院、二〇一二、以下、同『文法的詩学その動態』同、二〇一五、同『日本文法体系』ちくま新書、二〇一六、『文法の詩学』花鳥社、二〇二四。
（2）酒井はもともと意味のない接続詞・冠詞・前置詞・助動詞を合わせて機能語とする（『言語の脳科学』中公新書、二〇〇二）。
（3）岩田誠『脳とことば——言語の神経機構』共立出版、一九九六。
（4）「漢字かな交じり文」は機能語が絶対的に「かな」で書かれる文のこと。和漢混淆文は漢語を含む漢字で書かれた語と和語とからなる日本語文。参照、藤井「漢字かな交じり文、神経心理学、近代詩」『iichiko』153、二〇二二・冬。
（5）迢空の一首は例えば、
　　谷々に、家居(イヘヰ)ちりぼひ　ひそけさよ。山の木(コ)の間に息づく。われは
（6）藤井、『文法的詩学』十三、↓注1
　時枝誠記『日本文法　文語篇』（岩波書店、一九五四）に、
　　ラ変動詞及び指定の助動詞「あり」に附く場合には、その語尾が撥ねる音になるが、表記の上には表はされない。
　として、「あなり（あり—なり……あンなり）」とする。「あんなり」という表記はテクスト上にまま見られるところであるものの、促音便を「ん、ン」で表記した揺れの可能性がなきにしもあらず、その場合には、写本に「あんなり」を見いだしたからと言って、an-nari かどうか、決定できないことになる。「あなり」は促音便の無表記。
（7）注釈に複数が見られるものの、僧尼姿の浮舟が「紅に桜のおり物の袿」を片身といえども身につけることはありえない。
（8）「今はとて、天の羽衣着るをりぞ　君をあはれと思ひいでける」（竹取物語）。橋本ゆかり「『源氏物語』における挑発する〈かぐや姫〉たち」（『源氏物語の〈記憶〉』、翰林書房、二〇〇八）。
（9）高橋亨「闇と光の変相」（『源氏物語の対位法』東大出版会、一九八二）に「藤袴」巻歌を引く。末澤明子「「橋」の記憶と成語「夢の浮橋」」（『王朝物語の表現生成——源氏物語と周辺の文学』新典社、二〇一九）。
（10）活字本（『西本願寺本三十六人家集』笠間索引叢刊84）。参照、萩谷朴『紫式部日記全注釈』下、角川書店、一九七三。

十六章　小説の悲しみ――大江健三郎

大江さんに、謝らなければならないことも、
暗喩をお借りすることも、（わたしは）
たくさん犯して、後退青年研究所とは何、
どこに収録されていたか、その書名は？
ふと『飼育』（一九五七）を思い合わせると、
昔話の「手なし娘」から握り飯が出てくる。

この『芽むしり仔撃ち』（一九五八）にも、
正確に二個、握り飯が出てくると思うと、
古い本箱からころがり出てくる。　握り飯は、
「お月お星」にも、「山の神とほうき神」にも出てくるな。
芋と麦と豆と野菜とをとざして、

太古の村が過ぎていったと。（昔話の発生だ。）

昔話のうしろから、噴き出す猫の死骸を、
一友人（の詩人）が熱心に調べあげていた。『芽むしり……』は、
ぼくらの「猫町」だ、と。　かれはそう言って、
アイデアを詩に掠（かす）める、と。《象徴》に逆らう、
脱走兵はせんそうに撃たれる、疎開する女性は埋葬に終わる、と。
どぞうのなかで立ち尽くす一九六＊年から。

大江さんは行く、一九六＊年の夏へ。
〈蚊のなくような声で演説をする〉、と。
大江さんの見た夢のなかで。　中年男が、
あわじ人形みたいな頭をしっかりもたげて演説する、
——演説が蚊のなくような声で聴かれる。
大江さんの夢のなかのかれ。（夢だから——）
最初の沖縄滞在中の大江さんを、コザのすこし奥の、
（基地から排出される）広大な塵芥の焼却場へ、

つれて行ったのは演劇集団『創造』の、幸喜良秀さん、
中里友豪さん。 なぜ大江さんを、
かれらは塵芥の山へつれて行ったのだろうか、
『創造』の舞台のために、手ごろな小道具を拾おうとして。

中里さんは塵芥の山に登り、今日も、
こちらへ越えてくるのだ。
……島の幼な児の胸にのしかかり、片掌を切り落とす父よ、
と書く。 中里さんが、拾い出したその鉈(なた)は、
二〇二＊年の夏にも振り下ろされる。 夢ではないと、
どうして言い切れるのか。

世界の消灯のまえに、終わる古い歌ではない。
数ヶ月後にかれが、不意の衰弱死することを、
（大江さんは）知っていた…… 夢のなかのことだから。
あなたの夢が、滅んだ人類をさらに包む、
未読のうたを終わるまえの夜の、人類が滅んだあとで聴く、
われら。（核攻撃をちらつかせる大国はある。）

読み進めて「小説の悲しみ」まで来たとき、
詩もまた悲しみで、いっぱいに満ちる。
詩を読む人の胸に、〈無垢〉が思想のように焼かれる？
自分さえ信じない詩の小説、私の〈魂〉、火の鳥の字。
それは愛、雉、祭、杏の実、兎、母。
（大江さん、ありがとうございます。）

終章　「二〇一一〜二〇一四」と明日とのあいだ

日本口承文芸学会の研究誌に寄稿した、「二〇一一・三・一一」をめぐる学会などでの取り組みについての一文を載せて終わりとする。福島県沖からの津波遭害に始まる各学会などの真摯な取り組みは記録に値するものの、書いておかなければそのままに放置される惧れがあり、私の友人たちの活躍を含め、私的な時間帯にわたりながら、掲載時そのままを訂正することなく掲出する。異色の一文だとしてもこの巻末はふさわしい箇所かもしれない。

一　廃屋の画像

富山（とみやま）妙子（画家）は、3・11（二〇一一・三・一一東日本大震災、福島第一原発による放射能災）からあと、〈日本社会が敬虔な祈りの姿勢にはいった〉と感じ取り、津波遭害、放射能災に向き合って、海の祈り、原発への怒りを描き続けた。その、日本社会の祈りの姿勢が、二年目、三年目にはいり、どこへどう行ってしまうのか、私は富山から何ごとかを聴きたく思い、イベント「現代への黙示」へ出かけていった（二〇一四・九・二〇）。いま、九十四歳。シカゴ大学の反原子力のサイト「atomic age」には、富山の描く福島第一原発のむきだしの廃屋の絵像が表紙に置かれる。

3・11の直後、そしてその二〇一一という一年を、日本社会はどうしようとしたろうか。深層というべき社会の底で何を受け止めたか。赤坂憲雄（民俗学）は「自然エネルギー特区」を構想する（「福島、はじまりの場所へ」『朝日新聞』二〇一一・六・一四）。かれは復興構想委員として、いきなり「精神史のなかの東北について語りたい」と語り始めて（「鎮魂と再生のために」、復興構想会議四・三〇）、おそらく並みいる委員たちの度肝を抜いた。無効な発言だと言うことでなく、この発言じたいに生きられる権利がある。「自然エネルギー特区」構想は〈ミロク・プロジェクト〉でもある。東北という絆が試され、世界へ向けて創るという提案は、表層で無効だとしても、〈東北学〉を踏まえた深層からの発言ということにたぶんなる。

「3・11以後を考えるうたげの会」は、その赤坂や、口承文芸学会の会長を以前に務めた川田順造らによって、四月には発足し、八回のイベントで東北に向き合ってきた。「琵琶物語と琵琶歌のうたげ」（後藤幸浩・片山旭星）、「語り芝居・泉鏡花作『眉かくしの霊』」（鳥山昌克）、「東北を歌う――津軽三味線の世界」（二代目高橋竹山）、「詩の生まれる場所」（入澤康夫）、「納涼落語の夕べ――『死神』」（柳家小満ん）、「災間を生きる〈うた〉と〈ことば〉」（赤坂憲雄×佐々木幹郎）、「撃つ、歩く、廻す――韓国伝統芸能のうたげ」（ミン・ヨンチ）、「浄瑠璃を〈歌う〉、文楽を語る――『曽根崎心中』の世界」（豊竹睦大夫＋豊澤龍爾）。

何回目かのパンフレットには「3・11の記憶を忘れようとしている日本に抗して」とある。「うたげ」というような名づけからだと、悠長な宴会と見られたかもしれない。むろん、気長に、うたげ（宴会）は本来の神迎えという意図かと思われる。どんな神々を現代は迎えるのだろうか。むずかしい局面が三年め、四年めにのしかかる。

二　ライブの旅

『東北を聴く――民謡の原点を訪ねて』(佐々木幹郎、岩波新書、二〇一四・二)はみぎのイベントの出演者、高橋竹山〈二代目〉とともに歩む、というか、東日本大震災の直後の被災地の村々の行脚を記録する。竹山と言えば、かの竹山(初代〈一九一〇〜九八〉)しか知らなかった。私ばかりではあるまい。その初代の演奏を通してのあの津軽三味線、という固定観が揺さぶられる。最初に佐々木による「鎮魂歌」が載っている。二代目竹山と佐々木とは、九月末から、大船渡、釜石、陸前高田の町々を回り、演奏と民謡、詩の朗読というライブをかさねた。

津軽三味線はもともと「唄のつき物」でしかなかった。じょんから節、よされ節など、いくつかの数少ない民謡のための伴奏楽器でしかなく、たんに三味線と呼ばれるのに過ぎなかった。それを現代音楽として開拓したのが初代で、一九七三年には渋谷のジァン・ジァンをいっぱいにして、世に迎えられる。一点だけ光は見えたらしい、しかし、文字などは見えなかったという。三陸海岸から北海道まで一人で門付け芸を続けた、「ボサマ」である。その竹山のもとで、高橋竹与として内弟子生活をはじめた彼女は、一九七九年に自立し、初代の亡くなる前年に二代目を襲名する。

初代は昭和八年(一九三三)、三陸海岸(野田村玉川地区)にいて、泊まっていた宿屋で揺れを感じた瞬間、大津波が来ると思い、盲人の芸人、四人とともに裏山の竹藪に逃げた。芸人たちが、ときに大規模な人数で、ときに少人数で、唄会興業をしながら、村や地区をわたっていたことがわかる。七十八年前のことながら、かれらが避難するとき、手助けした女性がいたというので、その川崎ヨシ（一九〇一～二〇〇三、百二歳）口述の聞き書きが小谷地鉄也の筆記／翻刻で残されていた。

川崎「旅館に目のめーないかだぁ四人もいさんした。……たしか、くずまぎ生まれのかだど、ぬまぐないのかだど、そーして、たがはし、三味線の先生も、まだ「ぼーさま」ずー名のどぎでおであんした」、と（くずまぎは葛巻、ぬまぐないは沼宮内）。旅館の人にたのまれて、公園（高台）のほうは草原を通ってゆくので、転んだら起こせないと思ったので、どんな大きな津波が来ても心配ない高台の地区へと、かれらを押して行った。二人ずつ、縦に並べて、背中を押し上げた。「気を付けてください。足元に気を付けて、四人一塊になっていて下さい。私の力はあまりありませんので」と言ったら、どなたか、「ありがたい人もいるものだ。助けて下さい」という声があった。「早くしないと死んでしまう」と思いながら押し上げたことを思い出すと、いまでも「ぞっ」とする、と。

特養ホームで九十四歳のときに録音された、川崎からの聞き書きテープを佐々木たちは聴くことができた。四人を助けるために、川崎は咄嗟の判断で、急坂を登らせてもう一つの高台へ、かれらの背中を押しながら、自分も津波で死ぬのではないかと恐れたという。以前の津波の記憶が（村に）残されていて、川崎を適切な行動へ導いたというように推測できる。

それから五十年後に、初代はお礼をいうために川崎を訪ねている。しかし、その時の記録も、記憶も、周囲のひとには残されていない。二代目竹山は、ヨシのご遺族からの話を聞き終わると、ふいに立ち上がり、「お礼に民謡を唄わせてもらいます」と、牛方節、そして津軽山唄を続けて唄った。佐々木は、「門付け芸とはこういうことではないか」と、二代目竹山の朗々とした声を聴きながら、何かが腑に落ちるように溶けてゆくのをおぼえた。

二代目竹山と佐々木とは、三・一一のあと、（佐々木に拠れば）「ライブの旅という名の門付け芸に出たのだ」。初代は独奏曲を作り、現代音楽としての〈津軽三味線〉を創生したが、ある意味で、かれらは、初代と逆に三味線を「唄のつき物」という本来にもどし、民謡（といまではいう唄の）原点で、何かをとらえようとした。新しい「口説き節」（語り物）を作りたい、という思いはそれだろう。

冒頭に「鎮魂歌」を寄せているが、それに集約される、現代詩と、口承文芸、芸能、語り物との接点ということに思いが走る。これが佐々木にとって避けられないテーマだったような気がする。自由詩の最先端を行くように見せながら、民俗社会や古典、また諸地域の言語にこだわり、ずいぶんもたつきもする。東北のボサマとの「出会い」をかれらは果たした。以前に（一九八〇年代初頭）、九州で盲僧を追いかけた時、いつかは東北でのボサマに会いたいと思った。

三 『津浪と村』（一九四三）

山口弥一郎の一冊『津浪と村』（恒春閣書房）は、『東北の村々』（同）とともに、昭和十八年（一九四三）の刊行で、それが石井正己／川島秀一により復刊されて（三弥井書店、二〇一一・五）、昭和八年の大災害と、三・一一のそれとがまっすぐに向き合うこととなった。この復刊は口承文芸関係者の手になる、いち早い貢献であり、これなくしてはいたずらな議論が論客たちによっていかになされようと、半端な物言いでしかなかろう。両人は阪神淡路大地震のあった夏（一九九五）に、この書を携えて三陸を踏破したのだという。

重茂には、明治二十九年（一八九六）と、昭和八年と、再度全滅した集落がある。上閉伊郡鵜住居村にも、再度全滅した集落があるけれども、昭和八年の死者は二、三名であった。それに対して重茂の一集落では、救われたひとがわずかに二、三名であった。この生命の災害の差は何に原因するか。高地性集落を決意しながら、なぜ挫折し、失敗するのか。一方では、団結して山をあがり、救われた村がある。そうでなかった村との決定的な差異とは何なのか。全滅した村のなかには、生きのこった古老もなく、再度の津波を警戒するすべを知らなかった、という不幸が付きまとう。

古い伝説を持つ村もある。役小角を名のる行者が、あるとき、村にあらわれ、かずかずの奇瑞によって、村人の信頼を得たのちに、高台への移動を託宣して去ったという。その教えを守ること千二百年という「伝説」は、山口の本からの孫引きに拠れば、「史を按ずるに、役の小角、或は行者ともいふ。……此の行者が、一日、陸中の国は船越ノ浦に現はれ、里人を集めて数々の不思議を示し、後、戒めて言ふには、卿等の村は向ふの丘の上に建てよ、決して此の海浜に建てゝはならない。もし、此の戒を守らなかつたら、災害立ちどころに至るであらうと。行者の奇蹟に魅せられた村人は、能くその教へを守り、爾来、千二百年間、敢へて之に背く様なことをしなかつた」（今村明恒「役小角と津浪除け」）、と。

津波震災の三陸を、地理学そして民俗学の立場から、さきに田中舘秀三が、そして山口が歩いて調べ上げた。明治二十九年の震災のあと、高地性集落を敢行した村と、そうでなかった村との、昭和八年における明暗を丹念に挙げている。昭和三陸地震は昭和八年（一九三三）三月三日午前二時三十分に、釜石町の東方沖約二百㎞を震源として発生した地震で、マグニチュード8・1と推定される。マグニチュードは数値が1・0上がるたびに、いったい何倍のエネルギー換算になるのか。たぶん、11か12かで隕石の衝突や地球の消滅だろう。人類はその直前の「撤退」するぎりぎりまで闘わねばならないはずだ。

震源は日本海溝を隔てた太平洋側だったという。三陸海岸までの距離があったために、明治三陸地震に比べて、地震による直接の被害は少なかったものの、発生した大津波が襲来して、大きな被害となった。最大遡上高は気仙郡綾里（りょうり）村で海抜二十八・七メートルを記録したと言われる。

四　福島県内と県外

地震の直前の鳴動音を山口は何度も聞き書きしている。ノーン、ノーン。津波のことを「海嘯（かいしょう）」と呼ぶ、まさに海の嘯きだろう。その名を冠する、被災後において施行された「海嘯罹災地建築取締規則」は、被災地での建築物の建造を原則として禁じ、違反者への罰則規定まであったという。防浪堤の設置は、山口が山田町の「津浪のトーチカ」として報告する事例など、町を護ろうとする努力を見せている、「ただ心配されるのは漸次防壁外にも居住地域が進出しはせぬかである」と山口は記す。もとの被災地へ一人移り、二人が永住することによって、郷土の先輩たちの築きあげた防塞が無に帰してゆく心配を、山口は『津浪と村』のなかで繰り返す。

被害の大きさと別に、実際には集落移動に失敗した例として挙げられているのも船越であるから（『津浪と村』『東北の村々』）、地理的条件、古老の意見、国庫補助などの、錯綜する困難を越えることのあまりのむずかしさである。『東北の村々』によると、現地居住というかたちを取る五例は、明治二十九年の津波のあと、無防備のままふたたび津波被害を受けた村や、防波堤、防潮林、コンクリート塀による武装の在り方など、さまざまを見せる。

三陸沖から南へ数百キロを突っ走った今回の地震による断裂だった。福島沖、茨城沖とあまりにも広域である。福島沖の震源は原発群に襲いかかるという無惨な始まりの時を刻んだ。記録ということからも、メディアという観点からも、経験のない始まりとなった。強烈な地震に耐えきれなかった送電鉄塔の倒壊によるか、全原発の冷却装置の停止と、原発基地への津波の襲来と、どちらがさきかわからない。いや、東電側が隠していることを含め、わからなくさせられていることが多すぎる。

3・11被災の数日後から、ツィッター（投稿サービス、ミニブログ）を利用する一詩人（和合亮一）の詩的発信が始まった。早くから力量を蓄えてきていた（中原中也賞詩人である）和合による、被災地へ、そして全国への、詩的発信について、いくつか、きちんと分析ないし批評しておかなければならないと思う。その分析ないし批評がなされていないというより、見えなくさせられ、隠されている。和合の詩的言語による、発信内容に籠もる被災者たちへの励ましということとともに、出版関係を含むジャーナリストたちをも突きうごかして、フォロワーが急速に広がるという、二十年前の阪神淡路大震災ではありえなかった現象を作り出した。しかし、問題は、県外でもそうだったが、福島県という県内で、和合の発信行動に対し、拒絶反応がつよく詩の書き手たちのなかから出てきたということがある。

むろん、励まされる人のなかに、詩の書き手がいくらもいてよい。これは難解な問題だ。そのような拒絶反応（と言っておく）は、県内の詩の書き手や教育関係者など、多少なりとも文学の周辺でつよかったらしい。「らしい」というのは、県外から容易につかめないことである上に、県内にあっても、文面のようなかたちでは、なかなかはっきりと残る性格のものでなく、隠微さを特徴づけられる。県外と県内とを分ける現象であるとともに、県内で評価が割れるという、だから福島県内と国内ぜんたいとの関係は後者にとり前者を縮図とする。この構図は押さえておきたいことどもの一つだ。

五　忘れないために

三月十一日〜十五日という被災状況をいまからでも思い知るならば、原子炉のつぎからつぎへ起こる水素爆発（第一報は水蒸気爆発ともあった）、過酷なメルトダウン（底部が地下へ突き抜けるチャイナシンドロームではないか）、三月十五日午後から深夜にかけての信じがたい高線量という、刻一刻のなかで東日本の「死」を「見」、覚悟もした人がいたはずだ。これらがすべてにとっての原点である。いまに忘れようとしている人たちは、意図的に忘れようとしているか、原点であることを感じなかった人たちか、だろう。

記憶や記録のたいせつさを、言って言い過ぎることがない。そのたいせつさを言うことは、意図的に忘れようとする、場合によって記憶や記録を歪曲する向きに対して、抵抗することでもある。詩なら詩という、直接にして即時の感情の分析を含む文学が「記憶や記録」に深くかかわることを得意とする、とも言っておこう。詩とはむろん、短歌や俳句その他を含んでいる。〈直接にして即時の感情の分析を含む〉とは詩の機能の一部でしかない。

六月には和合のツィッター詩が三冊の詩集というかたちで出版される。詩集ならば、詩の専門出版社から出されるのに馴れている読者たちには、それらが徳間書店、新潮社、朝日新聞出版という、（場ちがいな？）大手出版社から出されるということに、異常さをおぼえたと知られる。三冊は、それぞれに特色を有していて、そのうちの『詩ノ黙礼』（新潮社）は、やや長編にする意図をツィッター発信のうちから持っていたもようで、構成的にも、言語の質の高さからいっても、詩史に残るよい詩集であり、ポピュラーな出版社から例外的に出された商業性をさし引くとしても、それじたいが非難の理由にはならないはずだ。

すさまじいと言ってよい、和合への「批判」が聞こえてきたのは、私の場合、それらの三冊の詩集が刊行されたあと、しばらく経ってからである。垂れ流し、ポピュリスト、売名、和合某が……、といった和合の詩行動への「批判」は、ツィッターでの発信に対して早くあったか、推測に属することで確認できない。多くは三冊の詩集刊行のあとにおいてだったと思われる。福島県内では、教員としての職務をほったらかして、出演やイベントを優先している、などという声が聞かれたという。そして、その年の内に、在京の詩誌の上では、「震災特需」（文学特需だったか）、「詩の被災」といった、心ない言葉が和合に向けられていった。

三年めにはやや沈静したかと見られたものの、なぜか四年めにはいって、「総動員体制」というまとめ方や、あるいは、「和合という症例」つまり「俗情との結託」の最悪のケース、といった言い方での批判が、新たに付け加わってくる。三年という周期を越えて、何かが変わるということのようであり、あたかも日本社会でヘイト・スピーチがひどくなるのにあわせた現象だとも見られる。

「特需」とは隣りあう国での戦争で金儲けをする日本社会の経済的「復興」を意味する語であった（朝鮮戦争である）、この語はなかなか私に使えない。「総動員体制」も戦時態勢をいう語であるから（ナチズム系の思想家が使用した語でもある）、爆発的に「売れる」和合の本がどうして総動員体制という認識になるのか、戦争状態を類推するようなこれらの論じ方にはどんな理由があるのか、冷静に見守る必要がある。

六　震災に向き合う

和合は〈詩を書くとはどういう詩を書くべきか〉という、世間からの承認を踏み外したために、かれらを怒らせ、不快感をかきたてたのだろう。そのことは、詩を書く人たちの共同体（ふわふわと存在する）がどこかでぼんやりと機能するということを意味する。これが私の推測である。「あいつは許せない」という、見えない共同体からの感情が和合を攻囲することとなった。怒りや不快感は日本社会が少数者を差別し排除するありふれた感情だろう、その差別や排除により少数者を追いやってしまえば、あるいは懲らしめが終われば、または「和解」すれば、忘れたかのように落着することだろう。しかし、過酷事故のさなか、多くのフォローが和合のツィッターを読んで詩的表現を求めたために、現象的には少数者と言えない、多数派がそこにいるかのような脅威を既成の書き手たちに与えていった。

フォロワーのなかには、出版関係者たちや、多くの（さまざまなタイプの）ジャーナリストたちがいたことも押さえる必要がある。（富山の言う）敬虔な時、何かを必死になって探り求めたいとき、長年にわたりジャーナリズムに携わってきた職業的勘、あるいは出版人魂とでもいうべき、各自がおのおのの根底箇所を揺さぶられ、災害後しばらくもせず書店に出版物があふれることとなり、読者たちもそのなかの良質な部分をかぎ分ける力を試されて、特異な出版／読書聯関の連鎖的ブームが現出することとなった。その現象を別の角度から、やや白い眼で見るようにして、「かれら（出版人たち）には商機が訪れているのだ」という判断をする一定の論客が出てこようし、それを「特需」と揶揄する捉え方もありうるということか。あくまで「原点」に立ち返る必要がある。未曾有の災害時に、和合のような表現形式が行われていることを知って、それを報道し、特集し、あるいは出版活動に結び付けることに対し、評価されこそすれ、それらを「商機」であるかのように、またはいわゆる悪質な「売名」であるかのように決めつけるならば、出版史上の汚点になりかねない。

私とて、ただちに判断ができたわけではない。長谷川櫂（俳人）の『震災歌集』（中央公論新社、四月）がいち早く本屋さんに平積みになったときにも、それに接しては真意を計るのにいっときを要した。見きわめるぎりぎりは提出された作品の質にある。和合の三冊を、買って手元に置くべきだいじな詩集であると確認してカウンターに並んだ。念のために言うと、けっして寄贈されて手にしたわけではない。「いま、ことばがほしい」という、飢える思いもさりながら、さきにも言ったように、ツィッターという、大きくもないメディア形式をおずおずと利用しながら、大震災をあいてに長編的構想で抗するという、『詩ノ黙礼』は詩史に残る、と思われた。ツィッターについては、現代にごく普通に行われるソーシャルな通信手段であるから、それじたいに何ら特異点はない、という批判もある。私には三月下旬になってようやく和合のツィッターに到達するという遅まきであったけれども。

福島事故というこの原発暴走とは何か。口承文芸との接点に、どこまで探っても行き当たらない。なぜだろうか。「災害と口承文芸」（第38回日本口承文芸学会大会シンポジウム、二〇一四・六・七～八）では、会場から、福島の原発事故による被災者に触れられないことについて発言があった。自殺者も出ている状況があると。原発事故と放射能とによる、避難を余儀なくされている人たちの現実を避けているのではないが、まだ向きあえずにいるというもどかしさを感じた、とその報告にある（杉浦邦子報、『伝え』55号）。

七　口承文学の取り組み

『震災と語り』（石井正己編、三弥井書店、二〇一二）には、その希少な試みである語り手や研究者の在り方を、「（語りのライブ）原発事故と昔話」（中川ヤエ子・野村敬子、於東京学芸大学）として見せる。これは復唱しておこう。中川と野村、そして聴き耳の会のメンバーが、栃木市および鹿沼市に、原発事故で住むところを失った老人たちを訪ねる。福島からの避難生活者はなお（その時で）十五万余であり（チェルノブイリを思い合わせよ）、生活のたつき、家族（津波遺害の被災者でもある）、家畜たち、生きるすべ、気力を失い、隣県に身を寄せる人々がいる。放射能災は、生ある限り今後三十年以上続き、子どもたちや男女にはいまでも避難を呼びかける研究者のいる危険さであり、しかも崩壊した原子炉じたいの再臨界や強震によるさらなる倒壊の可能性なしとせず、まったく収束していないなか、福島県の被災地は見棄てられるマイノリティ地となりつつある。

かれらの肩に触れながら、中川は語りかけようとする。自身が涙声になってしまって、語ることが辛い。浪江から来られた人に、語りかけようとすると、「おらぁ、耳が聞こえねんだぁ。だから、おらには語んねぇでもいいんだぁ」とか、「死ぬときになったわぁ」とか、そういう方へ、語り手の中川は「タヌギの糸車」を選ぶ。〈冬のあいだは山を下りて、無人となる山の小屋で、かみさんの糸車をまわしながら、タヌギが真っ白な糸を作る。タヌギは見よう見まねでその技術を覚えたのだ。春になって人間たちが帰ってくるのを待っていた。木こりも、「うーん、おらぁ、どうもあのタヌギに悪い考えを持っていたようだ、おめぇが言うとおり、あいつは本当にいいやつだ、さみしがりやで、おどけ者でなぁ」って、そう思ってたんだと。「おーい、タヌギさーん、これから

は友だちになっぺなー」と、木こりとかみさんとは元気な声で叫んでいたんだと。はい、これでおしまい。〉

中川がこれを語り出した最初、毛布を被っていた聴き手が、昔話の終わった途端、ぱっと顔を出して、「おもせかった（おもしろかった）」と言ってくれた。隣の、「おらぁ、耳がわるい」と言っていた方も、こっちを向いてちゃんと聞いていた。もう一人のおじいちゃんはうなずいてくださる。かれら三人の新しい生活が始まるのに際し、語ること（言語活動）の必要さを考えた中川、そして野村らによるヴォランティアである。「おもせかった。次、いつ来る?」と、閉ざした心がすこしずつ和いでゆく。語り手たちにしても、語りに長年、従事してきたことの、報われようとする一瞬だろう。

むろん、「昔話を語らせてください」と行くと、お役所からは「ばあちゃん、観光に来たんじゃねぇぞ」と、追い払われるわけで、口承文芸学がもっと社会的に認知される必要がある、と野村は結ぶ。「人間が人間と会って、心を交わしあう昔話という文芸の原形に立ち戻っていく学問であることを、もう一回、私は訴えてみたいなと思っております」、と。

このことは『昔話——研究と資料』41（日本昔話学会、二〇一三・三）のシンポジウム「昔話の継承と実践　可能性と課題」の「趣旨説明」（野村）にも繰り返されている。いくつもの語り手たちの会や学会が、大地震、大津波に向き合って、大きな活動の軌跡を残しつつあることは、社会学や歴史資料学と別に、あるいは社会学その他の容易になしえないところであり、特記に値する。それだけに、原発の被災に対しては困難をきわめる活動だったと、その特異な事故の持つ性格をきちんと分析する必要がある。

なによりも、政治的意図や経済界からの要請が優先して、人為的に隠されたことがあまりに多すぎる放射能災であり、依然として「原点」からの告発が緊要にある。語りが、〈隠されたことの周辺〉にだけ立ちいりを許される、という二流品であってはならないだろう。

八　マイノリティの文学

黒板に東北地方の大きな地図を張り出しながら、以前には各駅停車で何度も下りた福島県を、（新幹線の）一時間以内で跨ぎ越えて仙台まで連れられて行くわれわれであり、いつのまにかそのことに馴れてしまった自分が、いま「マイノリティの文学」（講義名）を担当する資格のないことに茫然とする。

天武時代から元禄年間までの地震年表をＡ３の四倍に拡大して作成する。八六九年の貞観地震を海底考古学から論じるという、（伝承にふれた）論文がたしか『國文學』（学燈社）にあった。あれを次回までに探さなくちゃ。関東大震災翌日の大阪朝日新聞をやはり黒板いっぱいに拡大して掲げる。手慣れた教師ならば、パワーポイントなどにして手際よく講義を展開できるのだろう。不器用な自分だ。拡大して仔細に読むと、壊滅的な首都圏を大阪からもどかしくアプローチする報道のさま、湘南にも小田原にも津波が押し寄せていったようすが浮かび上がる。

マイノリティの課題を板書する。1、少数民族の文学（言語）、2、在日、3、女性、子ども、性差別、4、差別／被差別、5、沖縄、そして6、東北、7、人種差別（黒人……）、8、障害者差別、性同一性にかかわる差別、……。今年の課題としてせり出してくるだろう被災地、とくに福島県が、数年を経ずして置き忘れられ、日本社会から切り棄てられてゆくということはないのか。沖縄とともに、これがマイノリティ問題ではないのだろうか、と。

一ヶ月遅れの五月からの授業開始のなか、この原発で起きていること、起きているどころか、拡大しつつあることと、講座「マイノリティの文学」とは、直結するのだろうか。それらは枕程度にふって、本格的な「ちゃんとした」講義をしなさい、という陰の声が聞こえてきそうである。

いきなり、来週はブルガリアへ出張で休講にする。ブルガリアのお隣りがルーマニア、そのかなたにチェルノブイリだ。日本社会が何を忘れたか、何を隠蔽したか。反原発と脱原発とのあいだにこぼれる問題もある。

第二回（五・二四）、印字してきた写真を見せながら、「福島県のお母さんたちです。文科省へ押し寄せている。二十ミリシーベルトへ引き上げた文科省への抗議に五百人がやってきました」。

「高木仁三郎さんのプリントです（『原発事故はなぜくりかえすのか』〈二〇〇〇・一二〉から）。東海原発の臨界事故で、亡くなった二人が見た青い光。あれは何だったのか、チェレンコフの光だと、高木さん。なかに氏が峠三吉の詩を引用している。正確に、広島、長崎を思い出せ、ということです。高木さんはこの岩波新書の刊行を見ずして亡くなりました。冷静に、社会の将来を見据えています」。「ブルガリアでは石橋克彦さんのことも述べてきました。原発震災のパワーポイント資料十一枚を見てください。これは二〇〇五年に石橋さんが政府筋へ訴えたカラーのページで、ここに印字してきました。武田邦彦さんのサイトも福島のお母さんたちへ丁寧な説明に満ちています」。

ブルガリアでは、冒頭で、

①　われわれがチェルノブイリ原発事故からの教訓をほとんど受け取っていないということをいま、強く遺憾に思う

② 一九九〇年代後半に、ある地震学者（石橋克彦）が警告していた。日本列島の海岸線を、ぐるりと花輪のように原発がかざり、そのしたを活断層が走っている、と。このままでは、原発震災が、何十年かに一度ずつ、日本での日常的風景として、起きることだろう、と。国際的に許されることではない。いま居住できない地域が、福島県を中心にして広がり、海は信じられない濃度の汚染である

③ しかし、日本政府はつい先日、富士山の南にある危険な原発（浜岡基地）のスイッチを落とすと決定した。日本から真の平和が発信できる日の来ることを希望してやまない

と言ったことどもを訴えた。その国際会議での総題が、早くから決められていたこととはいえ、「不死と出来事」とはあまりにも日本の三・一一と符合する。

帰国して、黒板に特製のヨーロッパ地図を掲げる。「ここがブルガリア。ここがチェルノブイリ。放射能を含む煙はこう移動しました。日本でもおなじことが起きたのです」。

九　引き返しの不可能さ

日本近代文学研究や社会文学の領域では、新しい研究者が参与し続けて、今年（二〇一四）になっても、なお震災後文学への取り組みが、原発事故から広島そして長崎原爆文学へと、二重写しされるようになってきている。そうなると、著述活動や学会発表が、ある種の引き返し不可能な「震災後」（キーワードとなろう）を刻んでゆくように思われる。小説などの創作者たちの息の長さと見合う、それら創作とあるところまで雁行せざるをえ

ない研究領域であるために、「引き返しの不可能さ」は将来に〝実り〟の季節を迎えるかもしれない。口承文芸学の方向を示唆しているかもしれない。

「思想」（これもキーワード）はジャーナリズムと直結するためにか、論客たち（ほぼ全員、男たち）が、第一年め、第二年めというように、着実に震災批評とでも言うべき領域を切りひらき、一般に意見をまとめられない、われわれのような右往左往という人種に、適宜、意見を与え、あるいは意見を集約してくれた。しかし、福島第一原発の廃炉のあとを観光地化しようという、悪ふざけなのか冗談なのか、そんな計画が書店に並ぶようになると、ほぼ思想的に実りを見せることなく、論客たち（ほぼポストモダン世代のかれら）の季節は終わる。ジャーナリズムと直結するために、意見集約という役割がかれらによって果たされたと言え、二年め、三年めという、ジャーナリズムじたいの攻勢のかずかずには、良心的であろうと否とにかかわらず、論客たちもまたつぎつぎに倦むかのごとく、一人降り、二人降りしていった。圧倒的な人気を保っていた論客の雄、吉本隆明は一見、原子力産業推進派を装う発言の繰り返しに、その真意をいぶからせたままで亡くなる。

南相馬市からは市長桜井勝延がYouTubeで世界にメッセージを発していたことを、和合のツィッターとともに思い出しておこう。詩作品「神隠しされた街」の書き手、若松丈太郎はいみじくも「核災棄民」と言った（『福島核災棄民』コールサック社、二〇一二・一二）。津波で何もかもなくなってしまった街は、核災の追い打ちで避難区域となり、無人と化した（二〇一四年十二月をもって解除だという）。若松は何かの動画のなかで、一軒の土蔵を指しながら、鈴木安蔵の資料のあったところだと説明を加えていた。帰途、線量計の振り切れそうな飯舘村を通って福島市内にもどると、翌朝のニュースで吉本の逝去を知る。

大曲駒村（俳人）には『東京灰燼記』（東北印刷株式会社出版部、一九二三・一〇）があり、関東大震災からわずか一週間のちという時にまとめられている（序文による）。十万の死者の彷徨する「死せる都の傍より、生ける田園の諸君へ」と序文（朱書）にあるのは、惨状を「田園」という故郷へ報知したい一心だろう。その故郷、南相馬市（駒村は小高地区の出身）が壊滅する。鈴木餘生は駒村とともに小高地区の俳句文化を担い、その遺児、安藏が日本国憲法を起草する次第など、すべて若松から教えられる。3・11後のわれわれの学習〈3・11憲法研究会を立ち上げる〉に属する、しかし思えばはかないことだ。

『美味しんぼ』（作・雁屋哲、画・花咲アキラ、小学館）の110～111巻は「福島の真実①②」と題して、調べ上げた力作であり、主人公たちが被災地を訪ねて鼻血に見舞われるところは、和合の場合とおなじく、日本社会の許容線に抵触したのだろう、「許せない」描写だという批判が出てくる。二〇一四年という時を刻むイメージ的作品として記憶と記録とに値すると申し述べておこう。

依然として最重要なのは「記憶と記録と」以外でありえず、同時に「記憶と記録と」を矮小化し、抹消しようとする隠微な力に対して抗することにある。

三・一一のあと、（すこし述べたように）五月下旬になって、福島県のお母さんたちが五百人、文科省へ押し寄せたことを記憶しておこう。なぜこれの記憶が必要かというと、東京人や埼玉県人その他の心の奥（古い言葉で言えば実存のような感覚）を、彼女たちの行動は揺り起こしたと思われる。存在感のややもすれば希薄で、同質感のつよい都会人でありながら、福島の人々にどこか心の奥で連帯したい思いがくすぶって、その思いをかき回されたのではなかろうか。

それからまもなくして高円寺などで、そして国会前で、それから全国へと、市民たちが街頭へ出てくる、原発依存の日本社会から脱出することを訴える、金曜日デモへと発展する、という日本社会を現出した。福島県民による行動と、じっとしておられなくなった都会側のうごきとのあいだに、関係がなかったかどうか。

国会前に出てきた（いまも続く）いくつかの世代を観察すると、第一に全共闘世代（いわゆるベビーブーム世代）であったことは特徴的だろう。若い日の社会変革の夢破れて、挫折感もあれば、体制内改革（地域活性化やフェミニズム運動）に良心をときに燃やしながら、定年を迎えてなお思い止まず、かれらの古戦場である国会前に出てきた、という感じがあったとは思いあたるひとが少なくなかろう。足取りはよたよたと、プラカードは重たく、思うようにうごかないからだであっても、自嘲と誇りとのないまざる、かれらのなかの自分像は往年の勇士だったかもしれない。沖縄で少女暴行事件が起きると十万人が抗議に参集するという報道も、かれらをどこかで突きうごかしていたはずだ。（シニア決死隊と当初言われた）福島原発行動隊はかれらを主体とするのではなかろうか。

三・一一という、津波／地震災、そして福島放射能災が、巨大な災害として起きたばかりでなく、もう一つの災害（二次災害）というべき、風評に始まり、忘却させ、事実に関する別の言説にすり替えて、正面から被災を口にすることすら憚られる、ヘイト・スピーチ社会の到来に抗することはいま、なかなかむずかしい。

口承文芸学とのいきなり接点ということでは、苦慮することばかりだ。社会学でも、あるいは民俗学でも、容易に解きほぐせない世紀の難問は、それじたいが現代における〈口承〉の在り方を深くも問うのかと思わされる。大会および数次にわたる例会を通して、おもに大津波の記録および記憶の累積に関してであるけれども、精力的に取り組むことをしてきた日本口承文芸学会に対し、敬意を惜しみたくない。

あとがき

物語や和歌をつらぬく〝語り〟について、一書にまとめたい。物語にしろ、和歌にしろ、自分の奥深く関心が渦巻くままなのを、語りというような視角から見通すことができないか。

「昔、昔……」と語られ出す昔話、文献などに見られるフルコト伝承、歌語りなど、物語や和歌を支える層位を明るみに迎え、自分に引きつけ過ぎず、むやみに遠ざけるのでもなく、礎稿の発表媒体の性格にはやや苦心しながら、一書に仕立てることにした。

いずれの章にも礎稿がある勘定ながら、多く心ゆくまで改稿され、重複は避けるように努め、新奇な意見の場合、理解の届くように練り直し、ほぼ一冊としての長編化を心がけた。

以下のような構成からなる。礎稿のメモは心おぼえという程度。

一、二章　昔話始まる(上)――五紀の表　昔話始まる(下)――文字を消す

礎稿「構造と動態――『神話論理』から神話紀へ」、『口承文芸研究』第四十七号、二〇二四・三、講演録、日本口承文芸学会

昔、昔……

なつかしい昔の呼び声とともに、古い記憶が目を覚ましてくる昔話。

昔話をおよそ三千年まえに成長してきた語りの文学だと位置づけると、それ以前に神話紀があり、ついで昔話の活躍する昔話紀が、水田耕作の始まるころを目安として、叙事の文学を広く覆う。続く数百年は国家神話の成立してくるフルコト紀と呼びたい。

『万葉集』そして『竹取物語』以下、物語文学はそのあとにやってくる。物語紀である。

けっして歴史学ないし考古学にもたれかかる編年ではないので、五紀（五紀めはファンタジー紀）に分けようと思う。神話という論理に沿って神話紀があり、昔話には特有の豊富な構造がある。フルコト紀になると初期国家が新たな神話を組み合せて壮大な語りの世界を案出し、共同体の正統性を活気づけるようになる。続く、われわれに身近な物語文学のたぐいが、さまざまなしかけを駆使して短編や長編の自由な語りの領域を開拓してきたことは言うまでもない。

三章　過去の語り、今は昔、現在での語り

礎稿は同題、『口承文芸研究』第四十六号、二〇二三・三、日本口承文芸学会

語りの時制や物語文学について、語りの時間に分け入って思うところを述べる。フルコトの語り（『古事記』の語り）は「き」（過去の助動辞）を基調とする。説話文学や物語文学は大きな外枠について、近い過去＝「今は昔」として表示する。説話文学や歌物語は「けり、けり、けり……」を文体とする。これは昔話の文末に酷似する。ところが物語文学は、物語の大枠を過去世に仰ぎながら、一旦、語る叙述の内部にはいってしまうと、非過去（＝現在）の文体を駆使して書き綴られる。仮面は過去世からやってくる。

「世間話」というのは昔話から一転して、広く世の内外の興味深い話題をさす。村外から訪れるその筋の話し手がもたらす話も世間話を称したかと思われる。

四章　フルコトは語る――『古事記』成立

礎稿「神話と物語」、『昔話―研究と資料』第四十一号、二〇一三・三、講演録、日本昔話学会

二〇一二年度の日本昔話学会で、昔話を構造的に位置づけようとした。昔話といえば、話型の研究か、地域性の研究かが旺盛であるのに対して、構造上の把握はどうしたらよいか、まどいをおぼえる長い歳月だった。話型論は大きなヒントを与えてくれるものの、不満もまた小さくない。ここは神話紀からの流れを引き継いで、以下へ引き継がれてゆく趨勢から、構造と名のることにする。『古事記』の形成にもふれる。

五章　『遠野物語』と〝今は昔〟

礎稿は同題、『現代思想』七月臨時増刊号、二〇二二・七、青土社

前文に、佐々木喜善（鏡石）の話を自分（＝柳田）は一字一句加減せず、「感じたるままに書きたり」とあるのは、たいへん有名なくだりとしてある。訥々と地域のことばで話す喜善から、内容だけをすっぽり〈感取〉して、文体は文語文で『遠野物語』をかたどるということらしく、原語りはまったく消滅するから、われわれは柳田の行文に拠り、喜善の語る雰囲気をそこから透かし見る。

六章　源氏物語の空間――六条院

礎稿「源氏物語の空間、時間――六条院と二条院」、『物語研究』第二十四号、二〇二四・三、物語研究会

「藤裏葉」巻の季節は秋なのだから、冷泉帝、朱雀院を迎えての六条院の賀宴は〝秋の御殿〟である秋好中宮の里邸で行われたのではないだろうか。六条院は「少女」巻の巻末において、六条京極に四町を占めて大急ぎで建てられ、「玉鬘」十帖、「若菜」上下巻の主要な舞台となる。ふしぎなことに「少女」巻の巻末に六条京極でなく、二条京極に一町の御殿が建てられたとする異文もあって、旧構想らしい。二条院は光源氏がもともと伝領して紫上の終生の館となる。

七章　紫上の死去――お盆の送り火に送られて

礎稿「紫上の死去、残される人々」、『iichiko』一六四、二〇二四・一〇、文化科学高等研究院

物語を読むことの根本に、本文とまっすぐに向き合おうということがある。従来の読みには、長きにわたって思い込まれてきた受容がある。「若紫」巻で紫上は十歳だろうか。十二、三歳ではなかろうか。紫上の死去（「御法」巻）は七月、お盆の時節ではなかろうか。通説では八月と言われてきた。光源氏は取り乱しながら、紫上に出家させようとしていると、これも通説に思い込まされているのは、光源氏その人の出家の強行であると読んで

はいけないのだろうか（夕霧によって押しとどめられる）。

八章　歌謡とは何か

礎稿「うたとは何か、奈良で考えた」、『口承文芸研究』第三十三号、二〇一〇・三、講演録、日本口承文芸学会

古代歌謡はフルコトのなかのうたであり、『万葉集』になるともう「うたわない」うたである。古代歌謡は起源的性格をよく残しており、万葉歌の抒情へとしだいに移ってゆく。奈良教育大学が会場校だったので、講演をお引き受けした。私は疎開後、少年時代を奈良市内に小学校五年生までいたので、万葉の故地にはひとしお愛着がある。秩父高校の中沢史典が送ってくれた資料に拠ることを記して、感謝したい。

○

二〇〇八年の秋に日本口承文芸学会の例会で「演じる戦争・観る聴く戦争」をやった関連で、一言述べたい。一九四五年六月一日には大阪を襲ったＢ29の大編隊が通過し、うちの一機が奈良市を油脂焼夷弾で攻撃する。私の居住していた法蓮佐保川西町が被災する。後呂忠一「奈良・京都の空襲と東大寺の国宝疎開」〔『東大寺学園中高研究紀要』７　一九九六・二〕によって見ると、奈良県下の空襲年報では終戦までに合計三十三名が亡くなっている。七月二十四日の近鉄大阪線の榛原駅をねらった機銃掃射では、乗客十一名の死者、八月八日の北宇智国民学校や駅をグラマン四機が襲った場合は、二機が飛び去り、二機が引き返してきて低空から攻撃し、女性の先生や女生徒が死傷している。アメリカ軍は古美術や古いお寺をたいせつにと考えて奈良や京都を焼かなかった

と、私どもは小学生のころ、占領軍に感謝するようにと教えられたが、奈良や京都の子供たちはどう信じたらよいか、京都でも大きな被害が出ている。機銃掃射で追いかけたのは電車で通勤や通学する乗客であり、とくに小学校へとって返して女性たちを追いかけるというのは、戦争心理だとしてもなかなか説明しがたい。歴史のなかで風化させたくない、現代の課題として依然としてあり続けているという感じがする。

九章　歌語りを位置づける――『伊勢物語』の愉しみ

礎稿「歌語り定置――虚×実に思い馳せながら」、『物語研究』第十三号、二〇一三・三、物語研究会　特集・虚×実　二〇一二年八月大会〈於「さざ波館」〉での発表に基づき、テーマ論文へと改める

物語研究会の年間テーマに沿って、積極的に参加しようとする一環である。『伊勢物語』の基礎に歌語りを据えてみることはだいじな議論になった。

『伊勢物語』といえば歌物語論に特化させられる傾向に抗して、本来の「歌語り」的性格を軸に、段を追ってみた。かれら古代びとの自由な詠みに追随する遊び心を諒とせられよ。

十章　演劇言語論――亡霊の語り

礎稿は同題、『物語研究』第十四号、二〇一四・三　特集・物語のパフォーマティヴ　物語研究会

年間テーマに沿って発表する。日本演劇の大きな謎は、「能」系と「浄瑠璃・歌舞伎」系との、二つに分かれ

ていることだ。前者は翁たちが山からやって来て、物真似を演じ、謡うことをする。後者は海からあがって来た人々が、糸吊り、人形振りをこととして街道筋に進出し、語りという技術を発達させる。楽器もまったく別で、琵琶も三味線も能舞台には見られない。

十一章　語り物の演唱

礎稿は「山鹿良之師から聴いたこと、学んだこと」、『口承文芸研究』第三十一号、二〇〇八・三、日本口承文芸学会

一九八一年（昭五六）、八二年の二年間、九州の琵琶語りである山鹿良之師ら数人の琵琶法師を追いかけた。このフィールドワークは口承文学について考察する上で決定打となった。未刊の中間報告書（一九八三）および「地神盲僧の語り物伝承」（『平安物語叙述論』所収、二〇〇一）がある。礎稿はＣＤ評『肥後の琵琶引き　山鹿良之の世界～語りと神事～』より。

十二章　『琉球文学大系』の開始

礎稿は『琉球文学大系』月報1、名桜大学編集刊行委員会、ゆまに書房、二〇二二・三

沖縄の歌謡や祭祀文学との出会いはわが文学研究の起点となった。

十三章　物語研究の横断

礎稿「分析批評と主体性論議」、『物語研究』第二十二号、二〇二二・三、物語研究会　特集・物語研究会50年の歩み

物語研究会の五十周年にあたり、年間テーマに沿って記した。

十四章　詩学を語る――言語態

礎稿「詩学を語る」、『言語態研究の現在』七月堂、二〇一四・三、東京大学大学院総合文化研究科〈言語情報科学専攻〉での講演録、二〇一三・一〇・一二

言語情報科学専攻〈教養学部〈駒場〉〉の二十年めの集まりで、言語態研究に参加したころの苦労話や文法的詩学の始まりについてお話した。態とは生態、動態、ヴォイス、声のような感じで、文学を現出させる諸要素を記述しようとする態度として、ここに載せておきたく思う。

十五章　深層に降り立つ――機能語

礎稿「物語／和歌を支える文法の構築――表記と〈表記以前〉」、『物語研究』第二十三号、二〇二三・三、物語研究会

文法について。ここで言う文法は言語的な装置で、物語や和歌について言うと、意味の世界から独立する。国語学者の時枝誠記が〈詞〉と〈辞〉とから成るとした日本語について、〈意味語と機能語〉というようにやや修正したい。意味語を支える機能語の在り方に、文学テクストが永続的に生産、再生産される機構があるとする。長年、探求してきた、物語や和歌をどう読むのかに深くかかわる。機能語の機能を「完了」とか「詠嘆」とか言うのは、機能をそう名づけたに過ぎないので、名づけにこだわらないようにする。「き」連用形を想定して「けり」を「き」＋「あり」とする。過去から現在への時間の経過である。詠嘆というような効果が出てくるとしても、機能としてあるわけではない。〈過去から現在へ〉という機能の重要な使い途に〈伝承〉がある。『文法の詩学』（花鳥社、二〇二四・九）に発展する。

十六章　小説の悲しみ——大江健三郎

「小説の悲しみ」『ユリイカ』七月臨時増刊号、二〇二三・七、青土社

世界の消灯のまえに、終わる古い歌ではない。……
大江健三郎の創出する物語——小説——の世界は、私どもの青春とともにあり、見守られて今日に至る。初期の『芽むしり仔撃ち』（一九五八）以来、昔話の握り飯がころがり出てくるように、大江の文学は口承文学関連でもある。『ヒロシマ・ノート』（一九六五）、『沖縄ノート』（一九七〇）を綴り続けた。

終章　「二〇一一〜二〇一四」と明日とのあいだ

礎稿は同題、『口承文芸研究』第三十八号、二〇一五・三、日本口承文芸学会

東日本大震災を記録しておきたい、薄れるかもしれない記憶について、『口承文芸研究』の誌上を借りて綴る。口承文芸学会のメンバーを始め、研究に従事してきた人々の積極的な取り組みに伍して、一文を草した。

○

日本口承文芸学会、日本昔話学会、物語研究会、『現代思想』『ユリイカ』などの発表媒体を始めとして、叙述態研究会などでの友人各位、成城寺子屋教室の仲間、三・一一憲法研究会の皆さんに厚くおん礼を申し上げる。入力を布村浩一に迎いで成る。ありがとう。石井正己の新刊『源氏物語　語りと絵巻の方法』(三弥井書店、二〇二四)は前書きに「『源氏物語』と口承文芸の往還」とある。

前著『〈うた〉の空間、詩の時間』(三弥井書店、二〇二三・一〇)は、詩歌にふれて、念願の新奇な読みをつぎつぎに提案してみた。吉田智恵氏に声をかけて、口承文芸研究を一つの核とする憧れの出版社から刊行できたことは望外の歓びである。このたびの『食わず女房から源氏物語へ語りをたどる』はそれの姉妹書として、昔話を始めとする伝承文学そして物語文学の一書であり、これを『〈うた〉の空間、詩の時間』に次いで成書にすることができたのは、何という倖せだろう。私の運命と思うしかない。

二〇二五・三・四　　　　藤井　貞和

索　引

【か】

【さ】

【た】

【ま】

【や】

【ら】

【わ】

著者略歴

藤井　貞和（ふじい　さだかず）

昭和十七年（1942）、東京都文京区生まれ。奈良市内に育つ。
国語教育学科（東京学芸大学）、言語情報科学専攻（東京大学〈駒場〉）、日本文学専攻（立正大学）に勤めた。
詩作品書『地名は地面へ帰れ』（永井出版企画、1972）、詩集『乱暴な大洪水』（思潮社、1976）、『源氏物語の始原と現在』（三一書房、1972）、『釈迢空』（国文社、1974）以下、詩作と研究・評論とが半ばする。『物語文学成立史』（東京大学出版会、1987）、『源氏物語論』（岩波書店、2000）、『平安物語叙述論』（東京大学出版会、2001）、『物語論』（講談社学術文庫、2022）、『文法的詩学』（笠間書院、2012）、『文法的詩学その動態』（同、2015）、『日本文法体系』（ちくま新書、2016）、『日本文学源流史』（青土社、2015）、『〈うた〉起源考』（同、2020）、『物語史の起動』（同、2022）、『甦る詩学』（まろうど社、2007）、『古日本文学発生論』（人間社文庫、2024）、『〈うた〉の空間、詩の時間』（三弥井書店、2023）など。『よく聞きなさい、すぐにここを出るのです。』（思潮社、2022）まで、詩集関係が十数冊。

食わず女房から源氏物語へ語りをたどる

2025年４月24日　初版発行

定価はカバーに表示してあります。

©著　者　藤井貞和
発行者　吉田敬弥
発行所　株式会社 三弥井書店
〒108-0073 東京都港区三田3-2-39
電話03-3452-8069
振替00190-8-21125

ISBN978-4-8382-3429-5 C0093

整版　ぷりんてぃあ第二
印刷　エーヴィスシステムズ